W9-BWK-115

ПОЛА
ХОКИНС

ПОЛА ХОКИНС

ДЕВУШКА В ПОЕЗДЕ

Издательство АСТ
МОСКВА

УДК 821.111-312.4
ББК 84(4Вел)-44
Х70

Paula Hawkins

THE GIRL ON THE TRAIN

Перевод с английского *В. В. Антонова*
Компьютерный дизайн *А. А. Кудрявцева,*
студия «FOLD&SPINE»

Печатается с разрешения автора и литературных агентств
David Higham Associates и The Van Lear Agency LLC.

Хокинс, Пола.

Х70   Девушка в поезде : [роман] / Пола Хокинс ; [пер.
с англ. В. В. Антонова]. — Москва : Издательство АСТ,
2015. — 384 с.

ISBN 978-5-17-088721-7

Джесс и Джейсон. Такие имена дала Рейчел «безупречным» супругам, за жизнью которых она день за днем наблюдает из окна электрички. У них, похоже, есть все, чего совсем недавно лишилась сама Рейчел, — любовь, счастье, благополучие...

Но однажды, проезжая мимо, она видит, как в дворике коттеджа, где живут Джесс и Джейсон, происходит нечто странное, загадочное, шокирующее. Всего минута — и поезд опять трогается, но этого достаточно, чтобы идеальная картинка исчезла навсегда.

А потом — Джесс пропадает. И Рейчел понимает, что только она, возможно, способна разгадать тайну ее исчезновения. Что делать? Примет ли полиция ее показания всерьез? И надо ли вообще ей вмешиваться в чужую жизнь?

УДК 821.111-312.4
ББК 84(4Вел)-44

ISBN 978-5-17-088721-7

Посвящается Кейт

Она похоронена под серебристой березкой рядом со старыми железнодорожными путями. Могила отмечена лишь небольшой пирамидкой из камней. Я не хотела, чтобы место ее упокоения привлекало внимание, но и никак не обозначить его тоже не могла. Она будет там мирно спать, ее сон никто не потревожит, разве что пение птиц да стук колес проходящих поездов.

Совсем как в старой считалочке: первый — печальный, второй — смешной, третий — девчачий… Дальше я считать не могу. В голове все гудит, а рот полон крови. Третий — девчачий. Я слышу, как насмешливо и хрипло кричат сороки. Они издеваются надо мной. Их целая стая. И они предвещают беду. Я вижу, как они застилают свет черным пятном. Нет, это не они, а человек. Он подходит ближе и обращается ко мне:

— Видишь, что ты наделала? Ты сама не оставила мне выбора!

Рейчел

Утро

Возле путей валяется куча старого тряпья. Среди чего-то грязно-белого виднеется светло-голубое пятно — наверное, рубашка. Судя по всему, мусор в перелеске возле реки скапливался постепенно. Его вполне могли оставлять железнодорожники, которые обслуживают этот участок путей и бывают здесь довольно часто. А может, и кто-то еще. Мама всегда говорила, что у меня слишком богатое воображение. Том тоже так говорил. Я не могу с собой ничего поделать: увидев на земле чье-то тряпье — грязную футболку или один ботинок, — я начинаю думать о втором и представлять человека, который когда-то носил эту обувь и эту футболку.

Электричка, дергаясь и скрежеща, трогается с места, куча тряпья остается позади, и мы тащимся в сторону Лондона чуть быстрее бегуна трусцой. Кто-то сзади обреченно вздыхает: медленный поезд, отправляющийся из Эшбери в Юстон в 8.04, способен вывести из себя даже самых закаленных пассажиров. Поездка должна занимать пятьдесят четыре минуты, но такое случается редко: пути на этом участке совсем старые, семафор постоянно барахлит, и ведутся бесконечные ремонтные работы.

Электричка ползет мимо пакгаузов и водонапорных башен, мостов и сараев, мимо скромных викторианских домов, выстроившихся в ряд задним фасадом к путям.

Прислонившись головой к окну вагона, я смотрю на проплывающие мимо дома, будто мелькают кадры, снятые с движущейся операторской тележки. Я вижу эти дома не так, как другие; даже их владельцы, вероятно, не знают, как все выглядит отсюда. Два раза в день у меня есть возможность заглянуть в чужие жизни, пусть лишь на мгновение. Вид незнакомых людей, находящихся в безопасности собственных домов, действует на меня успокаивающе.

Звонит чей-то телефон — для сигнала вызова владелец выбрал веселую и задорную песенку, что кажется мне неуместным. На звонок отвечают не сразу, и громкое дребезжанье мелодии разносится по вагону. Я слышу, как пассажиры устраиваются на своих местах, шуршат газетами, постукивают клавишами ноутбуков. На повороте поезд кренится и, раскачиваясь, замедляет ход на красный сигнал семафора. Я стараюсь не смотреть и пытаюсь читать бесплатную газету, полученную на станции, но строчки расплываются, и ничего интересного в газете я для себя не нахожу. Перед глазами по-прежнему стоит груда тряпья возле путей.

Вечер

Когда я подношу ко рту банку с джином-тоником, чтобы сделать глоток, смешанный заранее напиток издает шипение. Резкий и холодный вкус вызывает в памяти воспоминания о нашем с Томом первом отпуске, который мы провели в рыбацкой деревушке на баскском побережье в 2005 году. Утром мы отправлялись на маленький островок в бухте в полумиле от берега и занимались любовью на скрытых от глаз пляжах, а после обеда сидели в баре и пили крепкий и горький джин-тоник, наблюдая, как стайки пляжных футболистов бестолково гоняют мяч по обнаженному отливом песку.

Я делаю еще глоток, затем другой; банка, наверное, уже наполовину пуста, но это не важно, у меня есть еще три в полиэтиленовом пакете. Сегодня пятница, мне не нужно чувствовать себя виноватой, что я пью в поезде. Слава Богу, что сегодня пятница. Можно прямо сейчас начинать веселиться.

Нам обещают чудесный уик-энд. Много солнца и безоблачное небо. В прежние времена мы, наверное, отправились бы в Корли-Вуд, прихватив с собой все для пикника и газеты, и провели бы там весь день, лежа на одеяле, покрытом солнечными зайчиками, и потягивая вино.

А могли бы вместе с друзьями жарить мясо на гриле на заднем дворе или направиться в паб «Роуз» и пить пиво в его садике на открытом воздухе. За день, проведенный там, наши лица становились красными от солнца и алкоголя, и домой мы возвращались в обнимку, а потом засыпали прямо на диване.

Много солнца, безоблачное небо, и не с кем играть, и нечего делать. Моя жизнь, та жизнь, которой я живу сейчас, особенно тяжела летом, когда световой день такой длинный, а спасительный покров ночи такой короткий, когда все кругом стараются выйти на свежий воздух и вызывающе счастливы. Это очень утомляет и сильно действует на нервы, если ты не входишь в число этих счастливых людей.

Впереди выходные — сорок восемь пустых часов, которые надо чем-то заполнить. Я снова подношу к губам банку, но в ней не осталось ни капли.

Понедельник, 8 июля 2013 года

Утро

Как же приятно снова оказаться в электричке, отправляющейся в 8.04. Дело не в том, что я жду не дождусь начала новой недели — вообще-то мне не особенно хочется оказаться в Лондоне. Я просто хочу откинуться назад в мягком, продавленном велюровом кресле, почувствовать тепло солнца, заливающего окна, мерное раскачивание вагона и успокаивающий стук колес. Мне нравится быть здесь и разглядывать проплывающие мимо дома больше, чем делать что-то другое.

На этой ветке примерно посередине пути есть неисправный семафор. Мне кажется, что он неисправен, ведь на нем почти всегда горит красный, и мы останавливаемся на несколько секунд, а то и минут. Сидячий вагон экономкласса — а обычно я езжу именно в нем — останавливается на семафоре в том месте, откуда открывается отличный вид на мой любимый дом — номер пятнадцать.

Номер пятнадцать практически ничем не отличается от других домов, стоящих вдоль железнодорожного полотна: двухэтажное викторианское строение, к которому примыкает узкий ухоженный садик длиной двадцать футов. Между железнодорожными путями и садом, отделенным забором, проходит полоса ничейной земли шириной в несколько метров. Я знаю этот дом как свои пять пальцев. Я знаю каждый его кирпичик, цвет штор в спальне наверху (они бежевые с темно-синим рисунком), знаю, что краска на оконной раме ванной комнаты облупилась и что на крыше с правой стороны не хватает четырех черепиц.

Я знаю, что в теплые летние вечера обитатели этого дома, Джейсон и Джесс, иногда устраиваются на самодельной террасе на крыше кухонной пристройки, на которую попадают через большое раздвижное окно. Они — идеальная, образцовая пара. У него темные волосы, он хорошо сложен, силен, добр и заботлив. У него заразительный смех. Она — миниатюрная красавица с бледной кожей и светлыми коротко стриженными волосами. Черты ее лица подчеркивают общую привлекательность: высокие скулы с вкраплением веснушек, нежный овал подбородка.

Пока мы ждем, когда красный сигнал переключится, я ищу их взглядом. По утрам, особенно в летнее время, Джесс часто пьет кофе на открытой террасе. Порой, когда я вижу ее там, мне кажется, будто и она меня видит, будто она смотрит прямо на меня, и мне хочется помахать ей рукой. Но я слишком застенчива для этого. Джейсона я вижу гораздо реже — он часто уезжает по работе. Но даже если мне их не видно, я думаю о том, чем они сейчас занимаются. Может, у обоих сегодня выходной, и она лежит в постели, пока он готовит завтрак, а может, оба отправились на совместную пробежку, потому что они из тех, у кого это в порядке вещей. (Мы с Томом бегали вместе по воскресеньям: я чуть быстрее своего обычного темпа, а он — раза в два медленнее, чтобы мы могли бежать рядом.) А может, Джесс наверху, в комнате для гостей, где занимается живописью, или они оба в душе: Джесс упирается ладонями в кафель на стене, а он держит ее за бедра.

Вечер

Я немного поворачиваюсь к окну, чтобы оказаться спиной к попутчикам, и открываю одну из маленьких бутылочек с белым полусухим «Шенен блан», которые купила в магазине на вокзале. Вино не холодное, но это не страшно. Я наливаю немного в пластиковый стаканчик, завинчиваю крышку и прячу бутылку в сумочку. Пить в поезде в понедельник не очень-то здорово, тем более если делать это в одиночку, а компании у меня нет.

В электричке немало знакомых лиц — я каждую неделю вижу, как эти люди едут в Лондон и обратно. Я узнаю их, а они, наверное, узнают меня. Я не знаю, видят ли они во мне ту, кем я на самом деле являюсь.

Вечер выдался просто потрясающий — теплый, но не жаркий; солнце начинает свой ленивый спуск, тени вытягиваются, и свет постепенно окрашивает деревья золотом. Электричка с грохотом мчится вперед, и мы быстро проскакиваем мимо дома Джейсона и Джесс, промелькнувшего в дымке вечернего солнца. Иногда, не так часто, я вижу их и на обратном пути. Если, конечно, нет встречного поезда и мы едем не так быстро, мне изредка удается увидеть их на террасе. Если нет — как сегодня, — я могу их представить. Джесс с бокалом вина в руке сидит на террасе, водрузив ноги на столик, а Джейсон стоит сзади, положив руки ей на плечи. Я представляю, как это — чувствовать на плечах тяжесть мужских рук, как она успокаивает и дает ощущение защищенности. Иногда я пытаюсь вспомнить, когда в последний раз меня искренне обнимали или с участием жали мне руку, и сердце мое сжимается.

Вторник, 9 июля 2013 года

Утро

Груда тряпья, которую я заметила на прошлой неделе, лежала на том же месте, но стала еще грязнее. Я где-то читала, что при наезде поезд может сорвать с человека одежду. А люди под колесами поезда погибают не так уж и редко. Говорят, таких смертей бывает две-три сотни в год, то есть каждые пару дней кто-то попадает под поезд. Не знаю, сколько из таких смертей являются случайными. Пока электричка медленно ползет мимо, я внимательно вглядываюсь, нет ли на тряпье следов крови, но ничего такого не вижу.

Поезд привычно останавливается перед семафором. Я вижу Джесс — на ней яркое ситцевое платье, она стоит босиком во внутреннем дворике перед стеклянной дверью, ведущей в дом. Она смотрит через плечо: видимо, говорит с Джейсоном, который собирается готовить завтрак. Когда электричка медленно трогается с места, я продолжаю смотреть на Джесс и ее дом. Я не хочу видеть другие дома и особенно тот, что расположен через три дома отсюда, — когда-то он был моим.

Я прожила в доме номер двадцать три по Бленхайм-роуд пять невероятно счастливых и невероятно ужасных лет. Теперь я не могу его видеть. Это был мой первый дом. Не дом моих родителей, не комната в квартире, снятой вскладчину с другими студентками, это был мой первый дом. И вот я не могу его видеть. Ну, вообще-то могу, и смотрю, и хочу смотреть, но в то же время не хочу и стараюсь этого не делать. Каждый день говорю себе не смотреть и каждый день смотрю. Я ничего не могу с собой поделать, хотя ничего не хочу там увидеть, а если что и увижу, то это только принесет боль. Я отлично помню, что почувствовала, когда однажды увидела, что кремовые льняные шторы в спальне исчезли и на их месте появились розовые детские; я до сих пор помню боль при виде Анны, поливавшей кусты роз у забора. Ее футболка туго обтягивала выпуклый живот, а я до крови закусила губу.

Крепко зажмуриваюсь и считаю до десяти, пятнадцати, двадцати. Вот так, мы уже проехали, и дом больше не виден. Мы останавливаемся на станции Уитни, а потом едем дальше, и из набирающего скорость поезда я слежу, как пригород постепенно переходит в грязные северные окраины Лондона, а таунхаусы сменяются металлическими мостами и заброшенными зданиями с разбитыми окнами. Чем ближе мы подъезжаем к Юстону, тем тревожнее становится на душе: как-то сложится сегодняшний день? За пятьсот метров до вокзала на правой от путей стороне стоит грязное низкое бетонное здание, на стене которого кто-то начертил стрелу, направленную в сторону станции, и слова: «Конец пути». Я думаю о груде тряпья неподалеку от рельсов и чувствую, как перехватывает горло.

Вечер

Вечером я уезжаю на электричке в 17.56. Она идет немного медленнее, чем утренняя, — один час и одну минуту, то есть на целых семь минут дольше, чем утром, хотя и не останавливается ни на каких дополнительных станциях. Меня это не смущает, потому что точно так же, как я не тороплюсь попасть в Лондон утром, я не спешу оказаться в Эшбери вечером. Не только потому, что это именно Эшбери, хотя само это место не такое уж привлекательное — типичный новый городок, возникший в 1960-е годы и разросшийся как опухоль в самом сердце Бакингемшира. Он ничем не лучше и не хуже десятка других подобных городков. В центре полно кафе, салонов сотовой связи, отделение сети модной спортивной одежды «Джей-Ди спортс», его окружают пригороды с раскинувшимися в них многозальным кинотеатром и гипермаркетом «Теско». Я живу в приличном (можно сказать) новом (можно сказать) квартале, расположенном там, где артерии от коммерческого сердца города начинают расползаться в жилые окраины, но это не мой дом. Мой дом находится в викторианском строении рядом с железнодорожными путями, и я была одной из двух его владельцев. В Эшбери я не домовладелец и даже не арендатор: я — жиличка, занимающая одну из двух небольших спален в скромной двухэтажной квартирке Кэти благодаря ее доброте и сердечности.

Мы с Кэти подружились в университете. На самом деле мы, скорее даже не дружили, а просто общались, поскольку никогда не были особо близки. На первом курсе она жила в комнате напротив, мы изучали одни и те же предметы, что невольно нас сблизило в первые несколько недель растерянности, пока мы не встретили людей, с которыми имели больше общего. После первого года обучения мы редко виделись, а потом встречались разве что на свадьбах общих знакомых. Но когда мне потребовалась помощь, выяснилось, что у нее есть свободная комната, и ее предложение пожить у нее оказалось весьма кстати. Я не сомневалась, что поживу у нее всего пару месяцев, максимум полгода, тем более что никакой альтернативы у меня не было. Я никогда не жила одна — после родителей мы снимали квартиру с другими девчонками, а потом я переехала к Тому. Я сразу ухватилась за ее предложение. Это было почти два года назад.

Вообще-то все не так уж плохо. Кэти — очень правильная, и это сразу видно. Она не только этого не скрывает, но даже заставляет замечать. Ее правильность бросается в глаза, это ее главная черта, и ей требуется признание, причем признание постоянное, чуть ли не ежедневное, что может быть весьма утомительным. Но это не так страшно — у соседей по квартире могут быть недостатки куда серьезнее. Нет, в моей новой ситуации (я все еще продолжаю думать о ней как о новой, хотя прошло уже два года) меня больше всего беспокоит не

Кэти и даже не Эшбери. Меня удручает потеря контроля. В квартире Кэти я всегда чувствую себя гостьей, которая злоупотребляет гостеприимством. Я чувствую это на кухне, где мы теснимся, готовя ужин каждая себе. Чувствую это, когда сижу рядом с ней на диване, а пульт дистанционного управления непременно в руках у нее. Единственное место, где я чувствую себя комфортно, — это моя крошечная спальня, в которую едва вместились двуспальная кровать и письменный стол, практически не оставив места для прохода. Тут все достаточно удобно, но это не то место, где хочется постоянно находиться, поэтому я провожу больше времени в гостиной или на кухне, где ощущаю неловкость и бессилие. Я потеряла контроль над всем, даже над тем, что творится у меня в голове.

Среда, 10 июля 2013 года

Утро

Жара усиливается. Всего половина девятого, день только начинается, а воздух уже тяжелый и влажный. Хорошо бы прошла гроза, но на вызывающе чистом бледно-голубом небе ни облачка. Я вытираю пот над верхней губой. Жаль, что забыла купить бутылку воды.

Этим утром я не вижу Джейсона и Джесс, отчего по-настоящему расстраиваюсь. Глупо, конечно. Я тщательно разглядываю дом, но никого не видно. Внизу шторы раздвинуты, но стеклянные двери закрыты, и стекла отражают солнечный свет. Створки окна наверху тоже закрыты. Джейсон, возможно, наверху и работает. Думаю, что он врач; наверное, состоит в штате одной из международных организаций. Он всегда готов выехать по звонку — на гардеробе постоянно лежит собранная сумка. Случись землетрясение в Иране или цунами в Азии, и он бросит все, схватит сумку и через несколько часов окажется в Хитроу, чтобы вылететь для спасения жизней.

Джесс, с ее яркими нарядами и кроссовками, с ее красотой и манерами, работает в индустрии моды. Или, возможно, в музыкальном бизнесе, или в рекламе — она вполне может быть стилистом или фотографом. К тому же она хороший художник, у нее сильно развито художественное чутье. Я вижу ее сейчас, в свободной комнате наверху: музыка ревет, окно открыто, в руке кисть, у стены огромный холст. Она пробудет там до полуночи — Джейсон знает, что ее не следует беспокоить, когда она работает.

Конечно, в действительности я ее не вижу. Я не знаю, занимается ли она живописью, заразительно ли смеется Джейсон и красивые ли у Джесс скулы. Я не могу разглядеть отсюда черты ее лица и никогда не слышала голос Джейсона. Я никогда не видела их близко — их не было в этом доме, когда я жила по соседству. Они поселились здесь уже после моего отъезда два года назад — не знаю, когда именно. Мне кажется, я обратила на них внимание около года назад, и за прошедшие месяцы они постепенно заняли важное место в моей жизни.

Я даже не знаю, как их зовут, и мне пришлось самой придумать им имена. Джейсон — потому что он красив в стиле британских кинозвезд, не как Джонни Депп или Брэд Питт, а как Колин Ферт или Джейсон Айзекс. А Джесс просто хорошо сочетается с именем Джейсон и к тому же ей подходит. Отражает присущую ей красоту и беззаботность. Они отличная пара и созданы друг для друга. Видно, что они счастливы. Они такие, какими мы с Томом были пять лет назад. Они то, что я потеряла, они являются всем, чем мне хочется быть.

Вечер

Моя блузка — такая тесная, что едва застегиваются пуговицы — вся в липких пятнах пота, особенно больших под мышками. Глаза режет, в горле пересохло. В этот вечер мне не хочется растягивать путешествие. Мне хочется поскорее оказаться дома, чтобы раздеться и принять душ, чтобы быть там, где меня никто не видит.

Я смотрю на мужчину, сидящего напротив. Он примерно моего возраста, слегка за тридцать, с темными волосами, седеющими на висках, с землистой кожей. Он одет в костюм, но снял пиджак и повесил на сиденье рядом с собой. Перед ним открыт очень тонкий ноутбук. Печатает он медленно. На правом запястье серебряные часы с большим циферблатом — смотрятся дорого, возможно, швейцарские фирмы «Брайтлинг». Он покусывает изнутри щеку. Наверное, нервничает. Или просто глубоко задумался. Пишет важное электронное письмо коллеге в Нью-Йорк или тщательно подбирает слова, сообщая подруге о разрыве. Он неожиданно поднимает глаза и встречается со мной взглядом, который затем скользит по мне и останавливается на маленькой бутылочке вина на столике передо мной. Он отворачивается. В том, как скривились его губы, чувствуется неприязнь. Он находит меня неприятной.

Я не такая, какой была раньше. Я перестала быть привлекательной и даже в некотором роде отпугиваю окружающих. И дело вовсе не в том, что я набрала лишний вес, или мое лицо стало одутловатым от выпивки и недостатка сна. Похоже, со стороны заметно, как внутри у меня все выгорело. Это видно по моему лицу, по тому, как я держу себя, как двигаюсь.

Однажды вечером на прошлой неделе я вышла из своей комнаты налить стакан воды и услышала, как Кэти разговаривает со своим бойфрендом Дэмиеном в гостиной. Я остановилась в коридоре послушать.

— Она одинока, — говорила Кэти, — и я за нее переживаю. Нельзя быть все время одной. — А потом спросила: — Может, у тебя есть какой-нибудь знакомый на работе или в клубе регби?

— Для Рейчел? — переспросил Дэмиен. — Извини, Кэт, но, если серьезно, таких озабоченных среди моих знакомых точно нет.

Четверг, 11 июля 2013 года

Утро

Я ковыряю пластырь на указательном пальце. Он влажный: промок, когда я утром мыла кофейную кружку. Теперь он клейкий и грязный, хотя утром был чистый. Я не хочу его снимать, потому что порез глубокий. Когда я вернулась домой, Кэти не было, я отправилась в винный магазин и купила две бутылки вина. Выпив первую, я решила воспользоваться тем, что ее нет дома, и поджарить себе бифштекс с луком и съесть его с зеленым салатом. Хорошая, здоровая пища. Я порезала кончик пальца, когда измельчала лук. Должно быть, я пошла в ванную, чтобы промыть рану, а потом прилегла и напрочь забыла про кухню, потому что когда проснулась около десяти, услышала, как Кэти разговаривала с Дэмиеном и он сказал, что это мерзко — оставлять кухню в таком виде. Кэти поднялась ко мне наверх, тихо постучала в дверь и чуть приоткрыла ее. Заглянув в проем, она спросила, все ли со мной в порядке. Я извинилась, хотя и не очень понимала за что. Она сказала, что не случилось ничего страшного, но не могла бы я немного прибрать за собой? Разделочная доска была заляпана кровью, комната пропахла сырым мясом, а бифштекс, так и оставшийся лежать на столешнице, уже стал серого цвета. Дэмиен даже не поздоровался: увидев меня, он только покачал головой и отправился наверх, в спальню Кэти.

Когда они оба легли спать, я вспомнила про вторую бутылку и открыла ее. Я сидела на диване и смотрела телевизор, убавив звук до минимума, чтобы им не было слышно. Я не могу вспомнить, что именно я смотрела, но в какой-то момент, должно быть, чувствовала себя ужасно одинокой, или, наоборот, счастливой, или еще что, потому что мне вдруг захотелось с кем-то поговорить. Наверное, потребность в общении оказалась столь сильной, что не удовлетворить ее я просто не могла, а кроме Тома, позвонить мне было некому.

Я ни с кем не хочу разговаривать, кроме Тома. Если верить журналу вызовов на моем телефоне, я звонила четыре раза: в 11.02, 11.12, 11.54 и 12.09. Судя по продолжительности звонков, я оставила два сообщения. Не исключено, что он даже ответил, но я не помню, говорила ли с ним. Мне кажется, что в первом сообщении я просила его перезвонить. Во втором, возможно, тоже, так что ничего страшного.

Поезд, дернувшись, остановился на красный сигнал, и я посмотрела в окно. Джесс сидела во внутреннем дворике и пила кофе. Она положила ноги на стол и, откинув голову, загорала. Позади нее мелькнула тень, кто-то двигался: наверное, Джейсон. Мне захотелось хотя бы мельком увидеть его красивое лицо. Я хочу, чтобы он вышел, встал позади нее, как обычно, и поцеловал в макушку.

Он не выходит, и она наклоняет голову вперед. Сегодня она двигается как-то по-другому, будто на нее давит какая-то тяжесть. Я мысленно прошу его выйти к ней, но электричка дергается и начинает движение, а он по-прежнему не выходит, и она сидит одна. И вдруг, не отдавая себе в этом отчета, я начинаю смотреть уже на свой дом и не могу отвести взгляда. Стеклянные двери распахнуты, и кухню заливает свет. Я не могу сказать, на самом деле не могу, вижу ли я все это в действительности или мне только кажется: это он, стоя у раковины, моет посуду? А на кухонном столе в веселом детском креслице сидит их маленькая дочка?

Я закрываю глаза, и тьма расползается, пока не перерастает из чувства печали в нечто худшее. Я вспомнила! Я не просто просила его перезвонить мне. Теперь я помню, что плакала. Я сказала ему, что до сих пор его люблю и буду любить всегда. Пожалуйста, Том, пожалуйста, мне нужно поговорить с тобой! Мне плохо без тебя! Нет, нет, нет, нет, нет, нет, нет!

Я должна принять это. Какой смысл делать вид, что ничего такого не было? Я буду чувствовать себя ужасно весь день. Это будет накатывать волнами — то сильнее, то слабее, то снова сильнее: спазм в животе, приступ стыда, краска, заливающая лицо. Я с силой сжала веки, будто могла заставить все это исчезнуть. И весь день напролет я буду убеждать себя, что не случилось ничего страшного. Это не самое плохое, что я сделала в жизни. Это не сравнить с тем, как я упала на улице или набросилась с криком на незнакомого человека. Это не сравнить с унижением мужа, когда я летом на барбекю оскорбила жену одного из его друзей. Или с тем, как мы однажды вечером поругались дома, и я пыталась ударить его клюшкой для гольфа и сбила кусок штукатурки в коридоре возле спальни. Или с тем, как я вернулась на работу после трехчасового перерыва на обед и, шатаясь, шла через офис у всех на глазах, а Мартин Майлз отвел меня в сторону и отправил домой. Я читала книгу одной бывшей алкоголички, в которой она описывала, как занималась оральным сексом на оживленной лондонской улице с двумя разными мужчинами, с которыми только что познакомилась в ресторане. Прочитав это тогда, я подумала, что еще не настолько плоха. Все дело в том, на какую высоту поставить планку допустимого.

Вечер

Я думала о Джесс весь день, не в состоянии ни на что переключиться от увиденного утром. Что заставило меня подумать, что у них что-то не так? На таком расстоянии я не могла разглядеть выражения ее лица, но по ее виду чувствовалось, что она была одна. И не просто одна — одинока. Может, так и было; может, он отправился в одну из тех жарких стран, куда летает спасать жизни. И она скучает по нему, беспокоится, хотя и знает, что по-другому он не может.

Конечно, она скучает по нему, так же как и я. Он добрый и сильный, каким и должен быть настоящий муж. И их союз тоже настоящий. Я вижу это и знаю, как они живут. Сила и забота, которые он излучает, вовсе не означают, что она слаба. Ее сила в другом: ее интеллект настолько высок, что постоянно поражает и восхищает его. Чтобы проанализировать какую-то проблему, добраться до ее сути и разложить все по полочкам, ей требуется меньше времени, чем обычному человеку — поздороваться. На вечеринках он часто держит ее за руку, хотя они вместе уже много лет. Они уважают и никогда не унижают друг друга.

Сегодня вечером я чувствую себя абсолютно разбитой. Я не выпила ни капли спиртного. Бывают дни, когда мне так плохо, что мне обязательно нужно выпить; бывают дни, когда мне так плохо, что пить я не могу. Сегодня сама мысль об алкоголе вызывает тошноту. Но быть трезвой на вечернем поезде, особенно в такую жару — задача не из легких. Каждый дюйм моей кожи покрыт пленкой пота, во рту пересохло, глаза чешутся от попавшей в них туши для ресниц.

У меня в сумке загудел телефон, отчего я невольно вздрогнула. Две девушки, сидящие напротив, посмотрели на меня, а потом переглянулись с хитрой улыбкой. Не знаю, что они обо мне подумали, но уверена, что ничего хорошего. Пока я доставала телефон, сердце готово было выскочить из груди. Я понимаю, что ничего хорошего от звонка ждать не приходится. Либо Кэти своим праведным голосом поинтересуется, не стоит ли на сегодня сделать перерыв со спиртным, либо мама сообщит, что на следующей неделе будет в Лондоне, встретит меня возле офиса и мы сможем вместе пообедать. Я смотрю на экран. Это Том. Секунду я раздумываю, потом отвечаю.

— Рейчел?

В первые пять лет нашего знакомства он никогда не называл меня Рейчел, только Рейч. Иногда Шелли, потому что знал, что я этого терпеть не могу. Его забавляло наблюдать, как я сначала раздражалась, а потом тоже невольно начинала хихикать, не в силах удержаться при звуках его заразительного смеха.

— Рейчел, это я. — Его голос звучит глухо, и чувствуется, что он сам на взводе. — Послушай, ты должна положить этому конец.

Я молчу. Электричка замедляет ход, мы почти напротив дома, моего старого дома. Я хочу сказать ему, чтобы он вышел во двор и встал на лужайке. Мне хочется его увидеть.

— Пожалуйста, Рейчел, ты не можешь вот так мне постоянно звонить! Ты должна взять себя в руки.

У меня в горле стоит комок, гладкий и твердый, как галька. Я не могу глотать. Не могу говорить.

— Рейчел? Ты меня слышишь? Я знаю, что у тебя не все в порядке, и мне тебя жаль, действительно жаль, но... Я ничем не могу тебе помочь, а эти постоянные звонки очень расстраивают Анну. Понимаешь? Я не могу тебе больше помочь. Походи на собрания анонимных алкоголиков или еще что. Пожалуйста, Рейчел. Сходи туда прямо сегодня после работы.

Я стягиваю грязный пластырь с кончика пальца и смотрю на бледную сморщенную плоть с засохшей кровью у края ногтя. Я надавливаю на порез большим пальцем правой руки и чувствую, как рана открывается вновь, отдаваясь острой и горячей болью. У меня перехватывает дыхание. Из раны начинает сочиться кровь. Девушки, сидящие напротив, смотрят на меня с ужасом.

Меган

За год до этого

Среда, 16 мая 2012 года

Утро

Я слышу приближающийся поезд, я знаю ритм его движения наизусть. Он набирает скорость после станции Норткоут, а затем, погрохотав на изгибе, начинает замедлять ход, грохот переходит в урчание, а иногда и раздается визг тормозов, если он останавливается на семафоре в паре сотен ярдов от дома. На столе стоит остывший кофе, но мне слишком уютно и лениво, чтобы вставать и делать себе другую чашку.

Иногда я даже не провожаю поезд взглядом, а просто слушаю. Сидя здесь утром с закрытыми глазами и чувствуя, как горячий апельсин солнца греет веки, я могу представить себя где угодно. На пляже на юге Испании, в Чинке-Терре в Италии с живописными разноцветными домами и поездами, развозящими туристов. Или вообразить, что я вновь в Холкхэме, где в ушах постоянно стоит крик чаек, на языке ощущается привкус соли, а в полумиле по ржавым рельсам проходит невидимый поезд.

Сегодня поезд не останавливается, а медленно катит мимо. Я слышу, как стучат колеса, и почти чувствую, как раскачиваются вагоны. Я не могу видеть лиц пассажиров и знаю, что они просто пассажиры, которые едут в Юстон, чтобы занять свои места в офисах, но могу мечтать и представляю экзотические путешествия, с приключениями в конце поездки и после нее. Я мысленно совершаю путешествие обратно в Холкхэм; странно, что я до сих пор вспоминаю его с такой любовью и тоской, тем более в это чудесное утро, но что есть, то есть. Ветер, шуршащий в траве, огромное сланцевое небо над дюнами, старый дом, кишащий мышами и наполненный свечами, пылью и музыкой. Для меня сейчас это все как сон.

Я чувствую, как сильно забилось сердце.

Слышу его шаги на лестнице, он зовет меня по имени.

— Хочешь еще кофе, Меган?

Чары развеиваются — я снова в настоящем.

Вечер

От бриза мне зябко, а от водки с мартини тепло. Я сижу на террасе и жду, когда Скотт вернется домой. Я собираюсь уговорить его угостить меня ужином в итальянском ресторане на Кингли-роуд. Мы никуда не выходили уже бог весть сколько.

Сегодня я мало что сделала. Собиралась оформить заявку на курс по тканям в Колледже искусств и дизайна Сент-Мартинс, даже занялась этим и была на кухне внизу, когда вдруг услышала пронзительный женский крик — будто кого-то убивают. Я выскочила в сад, но ничего не увидела.

Этот крик до сих пор стоит у меня в ушах: он был такой жуткий, полный отчаяния, что от него кровь стыла в жилах.

— Что ты делаешь? Что ты с ней делаешь? Отдай ее! Отдай немедленно!

Казалось, этому не будет конца, хотя, наверное, все длилось не больше нескольких секунд.

Я бросилась в дом, взлетела на второй этаж и очутилась на террасе. Отсюда мне было видно двух женщин у забора через несколько домов от нашего. Одна из них плакала — а может, и обе, — и еще там надрывался младенец.

Я хотела позвонить в полицию, но вскоре все успокоилось. Женщина, которая кричала, убежала в дом, прижимая к себе ребенка. Вторая осталась на месте, потом тоже побежала, но споткнулась и упала, после чего поднялась и начала описывать круги вокруг сада. Странное зрелище. Одному богу известно, что там случилось. Но за долгие недели ничего более волнующего в моей жизни не происходило.

Мои дни наполнены пустотой, теперь у меня нет галереи, в которой я раньше проводила столько времени. Мне очень ее не хватает. Мне очень не хватает общения с художниками. Я даже скучаю по пустоголовым молодым мамочкам, которые нередко заглядывали в галерею, чтобы поглазеть на картины со стаканчиком кофе в руках, а потом рассказать друзьям, что их маленький Джесси в детском саду рисовал лучше.

Иногда мне хочется попробовать разыскать кого-то из той прежней жизни, но меня останавливает мысль, что говорить с ними будет не о чем. Никто даже не узнает меня в той Меган, что живет сейчас в счастливом браке в хорошем районе. В любом случае я не могу рисковать, оглядываясь на прошлое, ничего хорошего из этого не выйдет. Я дождусь конца лета, а потом займусь поисками работы. Я обязательно что-то найду — здесь или в другом месте, но найду обязательно.

Вторник, 14 августа 2012 года

Утро

Я стою перед своим гардеробом, разглядывая в сотый раз висящую на плечиках красивую одежду, идеально подходящую для менеджера небольшой, но весьма стильной художественной галереи. Никакой наряд не вяжется со словом «няня». Господи, само это слово вызывает желание засунуть в рот кляп. Я надеваю джинсы и футболку, зачесываю волосы назад. Я даже не накладываю макияж. Какой смысл прихорашиваться, если предстоит весь день провести с ребенком?

Я раздраженно спускаюсь по лестнице, чувствуя, что нервы на пределе. Скотт варит кофе на кухне. Он поворачивается ко мне с улыбкой, и мое настроение моментально поднимается. Недовольная гримаса сменяется улыбкой. Он протягивает кофе и целует меня.

В чем его вина, если это была моя идея? Я сама вызвалась посидеть с ребенком для семьи, живущей через несколько домов. Тогда мне казалось, что это меня развлечет. Полная чушь, я, должно быть, просто была не в себе. Меня все раздражало, мне было скучно и захотелось отвлечься. Я решила попробовать. Кажется, эта мысль пришла мне в голову, когда я услышала крик в саду и захотела узнать, что там происходит. Конечно, расспрашивать я не собиралась, да и как это было сделать?

Скотт меня поддержал — он был на седьмом небе, когда я предложила это. Он надеялся, что возня с младенцем разбудит во мне материнский инстинкт. На самом деле все оказалось с точностью до наоборот: после них я со всех ног неслась домой, чтобы поскорее раздеться, встать под душ и смыть с себя запах ребенка.

Я скучаю по своей работе в галерее, когда я прихорашивалась, делала прическу и разговаривала с умными людьми об искусстве, или фильмах, или просто болтала ни о чем. «Ни о чем» казалось большим прогрессом по сравнению с разговорами с Анной. Господи, какая же она зануда! Такое впечатление, что когда-то она могла говорить о чем-то другом, но теперь — только о ребенке. Тепло ли малышке? Не жарко ли ей? Сколько она выпила молока? И она постоянно находилась рядом, отчего я чувствовала себя чем-то вроде запасной части. От меня требовалось присмотреть за ребенком, когда Анна отдыхала, дать ей возможность перевести дух. Перевести дух от чего именно? Она сама ужасно нервная. Не сидит на месте ни секунды и все время суетится. Каждый раз, когда проходит поезд, ее передергивает, а звонок телефона заставляет вздрагивать.

— Они такие беспомощные и слабенькие, правда? — спрашивает она, и с этим я не могу не согласиться.

Я выхожу из дома и, с трудом переставляя ноги, тащусь с полсотни ярдов по Бленхайм-роуд до места своей работы. Иду туда как на каторгу. Сегодня дверь открывает не она, а ее муж Том: он уже в костюме, ботинках — отправляется на работу. В таком виде он весьма импозантен, но не как Скотт. Том не такой крупный, и кожа у него светлее, а глаза, если присмотреться, посажены слишком близко, но он очень даже ничего. Он приветствует меня широкой, как у Тома Круза, улыбкой и уходит, оставляя с ней и ребенком.

Четверг, 16 августа 2012 года

День

С меня довольно!

Я чувствую себя намного лучше, как будто теперь возможно все. Я свободна!

Я сижу на террасе и жду, когда начнется дождь. Небо над головой черное, ласточки описывают круги, время от времени срываясь в пике, воздух напоен влагой. Скотт вернется домой через час или около того, и я ему скажу. Ему, конечно, это не понравится, но я постараюсь сделать так, что через пару минут от его недовольства не останется и следа. К тому же я не собираюсь днями напролет сидеть дома просто так: я уже все придумала. Я могла бы пойти на курсы фотографии, или заняться оформлением торговых мест, или продавать украшения. Я могла бы научиться готовить.

В школе один учитель как-то сказал мне, что у меня есть талант переосмысления себя. Не знаю, что у него тогда было на уме, может, просто закидывал удочку, но со временем эта мысль мне стала нравиться все больше и больше. Беглянка, любовница, жена, официантка, менеджер галереи, няня и еще несколько промежуточных образов. Так кем я хочу быть завтра?

Вообще-то я не собиралась уходить, но слова сами собой слетели с губ. Мы сидели за кухонным столом: Анна с младенцем на коленях, Том, заскочивший домой, чтобы что-то забрать, и сейчас пивший кофе. И я вдруг ощутила всю нелепость происходящего: в моем присутствии не было абсолютно никакой необходимости. Мало того, я почувствовал себя неловко, будто вторглась в чужую жизнь.

— Я нашла другую работу, — сообщила я неожиданно даже для себя. — Так что не смогу больше вам помогать.

Анна бросила на меня взгляд — не думаю, что она мне поверила, — и сказала:

— Что ж, очень жаль.

Было видно, что на самом деле нисколько не сожалела. Напротив, эта новость ее обрадовала. Она даже не спросила, какого рода эта работа, что было мне на руку, поскольку я не придумала заранее никакой убедительной лжи.

Том казался слегка удивленным.

— Нам будет тебя не хватать, — только и сказал он, но и это тоже была ложь.

Единственным человеком, который на самом деле расстроится, будет Скотт, так что я должна придумать, как ему это преподнести. Может, стоит сказать, что Том пытается за мной ухаживать? Тогда это снимет все вопросы.

Четверг, 20 сентября 2012 года

Утро

Сейчас восьмой час, и становится прохладно, но здесь так красиво: холодные зеленые полоски садов ждут, когда из разделяющих их проходов к ним подберутся лучи солнца и вдохнут в них жизнь. Я очень плохо сплю, не могу уснуть ночью, и эта проклятая бессонница измучила меня. Я ненавижу ее больше всего на свете. Я лежу, а мой мозг постоянно работает — тик, тик, тик, тик. У меня все чешется. И хочется побрить голову наголо.

Мне хочется уехать. Отправиться в путь на кабриолете с поднятым верхом. Хочется добраться до побережья, не важно какого. Хочется ходить на пляж. Мы со старшим братом собирались стать путешественниками и колесить по дорогам. Вот такие мы с Беном строили планы. Вообще-то планы в основном строил Бен — он был большой мечтатель. Мы собирались проехать на мотоциклах от Парижа до Лазурного берега или вдоль всего тихоокеанского побережья США — от Сиэтла до Лос-Анджелеса; мы хотели повторить маршрут Че Гевары от Буэнос-Айреса до Каракаса. Может, если бы все это произошло, я бы не оказалась здесь, не зная, что делать дальше. А может, в конечном итоге оказалась бы именно там, где нахожусь сейчас, и была бы совершенно этим довольна. Но, конечно, ничего подобного не случилось, потому что Бен так и не добрался не то что до Парижа, но даже до Кембриджа. Он погиб на автотрассе А10, угодив под колеса автопоезда.

Я скучаю по нему каждый день. Наверное, больше, чем по кому-либо другому. Он — огромная брешь в моей жизни, в моей душе. А может, его смерть лишь положила начало процессу, который постепенно наполнил мою жизнь пустотой. Я не знаю. Я даже не знаю точно, связано ли все это с Беном или с тем, что случилось после того, как его не стало. Я знаю только одно: в какой-то момент мне кажется, что у меня все отлично, жизнь прекрасна и я всем довольна. Но уже в следующий мне хочется поскорее убежать — не важно куда, я не нахожу себе места, и мне не на что опереться, чтобы сохранить равновесие.

Я обращусь к психотерапевту. Конечно, это немного необычно, но может оказаться забавным и развлечь. Я всегда считала, что быть католичкой довольно удобно — хорошо иметь возможность излить душу на исповеди и того, кто простит тебя и отпустит все грехи, чтобы ты могла начать все с чистого листа.

Понятно, что психотерапевт — не то же самое. Я немного нервничаю, но в последнее время совсем не могу заснуть, да и Скотт меня поддержал. Я сказала ему, что мне трудно говорить о таких вещах со знакомыми, даже с ним. А он ответил, что в этом как раз и весь смысл, потому что незнакомому человеку гораздо проще рассказать обо всем, что наболело. Но это не совсем так. Всего рассказать нельзя. Бедный Скотт! Он понятия не имеет, что творится у меня на душе. Он любит меня так сильно, что мне даже больно. Я не знаю, как у него это получается. Я свожу себя с ума.

Но я должна что-то предпринять, по крайней мере не должна сидеть сложа руки. Все эти планы, что я себе насочиняла — курсы фотографии и уроки кулинарного мастерства, — на деле оказываются довольно бессмысленным занятием, как если бы я играла в реальную жизнь вместо того, чтобы в ней жить. Мне нужно найти то, что я должна делать, что-то важное. У меня не получается быть просто женой. Я не понимаю, как это кому-то удается — ничего не делать, только сидеть и ждать. Ждать, когда муж вернется домой, чтобы любить тебя. Либо это, либо поиск того, что наполнит твою жизнь смыслом.

Вечер

Я все еще жду приема. Прошло уже полчаса после назначенного мне времени, а я по-прежнему сижу в приемной и листаю «Вог», размышляя, не пора ли встать и уйти. Я понимаю, что у обычных врачей прием больных может затянуться. Но у психотерапевта? Если судить по фильмам, они бесцеремонно выдворяют пациентов, когда истекают отведенные им пятьдесят минут. Наверное, Голливуд показывает не тех специалистов, к которым отсылает Государственная служба здравоохранения Великобритании.

Я как раз собираюсь сказать секретарше, что прождала достаточно долго и ухожу, когда дверь в кабинет врача распахивается, в проеме появляется очень высокий худощавый мужчина и протягивает мне руку с извиняющимся видом.

— Миссис Хипвелл, прошу извинить, что заставил вас ждать, — говорит он.

И я улыбаюсь ему в ответ и говорю, что все в порядке, и в этот момент я действительно чувствую, что все будет в порядке, потому что минута или две в его обществе уже оказали на меня благотворное действие.

Думаю, все дело в его голосе. Он мягкий и низкий. У него легкий акцент, но это меня не удивляет, потому что его зовут доктор Камаль Абдик. Скорее всего ему лет тридцать пять, но выглядит он очень молодо, и у него удивительная кожа цвета темного меда. У него красивые руки, и я представляю их на себе. Я почти чувствую, как его тонкие длинные пальцы ласкают мое тело.

Мы не говорим ни о чем существенном, это просто первое знакомство: он спрашивает, что меня беспокоит, я жалуюсь на приступы паники и бессонницы, на то, что не могу уснуть ночью, потому что мне страшно. Он хочет, чтобы я рассказала об этом подробнее, но я пока не готова. Он спрашивает, принимаю ли я наркотики, пью ли спиртное. Я отвечаю, что сейчас страдаю от других пороков, ловлю его взгляд, и мне кажется, он понимает, что я имею в виду. Тогда я говорю себе, что должна быть серьезнее, и рассказываю о закрытии галереи и о том, что теперь постоянно чувствую себя неприкаянной, утратила внутренний покой и слишком много копаюсь в своих мыслях. Он немногословен, лишь изредка задает наводящие вопросы, но мне хочется слышать его голос, и перед уходом я спрашиваю, откуда он приехал.

— Из Мейдстоуна, — отвечает он, — это в Кенте. Но в Корли я перебрался несколько лет назад. — Он знает, что я хотела узнать не это, и лукаво улыбается.

Дома Скотт ждет моего возращения, сразу наливает мне выпить и расспрашивает о том, как все прошло. Я говорю, что все прошло хорошо. Он спрашивает о враче: понравился ли он мне, как держался? Я снова отвечаю, что нормально, потому что не хочу показаться слишком восторженной. Он интересуется, говорили ли мы о Бене. Скотт думает, что все дело в Бене. Может, он и прав. Не исключено, что он знает меня лучше, чем мне кажется.

Вторник 25 сентября 2012 года

Утро

Этим утром я проснулась рано, но несколько часов все же проспала, что по сравнению с прошлой неделей настоящий прогресс. Вылезая из постели, я чувствовала себя почти отдохнувшей, поэтому, вместо того чтобы сидеть на террасе, решила совершить прогулку.

Я сама избегаю общения, почти не отдавая себе в этом отчета. Места моих посещений в последнее время ограничиваются магазинами, студией пилатеса и кабинетом психотерапевта. Иногда я еще заглядываю к Таре. Все остальное время провожу дома. Неудивительно, что мне все время не по себе.

Я выхожу из дома, поворачиваю сначала направо, потом налево на Кингли-роуд. Прохожу мимо паба «Роуз». Раньше мы постоянно туда наведывались, и я не могу вспомнить, почему перестали. Мне никогда там особо не нравилось: слишком много пар за сорок, которые слишком много пьют или приглядываются, не обломится ли что еще, если, конечно, у них хватит на это духу. Не исключено, что мы перестали туда ходить именно потому, что мне это не нравилось. Я прохожу мимо паба, мимо магазинов. Не хочу уходить далеко, просто сделаю небольшой круг, чтобы размять ноги.

Приятно оказаться на улице в столь ранний час, когда еще нет спешащих в школу детей и торопящихся на электричку до Лондона взрослых; улицы пусты и чисты, а новый день сулит много возможностей. Я опять поворачиваю налево и иду к маленькой детской площадке — единственному, хоть и довольно неказистому зеленому уголку города. Сейчас тут никого нет, но через несколько часов будет полно малышей с мамашами и гувернантками. Половина занимающихся пилатесом девушек, упакованных с ног до головы в модные спортивные наряды, тоже окажутся здесь, эффектно потягиваясь со стаканчиками кофе в ухоженных руках.

Я прохожу мимо парка и направляюсь вниз, к Роузберри-авеню. Если повернуть направо, я окажусь возле своей галереи — вернее, там, где раньше была галерея, а теперь просто пустая витрина, — но я не хочу ее видеть, потому что до сих пор жалею о ней. Я так старалась, чтобы она стала популярной! Но она оказалась не в том месте и не в то время — в пригороде нет тяги к искусству, тем более при такой экономике. Поэтому я поворачиваю направо возле супермаркета «Теско» и прохожу мимо другого паба, куда в основном наведываются местные фермеры, и направляюсь уже в сторону дома. Я чувствую, как меня охватывает беспокойство и что я начинаю нервничать. Я боюсь столкнуться с Уотсонами, при виде их мне всегда неловко: понятно, что никакой новой работы у меня нет, я просто не хочу у них работать.

Вернее, я испытываю неловкость при встрече с ней. Том меня просто не замечает. Но Анна, похоже, принимает это близко к сердцу. Она, очевидно, думает, что моя недолгая карьера в качестве няни завершилась из-за нее или ее ребенка. В действительности дело вовсе не в ее ребенке, хотя из-за вечного хныканья его трудно любить. Все гораздо сложнее, но объяснить ей это я, конечно, не могу. В любом случае именно нежелание видеть Уотсонов является одной из причин моего затворничества. Я подсознательно надеюсь, что они переедут. Я знаю, что ей здесь не нравится: она ненавидит этот дом, ненавидит жить среди вещей бывшей жены своего мужа, ненавидит поезда.

Я останавливаюсь на углу и заглядываю в подземный переход. От царящего тут запаха холода и сырости у меня всегда бегут мурашки по коже, это как перевернуть камень, чтобы посмотреть, что там под ним: мох, черви и земля. Это напоминает мне, как в детстве я искала с Беном лягушек в пруду. Я иду дальше. Улица пустынна — никаких признаков Тома или Анны, — и та часть меня, что не может обходиться без драмы, чувствует себя обманутой.

Вечер

Только что позвонил Скотт и предупредил, что задержится на работе, но мне хотелось услышать совсем другое. Весь день я на взводе. Не могу усидеть на месте. Я надеялась, что он придет домой и успокоит меня, а он вернется только через несколько часов, и мысли в моей голове так и будут продолжать крутиться, крутиться и крутиться, и я знаю, что меня ждет бессонная ночь.

Я не могу просто так сидеть, наблюдая за поездами, я слишком нервничаю, и сердце трепещет в груди, будто птица, пытающаяся вырваться из клетки на волю. Я сую ноги в шлепанцы, спускаюсь вниз и выхожу из передней двери на Бленхайм-роуд. Сейчас около половины восьмого — на улице несколько припозднившихся прохожих, которые спешат домой с работы. Больше никого нет, хотя слышны крики детей, играющих на заднем дворе, пока летнее солнце окончательно не село и их не позвали на ужин.

Иду по дороге к станции. Останавливаюсь возле дома номер двадцать три и размышляю, не стоит ли позвонить в дверь. Что я скажу? Что кончился сахар? Или просто заглянула поболтать? Их жалюзи наполовину открыты, но внутри никого не видно.

Я иду дальше, дохожу до угла и почему-то спускаюсь в подземный переход. Когда я достигаю примерно середины, сверху проходит поезд, и это потрясающе! Это как землетрясение: его вибрация, разгоняющая кровь, ощущается всем телом. Я смотрю вниз и замечаю что-то на полу: это обруч для волос, фиолетовый, растянутый и потертый. Должно быть, его потеряли во время пробежки, но у меня отчего-то бегут мурашки, мне хочется поскорее выбраться наверх и оказаться там, где светит солнце.

На обратном пути он проезжает мимо меня на своей машине, наши взгляды на мгновение встречаются, и он улыбается мне.

Рейчел

Утро

Я чувствую себя абсолютно разбитой, голова после сна тяжелая, будто налита свинцом. Когда пью, я практически не сплю. Отключаюсь на час или два, а когда прихожу в себя, чувствую тошноту от страха и от самой себя. Если выдается день, когда я не пью, то ночью после этого впадаю в тяжелое забытье, а утром не могу толком проснуться, не могу избавиться от сонливости, которая мучает меня долгие часы, а то и весь день.

Сегодня в вагоне мало пассажиров, и рядом со мной никто не сидит. Никто на меня не смотрит, я склоняю голову к окну и закрываю глаза.

Визг тормозов поезда будит меня. Мы у семафора. По утрам в это время года солнечные лучи падают на заднюю часть домов у полосы отчуждения, заливая их светом. Я почти чувствую тепло утреннего солнца на лице и руках, когда сижу за столом во время завтрака, а Том сидит напротив меня. Я босиком, ставлю свои ноги на его, поэтому у него они всегда теплые, и читаю газету. Я чувствую, что он смотрит на меня и улыбается, и меня заливает краска, поднимающаяся от груди к шее, что всегда со мной происходит, когда он смотрит на меня определенным образом.

Я с силой зажмуриваюсь, и Том исчезает. Мы по-прежнему стоим на семафоре. Я вижу в саду Джесс, а за ней выходящего из дома мужчину. В руках он что-то несет — возможно, кружки кофе. Я смотрю на него и понимаю, что это не Джейсон. Этот человек выше, стройнее и смуглее. Он — друг семьи, ее брат или брат Джейсона. Он наклоняется, ставит кружки на металлический столик во внутреннем дворике. Это двоюродный брат из Австралии, остановившийся у них на пару недель; старый друг Джейсона, шафер на их свадьбе. Джесс подходит к нему, обнимает за талию и целует долго и страстно. Электричка трогается.

Я не верю своим глазам. Сделав судорожный вдох, осознаю, что от изумления даже перестала дышать. Почему она так поступает? Джейсон любит ее, это видно, они счастливы. Я не могу поверить, что она с ним так поступает, он не заслуживает такого. Я чувствую глубокую обиду, как будто меня жестоко обманули. Знакомая боль наполняет грудь. Со мной такое уже случалось. Конечно, тогда боль ощущалось острее, но ее характер я помню. Такое не забывается.

Я узнала об этом тем же способом, каким в наши дни узнают обо всем — благодаря беспечности в общении при помощи электроники. Иногда это эсэмэска или голосовое сообщение; в моем случае это была электронная почта — современный след помады на воротничке. На самом деле это вышло случайно. Я не должна была трогать компьютер Тома, потому что он боялся, как бы я по ошибке не удалила что-то важное, или нажала не на ту кнопку и запустила в него вирус или троянскую программу, или что-то в этом роде.

— Техника явно не твой конек, верно, Рейч? — сказал он, когда я умудрилась случайно стереть все контакты из его списка электронных адресов. Так что я не должна была трогать его компьютер. Но мои намерения были самыми благими — мне хотелось как-то загладить вину за проблемы, которые я создавала в последнее время. Я хотела устроить нам поездку на четвертую годовщину свадьбы, чтобы мы вспомнили, как все было когда-то. Это должен был быть сюрприз, и мне было необходимо узнать его рабочий график. Вот почему я оказалась за его компьютером.

Я за ним не следила, не пыталась в чем-то уличить. Упаси Боже! Я вовсе не из тех ужасных подозрительных жен, которые роются в карманах у своих мужей. Однажды, когда он был в ванной, я ответила на звонок его телефона, чем буквально вывела его из себя. Тогда он обвинил меня в недоверии. Я чувствовала себя ужасно, потому что он по-настоящему обиделся.

Мне просто хотелось узнать его рабочий график, а он опаздывал на встречу и забыл выключить свой ноутбук. Это было как нельзя кстати: я посмотрела график и сделала для себя нужные пометки. Когда я закрыла окно браузера с календарем, на экране оказалась страница электронной почты. Там было одно новое письмо, и я на него кликнула. ХХХХХ. Просто строчка из букв Х. Сначала я подумала, что это спам, а потом до меня дошло, что это поцелуи.

Это был ответ на сообщение, которое он отправил чуть позже семи, то есть несколько часов назад, когда я еще спала в нашей постели.

Я заснул вчера вечером, думая о тебе, и мне приснилось, что я целую твои губы, грудь, бедра. Утром я проснулся, и все мои мысли были только о том, как сильно мне хочется тебя гладить и ласкать.

Если ты думаешь, что я не потеряю рассудок, то ошибаешься. С тобой это невозможно.

Я прочитала его сообщения: их были десятки, и они хранились в папке «Настройки». Я выяснила, что ее зовут Анна Бойд и что мой муж в нее влюблен. Он постоянно об этом писал. Писал, что никогда раньше не испытывал такого чувства, что не может дождаться, когда они будут вместе, и что это обязательно случится.

У меня нет слов, чтобы описать, что я чувствовала в тот день, но сейчас в поезде меня захлестывает ярость. Ногти больно впиваются в ладони, в глазах щиплет. Я в бешенстве. Чувство такое, будто у меня что-то отняли. Как она могла? Как могла Джесс так поступить? Да что с ней такое? Разве жизнь их не была чудесной? Я никогда не понимала, как люди могут так беспечно причинять боль другим, следуя зову своего сердца. Кто сказал, что слушать свое сердце хорошо? Это чистой воды эгоизм, стремление все подчинить своим страстям. Меня переполняет ненависть. Если бы я сейчас увидела эту женщину, увидела Джесс, я бы плюнула ей в лицо. Я бы выцарапала ей глаза.

Вечер

На железной дороге какая-то проблема. Электричку до Стоука в 17.56 отменили, и ее пассажиры сейчас едут в моем поезде, так что все сидячие места в вагоне заняты. Мне, к счастью, место нашлось, правда, не у окна, а у прохода, и набившиеся в вагон люди вторгаются в мое личное пространство и то и дело задевают меня за плечо или колено. Я борюсь с желанием встать и с силой отодвинуть их всех назад. Стоявшая весь день жара меня измучила, мне кажется, что я дышу через маску. Все окна открыты, но даже при движении поезда ощущение такое, будто мы заперты в душной металлической камере. Моим легким не хватает кислорода. Меня тошнит.

Перед глазами постоянно прокручивается картина того, что произошло утром в кофейне. Мне кажется, что я по-прежнему нахожусь там и все на меня смотрят.

Я виню в этом Джесс. Я не могла выбросить из головы Джесс и Джейсона, ее поведение и его реакцию, скандал, который неизбежно разразится, когда он узнает, что мир, в котором он жил, рухнул, совсем как мой в свое время. Я шла, погруженная в свои мысли, не замечая ничего вокруг, и машинально толкнула дверь встретившейся по пути кофейни, забыв, что именно сюда часто заглядывают сотрудники «Хантингтон Уайтли», где я раньше работала. Я заметила их слишком поздно и выйти обратно на улицу уже не могла — они смотрели на меня, и их глаза на мгновение расширились. Однако они быстро пришли в себя и, изобразив на губах улыбки, приветственно замахали, приглашая присоединиться. Мартин Майлз с Сашей и Харриет, триумвират неловкости.

— Рейчел! — произнес Мартин, протягивая руки, чтобы заключить меня в объятия.

Я этого не ожидала, и мои руки так и остались висеть по швам, когда он притянул меня к себе. Саша и Харриет улыбнулись, чмокнув воздух и держась на расстоянии.

— Что ты здесь делаешь?

Я долго молчала, глядя в пол, и почувствовала, что начинаю краснеть. Понимая, что только все усложняю, натянуто рассмеялась и ответила:

— Собеседование. Я тут на собеседовании.

— Правда?

Мартин не мог скрыть удивления, а Саша и Харриет кивнули и улыбнулись.

— И что за фирма?

Я не могла вспомнить названия ни одной фирмы по связям с общественностью. Ни одной. И ни одного агентства недвижимости, не говоря уже о том, которому действительно были нужны сотрудники. Я просто стояла, потирая нижнюю губу указательным пальцем и качая головой. Наконец Мартин сам прервал молчание:

— Полная секретность, верно? Да, есть такие фирмы, которые настаивают на конфиденциальности, пока контракт не будет заключен официально.

Это была полная чушь, и он это знал и сказал это, чтобы помочь мне. Все это понимали, но сделали вид, что так оно и есть, и кивнули. Харриет и Саша смотрели мне за спину на дверь, им было неловко, и они не знали, что делать дальше.

— Пойду закажу себе кофе, — сказала я. — Не хочу опаздывать.

Мартин взял меня за локоть и произнес:

— Я очень рад тебя видеть, Рейчел.

Его жалость была почти осязаемой. За последние год-два своей жизни я поняла, насколько это унизительно — вызывать жалость. Раньше я этого не понимала.

Я намеревалась зайти в библиотеку «Холборн» на Теобальдс-роуд, но передумала и направилась в Риджентс-парк. Дошла до самого дальнего его конца, примыкающего к зоопарку, села на скамейку в тени платана, размышляя, чем заполнить время, и прокручивая в голове разговор в кофейне, вспоминала выражение лица Мартина, когда мы прощались.

Наверное, я пробыла там меньше получаса, когда зазвонил мобильник. Это был Том, и он звонил с домашнего телефона. Я представила, как он работает на своем ноутбуке на нашей солнечной кухне, но воспоминания отравляли обстоятельства его новой жизни. Она где-то рядом, готовит чай или кормит девочку, незримо отбрасывая тень на всю его новую жизнь. Я не ответила, и вызов переключился на голосовую почту. Я убрала телефон обратно в сумку и постаралась о нем не думать.

Я не хотела больше его слышать, во всяком случае сегодня; на сегодня и так уже достаточно неприятностей, а время всего пол-одиннадцатого. Я выждала минуты три, потом достала телефон и набрала голосовую почту. Я приготовилась к пытке: теперь мне мучительно больно просто слышать его голос, который раньше при общении со мной был веселым и легким, а теперь только увещевает, утешает или жалеет. Но звонил не он.

— Рейчел, это Анна.

Я нажала клавишу отбоя.

У меня перехватило дыхание, в голове закрутились сотни мыслей, а по телу побежали мурашки. Я поднялась, дошла до магазина на углу Тичфилд-стрит и купила четыре банки джина-тоника. Тут же открыла одну и быстро выпила, затем взяла вторую. Я повернулась спиной к дорожке, чтобы не видеть делающих пробежку людей, матерей с малышами и туристов. Если я их не вижу, то, как ребенок, могу считать, что и они меня тоже не видят. Я снова набрала голосовую почту.

— Рейчел, это Анна.

Долгая пауза.

— Мне надо поговорить с тобой о телефонных звонках.

Снова долгая пауза. Она разговаривает со мной и, как и все занятые жены и матери, одновременно делает что-то еще — убирается или загружает стиральную машину.

— Послушай, я знаю, как тебе сейчас нелегко, — говорит она, словно не имеет к этому никакого отношения, — но ты должна прекратить постоянно звонить нам по ночам. — Теперь ее тон сухой и раздраженный. — Мало того, что ты будишь нас, ты будишь Эви, а это недопустимо! Мы потом никак не можем ее успокоить.

«Мы не можем ее успокоить». Мы. Нас. Наша маленькая семья. Со своими проблемами и укладом. Сука!

Да она кукушка, подбросившая свои яйца в мое гнездо! Она отняла у меня все! Она отняла у меня все, а теперь звонит и говорит, что мои страдания причиняют ей беспокойство?

Я приканчиваю вторую банку и открываю третью. Блаженное воздействие алкоголя приносит облегчение всего на несколько минут, а потом мне становится нехорошо. Я пью слишком быстро даже для себя, нужно сбавить обороты: если продолжать в том же духе, то добром это не кончится. Я сделаю нечто, о чем буду потом жалеть. Я собираюсь позвонить ей сама и сказать, что мне наплевать на нее, и на ее семью тоже, и что меня не волнует, будет ли ее ребенок вообще когда-то спать до конца своей жизни. Я собираюсь сказать ей, что слова, которые он ей писал — насчет потери рассудка, — он точно так же писал мне, когда у нас все начиналось, и еще он называл меня своей вечной любовью. И это было до нее. Это даже не его слова — он украл их у Генри Миллера. Все, что у нее есть, уже было в употреблении. Интересно, что она скажет на это? Я хочу позвонить и поинтересоваться, как ей живется в моем доме, в окружении купленной мною мебели, как ей спится в постели, которую я с ним делила так много лет, каково это — кормить ребенка на кухонном столе, на котором он меня трахал?

Меня до сих пор поражает, что они решили остаться там, в том доме, в моем доме. Я не могла поверить, когда он мне сказал. Я любила этот дом. Именно я настояла на его покупке, несмотря на близость к железной дороге. Мне нравилось, что рядом проложены пути, нравилось смотреть на проходящие поезда, нравилось слышать старомодный перестук колес, а не рев двигателей автобусов междугороднего сообщения. Том говорил, что со временем старые пути заменят и тогда мимо нас будут мчаться скоростные экспрессы, но мне в это не верилось. Я бы осталась жить в этом доме и выкупила у Тома его долю, будь у меня деньги. Но денег не было, а после развода мы не могли найти покупателя за достойную цену, так что он сказал, что сам выкупит у меня долю и останется в нем жить, пока не найдет покупателя за приличные деньги. Однако покупателя он так и не нашел, а вместо этого перевез сюда ее, и ей тут понравилось, и они решили остаться. Наверное, надо быть очень уверенной в себе и в нем, чтобы присутствие здесь раньше другой женщины совсем не смущало. Она явно не считает меня угрозой. Я думаю о Теде Хьюзе*, о том, как он перевез Асю Вевилл в дом, в котором раньше жил с Сильвией Плат, как она носила ее одежду, расчесывала волосы ее расческой. Я хочу позвонить Анне и напомнить ей, что Ася покончила с собой, отравившись угарным газом, в точности воспроизведя обстоятельства самоубийства Сильвии.

Судя по всему, джин и жаркое солнце сморили меня, и я задремала. Потом вдруг резко очнулась и начала лихорадочно шарить рукой по скамейке в поисках сумочки. Она была на месте. Кожа чесалась. По ней повсюду ползали муравьи — они были в волосах, на шее и груди. Я судорожно вскочила и принялась их стряхивать. Два подростка, пинавшие мяч неподалеку, перестали играть и, сложившись пополам от смеха, не сводили с меня глаз.

Электричка останавливается. Мы почти напротив дома Джесс и Джейсона, но за путями его не видно — слишком много людей загораживают вид. Интересно, дома ли они, в курсе ли он, ушел ли из дома или все еще живет прежней жизнью, которая окажется ложью?

---

* Эдвард Джеймс Хьюз (1930–1998) — английский поэт и детский писатель, занимающий четвертое место в списке «50 лучших британских писателей послевоенной эпохи». — *Здесь и далее примеч. пер.*

Суббота, 13 июля 2013 года

Утро

Мне не надо смотреть на часы, чтобы узнать, что сейчас восемь часов плюс-минус пятнадцать минут. Я знаю это по свету, по доносящимся с улицы звукам, по шуму пылесоса, которым Кэти чистит дорожку в коридоре напротив моей двери. По субботам Кэти обязательно встает рано, чтобы навести порядок в доме, и не важно, что это за день. Даже если он окажется днем ее рождения или мистическим утром приобщения к Истине, Кэти все равно поднимется пораньше, чтобы убраться. Она говорит, что это ее расслабляет и настраивает на хорошие выходные, а поскольку это еще и физическая нагрузка, то освобождает от похода в тренажерный зал.

Вообще-то ее уборка и шум пылесоса ранним утром меня не смущают, потому что я все равно не сплю. Я не могу спать по утрам, не могу сонно проваляться в постели до полудня. Я просыпаюсь внезапно, чувствуя, как колотится сердце, как я неровно дышу и как сухо во рту, и сразу же понимаю, что все кончено. Я проснулась. Чем сильнее я пытаюсь заставить себя погрузиться в блаженную дремоту, тем меньше у меня на это шансов. Жизнь и свет не позволят мне этого. Я лежу, прислушиваясь к звукам бодрой и жизнерадостной деятельности Кэти, и думаю о куче тряпья возле путей и о Джесс, целующей любовника в лучах утреннего солнца.

Впереди меня ждет день, который ничем не занят.

Можно пойти на фермерский рынок, купить оленины и бекона и провести день у кухонной плиты.

Можно посидеть на диване перед телевизором с чашкой чая и посмотреть какую-нибудь кулинарную передачу.

Можно пойти в спортзал.

Можно написать заново свое резюме.

Можно дождаться, когда Кэти уйдет из дома, сходить в магазин и купить две бутылки «Совиньон блан».

В той другой жизни я тоже проснулась рано. За окном прогрохотала электричка на 8.04. Я открыла глаза и прислушалась к стуку дождевых капель в оконное стекло. Я чувствовала рядом его — сонного, теплого и с эрекцией. Потом он пошел забрать газеты, а я сделала яичницу, мы сидели на кухне и пили чай. Затем сходили в паб, где довольно поздно пообедали, и, придя домой, уснули, обнявшись, перед телевизором. Наверное, теперь у него все по-другому — никакого ленивого секса по субботам и яичницы, а вместо них иные радости: что-то лепечущая маленькая девочка в кровати между ним и женой. Сейчас она только учится говорить: все эти «да-да» и «ма-ма» на том тайном языке, который понимают лишь родители.

В груди застрял твердый и тяжелый ком боли, который не дает дышать. Я не могу дождаться, когда Кэти наконец уйдет из дома.

Вечер

Я собираюсь повидать Джейсона.

Я целый день просидела в своей спальне, дожидаясь, когда Кэти уйдет, чтобы можно было выпить. Но она так никуда и не ушла — она сидела в гостиной стойко и непоколебимо, будто часовой на посту, и «чистила комп». Ближе к вечеру я уже была не в силах и дальше выдерживать свое заключение и скуку, поэтому сказала ей, что пойду погулять. Я направилась в паб «Уитшиф» возле Хай-стрит и выпила три больших бокала вина. И пару порций виски. Потом пошла на станцию, купила пару банок джина-тоника и села в электричку.

Я собираюсь повидать Джейсона.

Я не собираюсь наносить ему визит, заявляться домой и стучать в дверь. Ничего подобного. Ничего безрассудного. Я хочу просто проехать мимо их дома на поезде. Делать мне все равно нечего, а домой идти не хочется. Мне просто хочется его увидеть. Увидеть их обоих.

Это неправильно. Я знаю, что это неправильно. Но что в этом плохого? Я доеду до Юстона, снова сяду в электричку и вернусь обратно. (Мне нравятся поезда, и что с того? Поезда просто прекрасны.)

Раньше, когда я еще была собой, я мечтала о романтических путешествиях с Томом. (От Бергена до Хенефосса в Норвегии на пятилетие нашей свадьбы и от Претории до Кейптауна в Южной Африке на его сорокалетие.)

Внимание, мы подъезжаем к их дому. На улице еще светло, но мне плохо видно. (В глазах двоится. Один надо закрыть. Так лучше.) Вон они! Это он? Они стоят на террасе. Так ведь? Это Джейсон? Это Джесс?

Мне хочется оказаться поближе, мне плохо видно. Нужно подобраться к ним поближе. Я не поеду в Юстон. Я сойду в Уитни. (Я не должна появляться в Уитни, это слишком опасно. Что, если Том или Анна меня увидят?)

Я все-таки сойду в Уитни.

Не самая лучшая идея.

Очень плохая идея.

На противоположной стороне сидит мужчина со светлыми, ближе к цвету имбиря, волосами. Он улыбается мне. Я хочу ему что-то сказать, но слова улетучиваются с кончика моего языка, прежде чем я успеваю их произнести. Я чувствую их вкус, но я не могу сказать, сладкие они или кислые.

Он мне улыбается. Или ухмыляется? Непонятно.

Воскресенье, 14 июля 2013 года

Утро

Ощущение такое, будто пульс бьется где-то в глубине горла, неприятно и громко. Во рту сухо, и больно глотать. Я поворачиваюсь на бок в сторону окна. Шторы задернуты, но от света, который они пропускают, больно глазам. Я подношу руку к лицу и нажимаю пальцами на веки, пытаясь стереть боль. Ногти грязные.

Что-то не так. На секунду мне вдруг кажется, что я лечу вниз, будто кто-то выдернул из-под меня кровать. Вчера вечером. Что-то случилось. Воздух наконец заполняет легкие, и я сажусь. Но слишком резко. Сердце бешено колотится, голова раскалывается.

Я жду, когда вернется память. Иногда ждать приходится долго. Иногда она возвращается за считанные секунды. А иногда ничего вспомнить так и не удается.

Случилось что-то очень плохое. Была ссора. Слышались крики. Драка? Я не знаю, не помню. Я была в баре, потом села в электричку, потом вышла на станции, оказалась на улице. Я была на улице. На Бленхайм-роуд. Я отправилась на Бленхайм-роуд!

Осознание этого накрывает меня волной черного страха.

Что-то случилось, я это точно знаю. Не могу понять, что именно, но я это чувствую. Во рту что-то болит, будто я прикусила щеку, и на языке металлический привкус крови. Меня тошнит, голова кружится. Я провожу рукой по голове и вздрагиваю от боли. С правой стороны огромная шишка. Волосы слиплись от крови.

Я споткнулась, вот оно что. На лестнице, на станции Уитни. Я что, ударилась там головой? Я помню, как ехала в электричке, но что случилось потом — черная дыра в памяти. Глубоко дышу, стараясь заставить сердце биться медленнее и подавить нарастающую панику в груди. Думай! Что я сделала? Я пошла в паб, потом села на поезд. Там был мужчина — теперь я вспоминаю, что у него рыжеватые волосы. Он улыбнулся мне. Кажется, он говорил что-то, но что конкретно, не могу вспомнить. С ним связано что-то еще, это я помню, но что именно — не могу извлечь из черной дыры памяти.

Мне страшно, но что конкретно меня пугает, непонятно, и страх от этого только усиливается. Я даже не знаю, нужно ли чего-то бояться на самом деле. Я обвожу взглядом комнату. На прикроватной тумбочке нет телефона. Сумки нет ни на полу, ни на спинке стула, куда я ее обычно вешаю. Наверняка она где-то здесь, потому что я дома, а ключи были в сумке.

Я вылезаю из кровати. Я голая. Смотрю на себя в большое зеркало на гардеробе. Руки трясутся. Тушь для ресниц размазана по щекам, на нижней губе ранка. На ногах синяки. Меня тошнит. Я снова сажусь на кровать, опускаю голову на колени и жду, когда приступ пройдет. Потом поднимаюсь, беру халат и, чуть приоткрыв дверь, выглядываю в щелку в коридор. В квартире тихо. Почему-то я уверена, что Кэти нет дома. Она говорила, что останется у Дэмиена? Мне кажется, да, хотя и не помню когда. До того, как я ушла? Или мы разговаривали потом? Я выхожу в коридор, стараясь двигаться как можно тише. Дверь в спальню Кэти открыта. Я заглядываю. Ее кровать заправлена. Не исключено, что она уже встала и успела убрать постель, но мне кажется, что она не ночевала дома. Это радует. Если ее не было, то она не видела и не слышала, как я вернулась, а значит, не в курсе, в каком я была состоянии. Вообще-то мне не должно быть до этого дела, но все иначе: чувство стыда, которое я испытываю, определяется не только тяжестью ситуации, но и числом людей, которые стали ее свидетелями.

Наверху лестницы у меня снова кружится голова, и я крепко вцепляюсь в перила. Один из самых больших моих страхов (наряду с кровотечением в животе, когда моя печень наконец разорвется) — это что я упаду с лестницы и сломаю себе шею. Мысль об этом снова вызывает тошноту. Мне хочется лечь, но сначала надо найти сумку и проверить телефон. Мне нужно знать, что я, по крайней мере, не потеряла свои кредитки, а также кто и когда мне звонил. Сумка валялась в прихожей возле двери. Рядом брошены в кучу джинсы и нижнее белье, от которого еще на лестнице доносился запах мочи. Я хватаю сумку и ищу телефон — слава Богу, он на месте, среди скомканных двадцаток и заляпанной кровью бумажной салфетки. Подкатывает новый приступ тошноты, на этот раз гораздо сильнее. Я чувствую, что меня вот-вот вырвет, и бегу, но добраться до ванной не успеваю, и меня выворачивает на ковер прямо посередине лестницы.

Мне нужно прилечь. Если я не лягу, то просто отключусь и сорвусь вниз. Уберу за собой потом.

Наверху я ставлю телефон заряжаться и ложусь на кровать. Потом осторожно разглядываю свои ноги. Выше колен много синяков — обычная картина для тех, кто перебирает спиртного и натыкается при ходьбе на разные предметы. На руках синяки не такие безобидные — они темные и продолговатые, как следы от захватов. Но это не обязательно говорит о плохом: у меня уже были такие, в основном когда я падала и мне помогали подняться. Шишка на голове сильно ноет, но причина ее появления может быть совершенно безобидной: например, стукнулась, когда садилась в машину. Я вполне могла взять такси, чтобы добраться до дома.

Я беру телефон. На нем два голосовых сообщения. Первое получено от Кэти в шестом часу, в котором она спрашивает, где я. Она едет к Дэмиену и останется у него на ночь, так что мы увидимся только завтра. Она надеется, что я не пью. Второе сообщение — уже от Тома — получено в четверть одиннадцатого. Я едва не роняю телефон от испуга, услышав его крик:

«Господи, Рейчел, когда ты, наконец, угомонишься?! Я сыт этим по горло, понятно? Я почти час ездил по округе, разыскивая тебя. Ты до смерти напугала Анну, ты в курсе? Она думала, что ты... она думала... Я едва отговорил ее обращаться в полицию. Оставь, наконец, нас в покое. Перестань названивать мне, отвяжись, просто оставь нас в покое! Я не хочу с тобой разговаривать. Ты поняла? Я не хочу ни говорить с тобой, ни видеть тебя, и держись от моей семьи подальше. Со своей жизнью ты можешь делать, что хочешь, но я не позволю тебе разрушать мою. Хватит! Я больше не стану тебя прикрывать, поняла? Просто держись от нас подальше».

Не знаю, что я такого сделала. Что? Чем я занималась с пяти до десяти пятнадцати? Почему меня искал Том? Что я сделала Анне? Я накрываюсь одеялом с головой и крепко зажмуриваю глаза. Я представляю как направляюсь к дому: прохожу по узкой дорожке, отделяющей их сад от соседского, перебираюсь через ограду. Я представляю, как открываю стеклянную дверь и незаметно пробираюсь на кухню. Анна сидит за столом. Я хватаю ее сзади за светлые волосы и опрокидываю на себя. Она падает, и я с силой колочу ее головой о холодную голубую плитку.

Вечер

Кто-то кричит. По тому, как лучи света падают в окно, я понимаю, что проспала долго. Сейчас, наверное, уже ближе к вечеру. Голова раскалывается, на подушке кровь. Я слышу, как снизу доносится крик:

— Глазам своим не верю! Боже милостивый! Рейчел! Рейчел!!!

Я уснула. Господи! И я не убрала рвоту с лестницы. И вещи из прихожей. О Господи!

Я натягиваю спортивные брюки и футболку и открываю дверь. Кэти стоит прямо за ней и при взгляде на меня приходит в ужас.

— Что с тобой случилось? — спрашивает она и тут же поднимает руку. — Вообще-то, Рейчел, извини, но я не хочу этого знать. Я не потерплю такого в своем доме! Я не потерплю… — Она не заканчивает фразы, оборачивается и смотрит вниз, на лестницу.

— Извини, — говорю я. — Мне ужасно неудобно, но мне действительно было нехорошо, я собиралась за собой убрать…

— Тебе не было нехорошо, верно? Ты просто напилась. И у тебя было похмелье. Извини, Рейчел. Больше так продолжаться не может. Я не могу так жить. Тебе придется уехать, договорились? Я дам тебе четыре недели подыскать себе жилье, а потом ты уедешь. — Она поворачивается и идет в свою комнату. — И Бога ради, убери за собой этот бардак! — Она с силой хлопает дверью.

Закончив уборку, я возвращаюсь в свою комнату. Дверь в комнату Кэти по-прежнему закрыта, но я чувствую, что она никак не может успокоиться. Я сама пришла бы в бешенство, если бы вернулась домой и наткнулась на пропитанные мочой трусы и рвотную лужу на лестнице. Я села на кровать, открыла ноутбук, зашла в почту и стала писать письмо матери. Похоже, пришло время обратиться за помощью. Другого выхода нет. Если я вернусь домой, то уже не смогу вести прежний образ жизни, мне придется измениться, придется стать лучше. Однако мне трудно подобрать слова, я не знаю, как ей все объяснить. Я представляю, какие чувства отразятся на ее лице, когда она будет читать мою мольбу о помощи: разочарование и раздражение. Я почти слышу, как она вздыхает.

Телефон подает сигнал. Напоминает о голосовом сообщении, полученном несколько часов назад. Это снова Том. Я не хочу еще раз выслушивать все, что у него накипело, но и проигнорировать звонок тоже не могу. Набирая свою голосовую почту, я готовлюсь к худшему.

«Рейчел, перезвони мне, ладно? — В его голосе уже нет злости, и мне становится легче. — Я хочу убедиться, что ты нормально добралась домой. Вчера ты была в том еще состоянии. — Долгий и искренний вздох. — Послушай. Мне жаль, что я вчера накричал, что... слишком увлекся. Мне очень жаль тебя, Рейчел, правда, но так продолжаться не может».

Я несколько раз прокручиваю сообщение, слышу участие в его голосе, и к глазам подступают слезы. Я плачу очень долго, а потом пишу эсэмэску, в которой прошу меня извинить и сообщаю, что я дома. Ничего другого я добавить не могу, потому что не знаю, за что должна извиняться. Я не знаю, что сделала Анне и чем ее напугала. Честно говоря, меня это и не особо беспокоит, зато беспокоит то, что я порчу жизнь Тому. После всего, через что ему пришлось пройти, он заслуживает счастья. Я хочу, чтобы все у него было хорошо, жаль только, что уже не со мной.

Я ложусь и заползаю под одеяло. Я хочу знать, что случилось и за что мне должно быть стыдно. Я отчаянно пытаюсь извлечь смысл из ускользающих обрывков памяти. Нет сомнения, что я была свидетелем какой-то ссоры. С Анной? Я провожу по волосам и трогаю ранку на губе. Вот-вот картинка ссоры всплывет в моей памяти, и я услышу, что говорят, но нет, все напрасно. Как только мне кажется, что я сейчас все вспомню, картинка снова расплывается и погружается во мрак.

*М*еган

Утро

Скоро пойдет дождь, я чувствую его приближение. Я замерзла, и стук зубов отдается в голове; пальцы побелели, а кончики даже посинели. Но я не собираюсь уходить в дом. Мне здесь нравится, это как очищение, как ледяная купель. Все равно скоро придет Скотт, затащит в дом и укутает, как ребенка, в одеяла.

Вчера вечером по дороге домой со мной случился приступ паники. Там был мотоциклист, который то и дело газовал, заставляя двигатель отзываться ревом, вдоль тротуара медленно ехала какая-то красная машина, как будто водитель искал проститутку, а дорогу мне перекрывали две женщины с колясками. Я не могла пройти мимо них по тротуару, шагнула на проезжую часть и чудом не угодила под колеса машины, ехавшей в противоположном направлении, которой я даже не видела. Водитель нажал на клаксон и что-то мне крикнул. Я не могла отдышаться, сердце колотилось как бешеное, в животе образовался комок, как бывает после принятия рвотного, когда всплеск адреналина заставляет чувствовать одновременно и боль, и возбуждение, и страх.

Я бросилась к дому, промчалась через него и выскочила к путям, где опустилась на землю и стала ждать поезда, чей грохот заглушит все остальные звуки. Мне хотелось, чтобы появился Скотт и успокоил меня, но его не было дома. Я пыталась перелезть через забор и немного посидеть с другой стороны, где никто не ходит, но порезала руку и была вынуждена вернуться домой. А потом пришел Скотт и спросил, что случилось. Я ответила, что мыла посуду и разбила стакан. Он не поверил и очень расстроился.

Вчера ночью, когда Скотт спал, я потихоньку выскользнула из постели и пробралась на террасу. Я набрала номер и, когда он взял трубку, слушала его голос: он говорил сначала тихо со сна, потом громче, потом с тревогой и раздражением. Я нажала отбой и стала ждать, будет ли он перезванивать. Я не стала блокировать свой номер, так что он наверняка высветился, и мне казалось, что он может перезвонить. Но он не перезвонил, поэтому я позвонила еще раз, а потом еще и еще. Вызов переключился на голосовую почту: своим мягким голосом он деловито обещал перезвонить при первой возможности. Я хотела позвонить ему в офис и перенести свой следующий сеанс, но сообразила, что вряд ли их автоматизированная система работает по ночам, поэтому вернулась в постель. Ночью я не сомкнула глаз.

Утром я смогу поехать в Корли-Вуд и сделать несколько фотографий. Утро будет туманным, темным и с настроением, так что должно получиться хорошо. Я подумала, что, может, стоит сделать маленькие карточки и попробовать продать их в сувенирной лавке на Кингли-роуд. Скотт продолжает говорить, что мне не нужно беспокоиться о работе, что я должна просто отдохнуть. Словно я какой-то инвалид! Если мне что и нужно, так точно не отдых. Мне нужно найти себе какое-то занятие, чтобы заполнить дни. Я знаю, чем все закончится, если этого не произойдет.

Вечер

На сеансе, который состоялся во второй половине дня, доктор Абдик — Камаль, как он позволил мне его называть, — предложил мне попробовать вести дневник. Я чуть было не сказала, что это невозможно, потому что я боюсь, что муж станет его читать. Я не сказала, потому что это было бы очень некрасиво по отношению к Скотту. Но это правда. Я никогда не могла записывать свои чувства, мысли и поступки. Вот один пример почему: когда я вернулась сегодня вечером домой, мой ноутбук был теплый. Он знает, как удалять историю браузера и все такое, умеет отлично скрывать свои следы, но я точно знаю, что выключала компьютер перед уходом. Он снова читал мою электронную почту.

Вообще-то меня это не смущает, поскольку там нет ничего такого. (Спам от компаний, занимающихся трудоустройством, и письмо от Дженни с занятий пилатесом, в котором она предлагает составить ей компанию в кулинарном клубе, члены которого по очереди кормят друг друга ужином по четвергам. Да я скорее умру.) Меня это не смущает, потому что это придает ему уверенности во мне, в том, что у меня нет никаких таких мыслей. И это хорошо для меня — хорошо для нас, — даже если это неправда. И я не могу на него сердиться, потому что основания постоянно быть настороже у него имеются. Я уже давала ему повод ревновать, и, наверное, не в последний раз. Я не образцовая жена. Просто не могу ею быть. Как бы сильно я его ни любила, мне все равно будет его мало.

Суббота, 13 октября 2012 года

Утро

Вчера ночью я проспала пять часов, чего со мной не случалось уже очень давно. Самое удивительное, что я пришла домой настолько на взводе, что ни секунды не сомневалась: буду долгие часы слоняться по дому, не в силах найти себе место и успокоиться. Я говорила себе, что это больше не повторится, особенно после того раза, но когда я его увидела и захотела, я подумала: а почему нет? Я не понимаю, почему должна себя ограничивать, ведь многие люди себе это позволяют. Мужчины, например. Не хочу никого обидеть, но разве не стоит быть честной хотя бы с самой собой? А я хочу быть такой, какая есть на самом деле и какой меня никто не знает — ни Скотт, ни Камаль, вообще никто.

После занятий пилатесом вчера вечером я спросила у Тары, не хочет ли она сходить со мной в кино на будущей неделе, а потом попросила прикрыть меня.

— Если он позвонит, можешь ему сказать, что я с тобой, просто отошла в туалет и сразу ему перезвоню? Потом ты звонишь мне, я ему перезваниваю, и все довольны.

Она улыбнулась, пожала плечами и согласилась:

— Хорошо.

Она даже не поинтересовалась, куда я иду и с кем. Она действительно хочет быть моей подругой.

Я встретила его в гостинице «Лебедь» в Корли, где он снял для нас номер. Мы должны быть осторожны, мы не можем попасться. Для него это было бы крушением всех надежд. И для меня стало бы настоящей катастрофой. Я даже не хочу думать, как поведет себя Скотт.

Он хотел потом поговорить со мной о событиях, случившихся в моей юности в Норвиче. Я вскользь уже упоминала о них, но вчера он хотел знать подробности. Я много чего ему наговорила, но только не правду. Я лгала, выдумывала, рассказывала всякие мерзости, которые он хотел услышать. Было забавно. Мне не стыдно врать. К тому же он вряд ли поверил всему. И я не сомневаюсь, что он тоже врет.

Он лежал на кровати и смотрел, как я одеваюсь. А потом сказал:

— Это больше не должно повториться, Меган. Ты сама это знаешь. Мы должны это прекратить.

И он был прав. Я знаю, что мы должны прекратить. Мы не должны продолжать, но наверняка будем. И сегодня не последний раз. Он не сможет мне отказать. Я думала об этом по дороге домой, и мне это нравится больше всего — чувствовать свою власть над другим человеком. Это самое пьянящее чувство.

Вечер

Я открываю на кухне бутылку вина, сзади подходит Скотт, кладет мне руки на плечи и спрашивает:

— Как прошел сеанс с психотерапевтом?

Я отвечаю, что все хорошо и есть прогресс. Он уже привык, что в детали я не вдаюсь. И вдруг он задает еще один вопрос:

— Хорошо вчера повеселились с Тарой?

Я сижу к нему спиной и не знаю, спрашивает он просто так или что-то подозревает. По голосу это понять невозможно.

— Она замечательная, — отвечаю я. — Вы наверняка понравитесь друг другу. Вообще-то на следующей неделе мы собираемся в кино. Может, я потом привезу ее к нам поужинать?

— А меня в кино вы не хотите пригласить? — спрашивает он.

— Всегда пожалуйста, — отвечаю я, поворачиваюсь к нему и целую в губы, — но она хочет посмотреть фильм с Сандрой Баллок, так что…

— Ни слова больше! Привози ее тогда после сеанса, — говорит он и, взяв меня за талию, слегка прижимает к себе.

Я наливаю вина, и мы выходим на улицу. Мы сидим перед лужайкой, касаясь травы пальцами ног.

— Она замужем? — спрашивает он.

— Тара? Нет. Одна.

— И бойфренда нет?

— Похоже, что нет.

— Неужели, подружка? — изумляется он, подняв брови, и я смеюсь в ответ. — Сколько же ей тогда лет?

— Думаю, около сорока.

— Понятно. И одна. Печально.

— На тебя всегда клюют одинокие, верно? Для них ты просто неотразим.

— Думаешь? Тогда, наверное, и детей у нее тоже нет? — спрашивает он, помолчав.

Может, мне это только кажется, но каждый раз, когда речь заходит о детях, я слышу в его голосе напряжение. Я чувствую, что мы можем поругаться, и не хочу этого, поэтому поднимаюсь и прошу его захватить бокалы, ведь мы идем в спальню.

Он идет за мной, и я, поднимаясь по лестнице, начинаю сбрасывать с себя одежду, а когда мы оказываемся в спальне и он опрокидывает меня на кровать, я даже не думаю о нем, но это не важно, потому что он об этом не знает. Я достаточно опытна, чтобы заставить его поверить, что думаю только о нем.

Рейчел

Утро

Когда я утром выходила из дома, Кэти окликнула меня и чуть приобняла. Я надеялась, она скажет, что решила все-таки меня не выгонять, но Кэти лишь сунула мне в руку напечатанное на принтере официальное уведомление о выселении с указанием даты. Взгляд она при этом отводила. Мне стало ее жалко, честно, но не так, как саму себя. Кэти виновато улыбнулась и сказала:

— Мне ужасно неудобно так с тобой поступать, Рейчел. Поверь, пожалуйста.

Нам обеим было крайне неловко. Мы стояли в коридоре, в котором, несмотря на все мои усилия с хлоркой, по-прежнему сохранялся неприятный запах. К глазам подступили слезы, но мне не хотелось, чтобы она чувствовала себя еще хуже, чем сейчас, поэтому я просто ободряюще улыбнулась ей и сказала:

— Никаких проблем, не переживай, — как будто она просто попросила меня сделать для нее какую-то мелочь.

В поезде я даю слезам волю, и мне плевать, что на меня смотрят. Откуда им знать, что со мной? Может, у меня собачка попала под машину. Или мне только что поставили смертельный диагноз. Или я бесплодна, разведена и скоро стану бездомной алкоголичкой.

Меня не может не поражать все, что со мной произошло. Как я дошла до такой жизни? С какого момента началось мое падение? Я спрашиваю себя: когда я могла это остановить, когда совершила ошибку? Во всяком случае, не тогда, когда встретила Тома, который спас меня от отчаяния после смерти папы.

И не тогда, когда мы поженились в необычно холодный майский день семь лет назад. Мы были такими беззаботными и буквально купались в блаженстве. Я была счастлива, состоятельна и успешна. И не когда мы переехали в дом номер двадцать три, который оказался гораздо больше и красивее, чем в моих самых смелых мечтах о доме, в котором я буду жить в нежном возрасте двадцати шести лет. Я очень ясно помню те первые дни, как ходила босиком, чувствуя тепло деревянного пола, наслаждаясь простором, пустотой всех этих комнат, ожидавших заполнения. Мы с Томом строили планы: что посадим в саду, что повесим на стенах, в какой цвет покрасим комнату для гостей, — и уже тогда я представляла, что там будет детская.

Наверное, тогда все и началось. И переломным стал момент, когда я перестала считать нас парой, решив, что мы семья. После этого в моем представлении о полном счастье нас двоих уже не могло быть достаточно. Может, Том начал смотреть на меня по-другому именно тогда и его разочарование было отражением моего? После всего, что он для меня сделал, связав свою жизнь с моей, я дала ему почувствовать, что его одного мне мало.

Я позволила себе проплакать до Норткоута, потом взяла себя в руки, вытерла глаза и начала писать список того, что нужно сделать, на обороте врученного мне Кэти уведомления о выселении:

Библиотека «Холборн».

Отправить электронное письмо маме.

Отправить электронное письмо Мартину с просьбой о рекомендации (???).

Узнать о встречах анонимных алкоголиков в центральном Лондоне/Эшбери.

Рассказать Кэти о работе (?).

Когда электричка останавливается на семафоре, я поднимаю глаза и вижу Джейсона — он стоит на террасе и смотрит в нашу сторону. Мне кажется, что его взгляд устремлен прямо на меня, и меня не покидает странное чувство, будто так уже было и он действительно меня уже видел. Я представляю, как он улыбается мне, и почему-то испытываю страх.

Он отворачивается, и поезд трогается.

Вечер

Я сижу в приемном отделении «Скорой помощи» больницы при Университетском колледже. Меня сбило такси, когда я переходила Грейс-Инн-роуд. Хочу сразу подчеркнуть, что я была абсолютно трезвой, правда, не очень в себе — расстроена, если не сказать на грани отчаяния. Над правым глазом у меня шрам длиной с дюйм — швы мне наложил на редкость красивый врач-стажер, — к сожалению, он сама деловитость и держится соответствующе. Закончив со швами, он замечает шишку у меня на голове.

— Она уже была, — объясняю я.

— Выглядит свежей, — возражает он.

— Сегодня уже нет.

— С кем-то воевали?

— Стукнулась, когда садилась в машину.

Он внимательно осматривает мою голову и интересуется:

— В самом деле? — Делает шаг назад и смотрит мне прямо в глаза. — А выглядит так, как будто вас кто-то ударил, — говорит он, и я чувствую, что холодею.

Я помню, как отшатнулась, чтобы избежать удара, и закрылась руками. Неужели так и было? Врач снова подходит ближе и разглядывает рану.

— Удар нанесен чем-то острым, не исключено, что с зазубринами...

— Да нет же, — стою на своем я, — это автомобиль. Я стукнулась, когда садилась в машину.

Я пытаюсь убедить не столько его, сколько себя.

— Ладно, — улыбается он, снова отходит назад и немного наклоняется, чтобы наши глаза оказались на одном уровне. — С вами все в порядке... — он сверяется с записями, — Рейчел?

— Да.

Он долго смотрит на меня. Он мне не верит. Он обеспокоен. Наверное, считает, что меня избил муж.

— Хорошо. Я промою рану, потому что она выглядит ужасно. Может, мне стоит позвонить кому-то? Вашему мужу?

— Я разведена, — сообщаю я ему.

— Тогда кому-то еще? — Его не волнует, что я разведена.

— Подруге, пожалуйста. Она будет за меня волноваться.

Я называю ему имя Кэти и даю номер ее телефона. Кэти точно не будет волноваться, тем более что мне еще рано быть дома, но, возможно, известие о том, что меня сбила машина, заставит ее сжалиться и простить за вчерашнее. Она, наверное, решит, что я угодила под колеса, потому что была пьяна. Интересно, а можно попросить врача сделать анализ крови или что-то еще, чтобы я могла представить ей доказательство своей трезвости? Я улыбаюсь ему, но он не смотрит на меня, а что-то пишет. В любом случае это глупая мысль.

В случившемся виновата только я, таксист тут совершенно ни при чем. Я шагнула, вернее, бросилась на проезжую часть прямо перед машиной. Я понятия не имею, куда именно решила вдруг бежать. Наверное, я вообще ничего не решала, во всяком случае, думала точно не о себе. Все мои мысли были о Джесс. Которая оказалась никакой не Джесс, а Меган Хипвелл. И которая пропала.

Я была в библиотеке на Теобальдс-роуд, послала маме письмо по электронной почте со своего ящика на «Йеху» (в нем я не написала ничего важного, хотела просто прозондировать почву на предмет материнских чувств). На первой странице этого поисковика размещены новости, они же высвечиваются на странице почтового ящика — я понятия не имею, откуда им известен мой адрес, но факт остается фактом. И там была ее фотография — фотография Джесс, моей Джесс, той самой идеальной блондинки, а рядом заголовок «ПРОПАЛА ЖЕНЩИНА».

Сначала я не была уверена. Девушка на фотографии была похожа, вернее, выглядела в точности так, как я себе ее представляла, но я тем не менее сомневалась. А потом прочитала заметку, увидела название улицы, и всякие сомнения отпали.

Полиция Бакингемшира обеспокоена судьбой пропавшей Меган Хипвелл двадцати девяти лет, проживавшей на Бленхайм-роуд, Уитни. Муж миссис Хипвелл Скотт Хипвелл в последний раз видел свою жену в субботу вечером, когда она ушла из дома в гости к подруге около семи часов. По словам мистера Хипвелла, «на нее это совершенно не похоже». Миссис Хипвелл — худощавая блондинка с голубыми глазами, рост пять футов четыре дюйма, была одета в джинсы и красную футболку. Всех, кто располагает какой-либо информацией о миссис Хипвелл, просим связаться с полицией графства.

Она пропала. Джесс пропала. Меган пропала. Ее нет с субботы. Я поискала в «Гугле» — заметка о ней появилась в «Уитни-Аргус», но без подробностей. Я подумала о Джейсоне, вернее Скотте: как он утром стоял на террасе, смотрел на меня и улыбался. Схватив сумку, я бросилась из библиотеки и выскочила на проезжую часть, где как раз проезжало такси.

— Рейчел! Рейчел! — Симпатичный врач пытался привлечь мое внимание. — Приехала ваша подруга, чтобы забрать вас.

Меган

Утро

Иногда мне не хочется никуда идти и кажется, что я буду счастлива, если никогда больше не переступлю порог дома. Я даже не скучаю по работе. Я просто хочу остаться в безопасности и тепле своего убежища вместе со Скоттом, и чтобы никто этому не мешал.

Хорошо, что сейчас темно, холодно и погода отвратительная. Хорошо, что уже несколько недель идет дождь — холодный и противный, с резкими порывами ветра. Под их напором деревья раскачиваются с громким стоном, заглушающим шум поезда. Я не слышу искушающего стука колес по рельсам, манящего меня пуститься в путь, не важно куда.

Сегодня мне не хочется никуда идти, не хочется сбежать, не хочется даже пройтись по улице. Я хочу остаться здесь, в укрытии, со своим мужем, смотреть телевизор и есть мороженое. Я попрошу его прийти с работы пораньше, чтобы мы могли заняться сексом днем.

Конечно, потом мне все равно придется выйти, потому что сегодня день моего сеанса с Камалем. В последнее время я говорила с ним о Скотте, обо всем, что делала не так, и о том, какая я плохая жена. Камаль говорит, что мне надо найти способ сделать себя счастливой, я должна перестать искать счастья в другом месте. Это правда, так оно и есть, я это знаю, но потом вдруг на меня что-то накатывает, и я думаю: какого черта, ведь жизнь так коротка!

Я вспоминаю, как в школьные пасхальные каникулы наша семья отправилась на отдых на итальянский курорт Санта-Маргерита. Мне только что исполнилось пятнадцать, я встретила на пляже мужчину намного старше себя — ему было за тридцать, может, даже за сорок, — и он пригласил меня покататься на яхте на следующий день. Со мной был мой брат Бен, и он тоже получил приглашение, но — вечный старший брат-защитник — был категорически против, потому что не доверял этому человеку и считал его мерзким сластолюбцем. Кем тот наверняка и был. Но я ужасно разозлилась: когда еще у нас будет возможность покататься на чужой яхте по Лигурийскому морю? Бен заверил меня, что таких возможностей у нас будет миллион, поскольку жизнь наша будет полна приключений. Мы не воспользовались тем приглашением, а летом Бен не справился с управлением на мотоцикле, и нам так и не довелось походить под парусом.

Я очень тоскую по тем временам, когда мы с Беном были вместе. Нас ничто не пугало.

Я все рассказала Камалю о Бене, и теперь мы подбирались к самому главному, к настоящей причине, к тому, что случилось при Маке, до и после него. С Камалем я могу ничего не утаивать — он никому ничего не расскажет, потому что связан врачебной тайной.

Но даже если бы он и мог рассказать, не думаю, чтобы он это сделал. Я доверяю ему, это действительно так. Удивительно, но до сих пор я не рассказала ему все вовсе не из страха, что он распорядится этой информацией как-то не так или станет относиться ко мне хуже, а из-за Скотта. Мне кажется, что если я расскажу Камалю то, чего не могу рассказать Скотту, это будет сродни предательству. По сравнению со всеми грехами, которые лежат на моей совести, это может показаться мелочью, но на самом деле все не так. Причина в том, что это уже реальная жизнь, самая моя суть, и я скрываю ее от него.

Я по-прежнему рассказываю не все, потому что всего рассказать не могу. Я понимаю, что именно в этом и заключается смысл терапии, но все равно не могу. Мне приходится говорить уклончиво, смешивать в одну кучу всех мужчин, которые у меня были, но я говорю себе, что это нормально, потому что не имеет значения, кто они. Важно только то, какие чувства они во мне вызывали. Подавленность, беспокойство, голод. Почему я не могу просто получить то, что хочу? Почему они не могут дать мне это?

Впрочем, иногда дают. Иногда Скотт — это все, что мне нужно. Если я сумею научиться удерживать это чувство, удерживать то, что чувствую сейчас, если сумею наслаждаться конкретным моментом, не думая, когда он наступит в следующий раз, все у меня будет в порядке.

Вечер

Я должна следить за собой на сеансах с Камалем. Когда он смотрит на меня своими львиными глазами, закидывает ногу на ногу и обхватывает колено скрещенными пальцами, трудно не разоткровенничаться. Трудно не думать о том, чем мы могли бы заняться вместе.

Мне приходится прилагать усилия, чтобы сосредоточиться. Мы говорили о том, что случилось после похорон Бена, когда я убежала из дома. Какое-то время я провела в Ипсвиче, но была там недолго. Там я встретила Мака. Он работал в пабе или где-то вроде того. Он подобрал меня на пути домой. Ему стало меня жалко.

— Он даже не хотел... ну, ты понимаешь. — Я рассмеялась. — Мы приехали к нему в квартиру, и я попросила денег, а он посмотрел на меня, как на сумасшедшую. Я сказала, что мне уже достаточно лет, но он не поверил. И ждал, действительно ждал, когда мне исполнится шестнадцать. К тому времени он переехал в свой старый дом в Холкхэме. Дом был старинный, каменный и стоял в полумиле от моря в конце дороги, ведущей в никуда. С одной стороны небольших земельных владений Мака проходили железнодорожные пути. Ночью я лежала в полудреме — я тогда часто была под кайфом, поскольку мы много курили травку, — и мне казалось, что я слышу шум поезда. Ощущение было настолько реальным, что я вставала и выходила посмотреть на огни проходящего состава.

Камаль слегка меняет позу в кресле и медленно кивает. Он ничего не говорит. Это значит, что мне надо продолжать, и я рассказываю дальше:

— Я была по-настоящему счастлива с Маком. Мы с ним прожили... Господи, наверное, года три в общей сложности. Мне было девятнадцать, когда я уехала. Да. Девятнадцать.

— А почему ты уехала, если была счастлива? — спрашивает он.

Вот мы уже почти и подобрались к сути, причем гораздо быстрее, чем я рассчитывала. У меня не было времени ничего придумать, а рассказать все я не могу. Еще не готова.

— Мак бросил меня. И разбил мне сердце, — отвечаю я, и это правда, но в то же время и ложь.

Я еще не готова рассказать всю правду.

Когда я возвращаюсь, Скотта нет дома, и тогда я достаю ноутбук и ввожу в поисковую строку полное имя и фамилию Мака. Впервые за все время. Впервые за десять лет я ищу Мака. Но найти его не получается. В мире живут сотни Крейгов Маккензи, но ни один из них не похож на нужного мне.

Пятница, 8 февраля 2013 года

Утро

Я иду по лесу. Я вышла из дома еще до рассвета, а сейчас начинает светать. Вокруг стоит мертвая тишина, которую изредка нарушают крики сорок, прячущихся в кронах деревьев. Я чувствую на себе оценивающий взгляд их глаз-бусинок. Их тут полно. Первый — печальный, второй — смешной, третий — девчачий, четвертый — мальчишечий, пятый — серебряный, шестой — золотой, седьмой — секретный и потайной.

А секретов и тайн у меня хватает.

Скотт уехал на курсы куда-то в Сассекс. Он уехал вчера утром и должен вернуться только сегодня вечером. Я могу делать все, что хочу.

Накануне отъезда я ему сказала, что после посещения психотерапевта собираюсь сходить с Тарой в кино и выключу там мобильник. С Тарой я тоже поговорила и предупредила, что он может позвонить с проверкой. На этот раз она поинтересовалась, чем это таким я занята. В ответ я просто подмигнула и улыбнулась, и она рассмеялась. Думаю, что ей, наверное, одиноко, и небольшая тайна может внести в ее жизнь хоть какое-то разнообразие.

На сеансе с Камалем мы говорили о Скотте и об инциденте с ноутбуком. Это произошло около недели назад. Я искала Мака — делала разные запросы, просто хотела узнать, где он и чем занимается. В наши дни в Интернете можно найти фотографию практически любого человека, и мне хотелось увидеть его лицо. Но я его не нашла. Той ночью я отправилась спать раньше обычного. Скотт остался смотреть телевизор, и я забыла удалить историю браузера. Глупая ошибка — обычно это последнее, что я делаю перед тем, как закрыть крышку ноутбука, независимо от того, что искала. Я знаю, что, поскольку Скотт технарь, он, если захочет, все равно найдет способ выяснить, что именно я смотрела в Интернете, но это займет гораздо больше времени, так что обычно он не заморачивается.

Как бы то ни было, я забыла. А на следующий день разразился скандал. Причем жуткий. Он хотел знать, кто такой Крейг, сколько времени мы с ним встречались, где познакомились и что такое он мне дает, чего я не могу получить от Скотта. По глупости я сказала Скотту, что он мой друг из прошлого, чем только подлила масла в огонь. Камаль спросил, боюсь ли я Скотта, и этот вопрос меня буквально взбесил.

— Он мой муж! — огрызнулась я. — Разумеется, я его не боюсь!

Камаль явно не ожидал, что я отреагирую столь резко. Я сама была в шоке. Я понятия не имела, что могу так разозлиться и насколько готова защищать Скотта. Для меня это явилось полным откровением.

— Боюсь, что многие женщины боятся своих мужей, Меган.

Я пыталась что-то возразить, но он поднял руку, останавливая меня:

— Поведение, о котором ты рассказываешь — чтение писем, отслеживание запросов в браузере, — ты описываешь как вполне заурядную вещь, будто это нормально. А это не так, Меган. Вторгаться в чью-то частную жизнь до такой степени не является нормальным. Очень часто подобное считается формой эмоционального насилия.

Я засмеялась, потому что это звучало слишком уж мелодраматично.

— Это не насилие, — возразила я. — Во всяком случае, если это не напрягает. А меня точно не напрягает.

Он печально улыбнулся и спросил:

— А ты не считаешь, что должно напрягать?

Я пожала плечами:

— Возможно, но в моем случае этого нет. Он ревнив, и он собственник. Он просто такой. Это не мешает мне его любить, и есть вещи, с которыми бороться бессмысленно. Я осторожна. Как правило. И умею заметать следы, так что обычно это не создает проблем.

Он едва заметно покачал головой.

— Не думала, что в твои задачи входит давать оценку моим представлениям, — сказала я.

Когда сеанс закончился, я спросила, не хочет ли он со мной выпить. Он сказал, что нет, что не может, что это было бы неправильно. Тогда я проследила его до дома. Он живет в квартире через дорогу от места своей работы. Я постучала в дверь и, когда он открыл, поинтересовалась:

— А так — правильно?

Потом обняла его рукой за шею, притянула к себе и, встав на цыпочки, поцеловала в губы.

— Меган, — произнес он своим бархатным голосом, — не надо. Я не могу. Не надо.

Это было восхитительно: напор и сопротивление, желание и сдержанность. Я не хотела отпускать это чувство, мне так хотелось продлить наслаждение.

Я встала рано утром, голова кружилась от множества мыслей. Я не могла, проснувшись, просто лежать в одиночестве и перебирала в уме разные варианты того, чем мне хотелось бы заняться, после чего оделась и вышла. И вот теперь я здесь. Я ходила и прокручивала случившееся в голове — он сказал, она сказала, искушение, разрядка. Если бы только мне удалось на чем-то успокоиться и держаться за это, а не крутиться вокруг. А что, если я так и не найду того, что ищу? Если это просто невозможно?

Мне холодно дышать, кончики пальцев посинели. И все же я чувствую желание прилечь прямо тут, среди листьев, и позволить холоду взять свое. Но не могу. Пора домой.

Я возвращаюсь на Бленхайм-роуд около девяти, поворачиваю за угол и вижу, что навстречу мне идет с коляской она. Ребенок в кои-то веки молчит. Она смотрит на меня, кивает и изображает улыбку, я не улыбаюсь в ответ. При обычных обстоятельствах я бы постаралась выглядеть приветливой, но сегодня чувствую себя настоящей, такой, какая есть на самом деле. Я чувствую себя окрыленной, совсем как во время путешествия, и не смогла бы изобразить любезность, даже если бы попыталась.

День

Днем я уснула. И проснулась вся в поту, ощущая страх. И вину. Я ужасно виновата. Виновата так, что не заслуживаю прощения.

Я вспомнила о том, как он уходил среди ночи, сказав на прощание, что это было в последний раз, в самый последний, и больше никогда не повторится. Он одевался и натягивал джинсы. Я лежала на кровати и смеялась, потому что то же самое он говорил в прошлый раз, и в позапрошлый, и в позапозапрошлый. Он пристально посмотрел на меня. Я не знаю, как описать то, что было в этом взгляде, — не гнев, точно не презрение — в нем было предупреждение.

Мне не по себе. Я слоняюсь по дому и не нахожу себе места, у меня такое чувство, будто в нем кто-то побывал, пока я спала. Все лежит на своих местах, но в доме что-то изменилось, как будто вещи трогали и чуть сдвинули, и меня не покидает чувство, что в доме есть кто-то еще, только он никак не попадет в поле моего зрения. Я трижды проверила стеклянные двери в сад — они были заперты. Не могу дождаться, когда вернется Скотт. Он мне нужен.

Рейчел

Утро

Я в электричке, отправляющейся в 8.04, но еду не в Лондон. Моя цель — Уитни. Надеюсь, что посещение этого места освежит мою память, что я окажусь на станции, увижу ее заново и все вспомню. Особых иллюзий я не питаю, но ничего другого мне в голову не приходит. Позвонить Тому я не могу. Мне слишком стыдно, и к тому же он ясно дал понять, что больше не хочет иметь со мной ничего общего.

Меган так и не нашлась. Ее нет уже больше шестидесяти часов, и ее исчезновение стало новостью национального масштаба. Сегодня утром она появилась на сайтах Би-би-си и «Дейли мейл», о ней говорилось и на других сайтах тоже.

Я распечатала заметки Би-би-си и «Дейли мейл» и взяла их с собой. Из них я узнала следующее.

Меган и Скотт в субботу вечером поссорились. Сосед слышал, как они громко ругались. Скотт признался, что у них был скандал, и думал, что жена ушла переночевать к подруге Таре Эпстайн, которая живет в Корли.

До дома Тары Меган не добралась. Тара сообщила, что в последний раз видела Меган в пятницу на занятиях пилатесом. По словам Тары, «она выглядела нормально, рассказывала, что хотела отметить свое тридцатилетие в будущем месяце как-то по-особенному».

В субботу вечером один свидетель видел, как Меган около семи пятнадцати направлялась на железнодорожную станцию Уитни.

У Меган в округе нет никаких родственников. И мать, и отец ее умерли.

Меган не работает. Раньше она управляла небольшой художественной галереей в Уитни, но в апреле галерея закрылась. (Я знала, что Меган связана с искусством.)

Скотт работает частным консультантом по информационным технологиям. (Я не могу поверить, что Скотт работает чертовым консультантом!)

Меган и Скотт женаты три года и живут в доме на Бленхайм-роуд с января 2012 года.

Согласно «Дейли мейл», стоимость их дома оценивается в четыреста тысяч фунтов стерлингов.

Прочитав все это, я поняла, что дела Скотта плохи. И даже не потому, что они поссорились. Просто если с женщиной происходит что-то нехорошее, то первым делом полиция подозревает мужа или любовника. Однако в данном случае полиция не располагает всеми фактами. И поскольку ничего не знает о любовнике, то, видимо, считает мужа единственным подозреваемым.

Не исключено, что я — единственный человек, которому известно о существовании любовника.

Я покопалась в сумке в поисках листка бумаги. На обратной стороне чека от покупки двух бутылок вина я составила список возможных объяснений исчезновения Меган Хипвелл:

1. Она сбежала с любовником, который дальше у меня будет значиться как «В».
2. «В» сделал с ней что-то плохое.

3. Скотт сделал с ней что-то плохое.
4. Она просто сбежала от мужа, чтобы не быть с ним вместе.
5. Что-то плохое с ней сделал не «В», не Скотт, а кто-то другой.

Первый пункт представляется мне самым вероятным, но и четвертый вполне реальный вариант, потому что Меган независимая и своенравная женщина. В этом у меня нет сомнений. А если у нее был роман, то она запросто могла уехать, чтобы разобраться в себе, разве не так? Пункт пять кажется мне маловероятным, поскольку убийства редко совершаются незнакомцами.

Шишка на голове продолжает напоминать о себе ноющей болью, и я не могу не думать о ссоре, которую видела или которая привиделась мне в субботу вечером. Проходя мимо дома Меган и Скотта, я бросаю на него взгляд. Я слышу, как в висках стучит кровь. Чувствую прилив адреналина. Мне страшно. Окна дома, отражающие утренний свет, похожи на слепые глаза.

Вечер

Я устраиваюсь на сиденье, когда раздается звонок телефона. Это Кэти. Я не отвечаю и жду, когда звонок будет переадресован на голосовую почту.

Она оставляет сообщение:

«Привет, Рейчел, просто хочу убедиться, что с тобой все в порядке. — Она переживает за меня после инцидента с такси. — Я хотела сказать, что мне очень жаль, ну, насчет того дня, когда я велела тебе освободить комнату. Я была не права. Погорячилась. Ты можешь жить, сколько захочешь. — Она долго молчит, а потом добавляет: — Позвони мне, ладно? И приходи сразу домой, Рейч, не заходи в паб».

Я и не собиралась. Мне ужасно хотелось выпить в обед после того, что случилось утром в Уитни. Однако я не стала пить, потому что хотела сохранить ясную голову. Уже давно мне не хотелось ради чего-то сохранять ясность головы.

Утреннее посещение Уитни меня сильно удивило. Казалось, что я не была там целую вечность, хотя прошло всего несколько дней. Как будто тогда я находилась в абсолютно другом месте, на другой станции и в другом городе. Сейчас я не была похожа на ту Рейчел, что вышла на станции в субботу вечером. Сейчас я была абсолютно трезвой и чутко улавливала все нюансы, желая разгадать тайну и в то же время страшась возможной разгадки.

Я вторглась на чужую территорию. Я чувствовала именно это, потому что теперь это место принадлежит Тому и Анне, Скотту и Меган. Я тут чужая, тут нет ничего моего, и в то же время все тут так знакомо. Сначала вниз по бетонным ступенькам на станции, потом мимо газетного киоска выйти на Роузберри-авеню, через полквартала дойти до конца Т-образного перекрестка, затем свернуть направо под арку в сырой подземный переход, и слева окажется Бленхайм-роуд, узкая и тенистая, с красивыми викторианскими террасами по обеим сторонам. Я словно возвращалась домой — и не просто в теперешний свой дом, а туда, где выросла и откуда уехала целую вечность назад. Тут все знакомо до мелочей, тут точно знаешь, какая ступенька на лестнице обязательно скрипнет.

Тут все мне знакомо не только благодаря рассудку, этим знанием пропитаны моя кровь и плоть. Сегодня утром, когда я шла по темному тоннелю подземного перехода, мой шаг невольно ускорился. Это произошло подсознательно, потому что я всегда старалась пройти тут как можно быстрее. Каждый вечер, возвращаясь домой, особенно в зимнее время, я торопилась миновать это место, бросая быстрые взгляды вправо, чтобы убедиться, что там никого нет. Там никогда никого не было — ни в те вечера, ни сегодня, — и все же утром я невольно остановилась и стала вглядываться в темноту, потому что вдруг увидела себя. Я видела, как сижу, прислонившись к стене и обхватив голову руками. На голове и руках кровь.

Я замерла на месте: сердце бешено колотится в груди, спешащие на электричку пассажиры обходят меня. Некоторые оборачиваются посмотреть, что со мной. Я не знала — не знаю, — было ли это на самом деле. Зачем я пошла в подземный переход? Что мне было делать в темном и сыром тоннеле, пропахшем мочой?

Я повернулась и направилась обратно на станцию. Я не хотела тут больше оставаться, не хотела видеть дом Скотта и Меган. Мне хотелось поскорее унести оттуда ноги. Там случилось что-то ужасное, у меня нет в этом никаких сомнений.

Я купила билет и быстро направилась к лестнице, ведущей на другую платформу. И тут меня озарило, но на этот раз мне вспомнился не подземный переход, а ступеньки: я споткнулась и упала, а подняться мне помогал мужчина. Мой попутчик по электричке с рыжеватыми волосами. Я вспомнила его лицо, но не могла вспомнить, что он говорил. Я помню, как смеялась над собой или чем-то, что он сказал. Со мной он вел себя вполне пристойно, я уверена. Или почти уверена. Случилось что-то плохое, но не думаю, чтобы он имел к этому отношение.

Я села на электричку и вернулась в Лондон. Зашла в библиотеку, села за компьютер и стала искать публикации о Меган. В коротком сообщении на сайте «Дейли телеграф» говорилось, что «помощь в полицейском расследовании оказывает мужчина тридцати с небольшим лет». Наверное, Скотт. Я не верю, что он мог сделать с ней что-то плохое. Я знаю, что не мог. Я видела их вместс, я знаю, какие у них отношения. В заметке указывался номер «горячей линии», по которому можно сообщить любую информацию, полезную для следствия. Я собираюсь позвонить по пути домой из телефона-автомата. Я расскажу им о «В» и о том, что видела.

Когда мы подъезжаем к Эшбери, мой телефон снова звонит. Это Кэти. Бедняжка, она действительно из-за меня переживает.

— Рейч? Ты в поезде? Едешь домой? — По ее голосу слышно, что она волнуется.

— Да, я еду, — отвечаю я. — Буду через пятнадцать минут.

— Тут пришли полицейские, Рейчел, — говорит она, и я чувствую, что холодею. — Они хотят поговорить с тобой.

Среда, 17 июля 2013 года

Утро

Меган так и не нашли, и я солгала полиции, причем не один раз.

Вчера вечером по дороге домой я ужасно нервничала. Пыталась успокоиться, убеждая себя, что они пришли выяснить насчет инцидента с такси, но в этом не было никакого смысла. Я разговаривала с полицией на месте происшествия, вина в котором была целиком моей. Значит, это как-то связано с субботним вечером. Наверное, я что-то сделала. Наверняка что-то ужасное, а теперь память блокирует воспоминания в качестве защитной реакции.

Я понимаю, что это маловероятно. Что такого я могла сделать? Отправиться на Бленхайм-роуд, напасть на Меган Хипвелл, спрятать где-то ее тело и забыть об этом? Звучит невероятно.

И такого просто не могло быть. Но я знаю, что в субботу что-то произошло. Я почувствовала это, заглянув в темный тоннель под железнодорожными путями, когда кровь застыла у меня в жилах.

Провалы в памяти случаются, но это не тот случай, когда толком не можешь вспомнить, как оказался дома после пирушки в клубе, или над чем все смеялись, болтая в пабе. Тут — полное забвение: из памяти вычеркнуты и не подлежат восстановлению целые часы.

Том принес мне книгу про это. Не очень романтичный поступок, но он устал по утрам выслушивать мои извинения за то, о чем я не имела ни малейшего представления. Мне кажется, он хотел, чтобы я поняла, какую боль мое поведение причиняет окружающим и на что я на самом деле способна. Книгу написал какой-то врач, но я не знаю, насколько ему можно верить: автор утверждал, что провалы в памяти связаны прежде всего не с желанием забыть, а с отсутствием самих воспоминаний как таковых. Согласно его теории, человек впадает в состояние, когда его мозг не сохраняет воспоминаний, за которые отвечает короткая память. И находясь в этой черной дыре, человек ведет себя не так, как в обычной жизни, поскольку реагирует на то, что сам считает последним событием, хотя в действительности он просто не помнит его и может не иметь о нем ни малейшего представления. Автор даже приводил поучительные примеры для выпивох, страдающих потерей памяти. Один парень из Нью-Джерси напился на вечеринке в честь Дня независимости 4 июля. Потом сел в машину, поехал по встречной полосе и столкнулся с микроавтобусом, который вез семь человек. Микроавтобус загорелся, и шесть человек погибли. С самим же пьяницей ничего не случилось. Обычно так и бывает. Он даже не помнил, как садился в машину.

В другом случае мужчина, на этот раз из Нью-Йорка, вышел из бара, приехал к дому, в котором вырос, зарезал там двух человек, снял с себя всю одежду, сел в машину, добрался до дома и лег спать. Утром проснулся с больной головой, пытаясь сообразить, где его одежда и как он оказался дома. О том, что без всякой видимой причины зверски убил двух человек, он узнал только от приехавших за ним полицейских.

Как бы невероятно это ни звучало, но исключать такую возможность было нельзя, и, добравшись до дома, я уже почти не сомневалась, что каким-то образом причастна к исчезновению Меган.

Полицейские сидели на диване в гостиной: мужчина лет за сорок в штатском и еще один помоложе в форме и с прыщом на шее. Кэти стояла возле окна, нервно потирая руки. На ней не было лица. Полицейские встали. Тот, что в штатском — очень высокий и слегка сутулый, — пожал мне руку и представился инспектором уголовной полиции Гаскиллом. Он назвал мне номер своего удостоверения, но я его не запомнила. Не могла сосредоточиться. Я едва дышала.

— В чем дело? — Я с ходу перешла в наступление. — Что-то случилось? С моей матерью? С Томом?

— Все хорошо, миссис Уотсон, нам просто нужно поговорить с вами о том, что вы делали в субботу вечером, — ответил Гаскилл.

Подобные слова часто слышишь в фильмах по телевизору, но не воспринимаешь их всерьез. Они хотят знать, что я делала в субботу вечером. Что же я делала в субботу вечером?

— Мне нужно присесть, — сказала я, и детектив жестом пригласил меня занять место на диване возле прыщавого полицейского.

Кэти переминалась с ноги ногу, покусывая нижнюю губу. Она ужасно нервничала.

— С вами все в порядке, миссис Уотсон? — поинтересовался Гаскилл, показывая на шов над моим глазом.

— Меня сбило такси, — ответила я. — Вчера вечером, в Лондоне. Я была в больнице. Можете проверить.

— Хорошо. — Он слегка кивнул. — Итак, как насчет вечера субботы?

— Я ездила в Уитни, — сообщила я, стараясь унять дрожь в голосе.

— Зачем?

Прыщавый достал блокнот и приготовился записывать.

— Я хотела повидаться с мужем.

— Господи, Рейчел! — воскликнула Кэти.

Детектив не обратил на нее внимания.

— С вашим мужем? — переспросил он. — Вы хотите сказать, с бывшим мужем? С Томом Уотсоном?

Да, я по-прежнему ношу его фамилию. Так проще. Не надо менять кредитки, электронный адрес, получать новый паспорт и все такое.

— Да, с ним. Я хотела поговорить с ним, но потом передумала и вернулась домой.

— В какое время это было? — поинтересовался Гаскилл все тем же ровным тоном.

По его лицу ничего нельзя было понять. Он говорил, едва шевеля губами. Я слышала, как второй полицейский что-то записывает и как громко стучит в ушах кровь.

— Это было... хм... думаю, где-то в полседьмого. Мне кажется, я села на поезд около шести.

— И вернулись домой?..

— Может, в половине восьмого?

Я перехватила взгляд Кэти и по выражению ее лица поняла: она знает, что это неправда.

— Может, чуть позже, ближе к восьми. Вообще-то я припоминаю... что вернулась сразу после восьми.

Я чувствовала, как становлюсь пунцовой — если этот человек не понял, что я вру, ему нечего делать в полиции.

Детектив обернулся, вытащил из-за стола стул и придвинул к себе решительным жестом. Затем поставил его прямо передо мной всего в паре футов. Сел, сложил руки на коленях и склонил голову набок.

— Хорошо, — сказал он. — Значит, вы уехали около шести, в смысле оказались в Уитни в полседьмого. И вернулись сюда около восьми, значит, должны были уехать из Уитни около семи тридцати. Примерно так?

— Да, похоже на то, — подтвердила я, чувствуя, как голос опять предательски дрожит, выдавая меня.

Сейчас он спросит, что я делала в течение этого часа, а ответить я не смогу.

— И вы так и не встретились со своим бывшим мужем. Так что вы делали целый час в Уитни?

— Погуляла немного.

Он подождал, не добавлю ли я чего-нибудь еще. Я хотела сказать, что заходила в бар, но это было бы глупо, потому что легко проверялось. Он спросит, в какой бар, разговаривала ли я там с кем-нибудь. Раздумывая, что ему сказать, я вдруг сообразила, что не спросила, почему он хочет знать, где я была в субботу вечером, что уже само по себе выглядело подозрительным. Как будто я в чем-то виновата или замешана.

— Вы с кем-нибудь разговаривали? — спросил он, читая мои мысли. — Заходили в магазины, бары?..

— Я разговаривала с мужчиной на станции! — торжествующе выпалила я, как будто это что-то меняло. — А почему вы спрашиваете? Что случилось?

Инспектор Гаскилл откинулся в кресле.

— Вы, возможно, слышали, что женщина из Уитни — женщина, которая живет на Бленхайм-роуд всего через несколько домов от вашего бывшего мужа, — пропала. Мы ходили по домам, опрашивая жителей, не видели ли они ее тем вечером, или, может, видели или слышали что-то необычное. В ходе этих опросов и всплыло ваше имя.

Он немного помолчал, давая мне возможность осмыслить сказанное.

— Вас видели на Бленхайм-роуд тем вечером примерно в то же время, когда миссис Хипвелл — пропавшая женщина — ушла из дома. Миссис Анна Уотсон сообщила нам, что видела вас на улице рядом с домом миссис Хипвелл и не очень далеко от своего собственного. Она сказала, что вы вели себя странно и заставили ее нервничать. Она даже подумала, не стоит ли вызвать полицию.

Мое сердце бешено колотилось, будто хотело выпрыгнуть из груди. Я не могла говорить, потому что перед моими глазами возникла картина: я сижу, сгорбившись, в подземном переходе, и на моих руках кровь. Кровь на моих руках. Наверняка моя? Она должна быть моей! Я посмотрела на Гаскилла, увидела его взгляд и поняла, что должна немедленно что-то произнести, чтобы он не прочитал моих мыслей.

— Я ничего не делала, — сказала я. — Ничего. Я просто… я просто хотела повидать своего мужа…

— Бывшего мужа, — снова поправил меня Гаскилл.

Он вытащил из бокового кармана пиджака фотографию и показал мне. На ней была Меган.

— Вы видели эту женщину в субботу вечером? — спросил он.

Я долго разглядывала фото. Было что-то сюрреалистичное в том, как я узнала о той самой блондинке, чья жизнь сначала была плодом моего воображения, а потом стала горьким разочарованием. Снимок был сделан крупным планом и профессионально. Черты лица Меган оказались не такими тонкими, как рисовало мне мое воображение в отношении Джесс.

— Миссис Уотсон! Вы ее видели?

Я не знала, видела ли я ее. Я действительно не знала. И не знаю до сих пор.

— Вряд ли, — ответила я.

— Вряд ли? То есть не исключено?

— Я… я не уверена.

— Вы пили в субботу вечером? — спросил он. — До того, как отправиться в Уитни, вы пили?

Мои щеки снова залила краска.

— Да, — призналась я.

— Миссис Уотсон — Анна Уотсон — сказала, что вы были пьяны, когда она увидела вас у своего дома. Вы были пьяны?

— Нет, — ответила я, стараясь не отводить взгляда от полицейского, чтобы не встретиться глазами с Кэти. — Я выпила немного после обеда, но пьяной не была.

Гаскилл вздохнул. Похоже, я его разочаровала. Он взглянул на прыщавого напарника, потом на меня. Затем нарочито медленно поднялся и поставил стул на место.

— Если вы что-то вспомните о том субботнем вечере, любую информацию, которая может нам помочь, пожалуйста, позвоните, — сказал он, протягивая визитку.

Гаскилл хмуро кивнул Кэти, собираясь уйти, и я откинулась на спинку дивана, с облегчением чувствуя, как сердце понемногу начинает успокаиваться. Но тут оно вновь чуть не выскочило из груди.

— Вы работаете в фирме, которая занимается связями с общественностью? В «Хантингтон Уайтли»?

— Верно, — подтвердила я. — «Хантингтон Уайтли».

Он проверит и узнает, что я лгала. Нельзя допустить, чтобы он выяснил это сам, он должен узнать это от меня.

Вот это я и собираюсь сделать сегодня утром. Я пойду в полицию и расскажу все как есть: что я потеряла работу несколько месяцев назад, что в субботу вечером была сильно пьяна и понятия не имею, во сколько вернулась домой. Собираюсь сказать то, что должна была сообщить еще вчера: они идут по ложному следу. Я сообщу, что у Меган Хипвелл, судя по всему, был роман.

Вечер

Полиция считает, что мне нельзя верить. Там думают, что у меня не все дома, что я безответственная и психически неуравновешенная. Мне не следовало туда ходить. Я только сделала хуже себе и вряд ли помогла Скотту, ради чего, собственно, и отправилась в полицейский участок. Он нуждается в моей помощи. Полиция явно подозревает, что он что-то сделал с Меган, а я знаю, что это не так, поскольку знаю его. Я действительно в этом уверена, как бы дико это ни звучало. Я видела, как он с ней обращается. Он не мог причинить ей боль.

Ладно, пусть помощь Скотту была не единственной причиной моего похода в полицию. Был еще вопрос лжи, который требовалось уладить. Лжи насчет работы в «Хантингтон Уайтли».

Я долго не могла решиться войти в полицейский участок. Десять раз намеревалась развернуться и поехать домой, но в конце концов все-таки вошла. Я спросила у дежурного сержанта, можно ли поговорить с инспектором уголовной полиции Гаскиллом, и он провел меня в душную приемную, где я прождала больше часа, пока за мной не пришли. К тому времени я была вся мокрая от пота и дрожала, будто впереди меня ждал эшафот. Меня провели в другую комнату, которая оказалась еще меньше, к тому же без окон и совсем душная. Я пробыла там в одиночестве еще минут десять, пока не появились Гаскилл и женщина в штатском. Гаскилл вежливо поздоровался и, казалось, совсем не удивился, увидев меня снова. Он представил свою спутницу как сержанта уголовной полиции Райли. Она была моложе меня, высокая, стройная, темноволосая и довольно привлекательная, если кому-то нравятся резкие, лисьи черты лица. На мою улыбку она не ответила.

Мы молча сели, и они выжидающе посмотрели на меня.

— Я вспомнила мужчину, — сказала я. — Я говорила вам про человека на станции. Я могу описать его.

Райли чуть подняла брови и пошевелилась в кресле.

— Он был примерно среднего роста, среднего телосложения, рыжеватые волосы. Я поскользнулась на ступеньках, и он поддержал меня за руку.

Гаскилл наклонился вперед и оперся на локти, сцепив перед лицом пальцы.

— Он был одет… Мне кажется, на нем была голубая рубашка…

На самом деле это не совсем так. Я действительно помню того мужчину и уверена, что у него рыжеватые волосы, и мне кажется, что он улыбнулся или ухмыльнулся мне, когда я ехала в вагоне. По-моему, он вышел в Уитни и, кажется, говорил со мной. Я запросто могла оступиться на ступеньках. Это я помню, но не могу сказать, было ли это в субботу вечером или в какое-то другое время. Я спотыкалась часто и на многих лестницах. И я понятия не имею, во что он был одет.

На детективов мой рассказ не произвел никакого впечатления. Райли едва заметно покачала головой, Гаскилл разжал пальцы и протянул руки вперед ладонями вверх.

— Хорошо. Вы действительно пришли сюда, чтобы рассказать мне об этом, миссис Уотсон? — поинтересовался он.

В его голосе не было злости, и он располагал к разговору. Я жалела, что Райли никуда не уходила. Я могла бы поговорить с ним; я могла довериться ему.

— Я больше не работаю в «Хантингтон Уайтли», — сказала я.

— Вот как? — Он откинулся на спинку кресла и явно заинтересовался.

— Я уволилась три месяца назад. Своей соседке по квартире — вообще-то она ее хозяйка — я об этом не сказала. Я пытаюсь найти другую работу. Не хотела, чтобы она знала, чтобы беспокоилась об арендной плате. У меня есть кое-какие деньги. Я могу оплатить аренду, однако… В общем, я вчера солгала вам о работе и прошу за это извинить.

Райли наклонилась вперед и фальшиво улыбнулась.

— Понятно. Вы больше не работаете в «Хантингтон Уайтли». Вы вообще не работаете, верно? Вы безработная?

Я кивнула.

— Хорошо. Итак… вы ничем не занимаетесь, нигде не подрабатываете?

— Нет.

— И… ваша соседка не заметила, что вы не ходите каждый день на работу?

— Я хожу. В смысле не куда-то в офис, а просто езжу в Лондон, как раньше, в то же время и все такое, чтобы она… Чтобы она не знала.

Райли посмотрела на Гаскилла — тот не сводил с меня взгляда и слегка хмурился.

— Я понимаю, что это выглядит странно... — начала я и не закончила фразы, потому что, если называть вещи своими именами, это выглядело не просто странно, а каким-то безумисм.

— Хорошо. Значит, вы делаете вид, что каждый день ездите на работу? — спросила Райли, тоже чуть нахмурившись, будто испытывая беспокойство насчет меня. Как если бы считала, что у меня точно не все дома.

Я не стала отвечать или кивать и просто молчала.

— А могу я узнать, миссис Уотсон, почему вы оставили работу?

Врать не имело смысла. Если до беседы со мной они и не собирались выяснять мой послужной список, то теперь наверняка наведут справки.

— Меня уволили, — ответила я.

— Вас уволили, — повторила Райли с оттенком злорадства. Она явно ожидала услышать именно такой ответ. — А за что?

Я вздохнула и повернулась к Гаскиллу:

— Разве это важно? Какая разница, почему я ушла с работы?

Гаскилл не ответил и смотрел в какие-то бумаги, которые Райли разложила перед ним, но чуть заметно мотнул головой. Райли сменила тему:

— Миссис Уотсон, я хотела бы поговорить о субботнем вечере.

Я взглянула на Гаскилла — мы ведь уже это обсуждали, — но он не смотрел на меня.

— Хорошо, — сказала я и машинально потрогала шишку на голове.

— Скажите, зачем вы ездили на Бленхайм-роуд в субботу вечером? О чем вы хотели поговорить с бывшим мужем?

— Полагаю, что это не ваше дело, — ответила я и, пока она не успела ничего сказать, попросила: — Вы не могли бы дать мне воды?

Гаскилл поднялся и вышел из комнаты, чего я вовсе не ожидала. Райли молчала и не сводила с меня глаз, так и не стерев с лица полуулыбку. Я не выдержала ее взгляда, посмотрела на стол, а потом стала разглядывать стены. Я знала, что это такая тактика: нарочно хранить молчание, пока мне не станет настолько не по себе, что я заговорю, даже если не хочу этого делать.

— Мне надо было с ним кое-что обсудить, — сказала я. — Вопросы личного характера. — Это прозвучало помпезно и глупо.

Райли вздохнула. Я закусила губу и решила молчать, пока не вернется Гаскилл. Когда он пришел и поставил передо мной запотевший стакан с водой, Рейли заговорила.

— Вопросы личного характера? — переспросила она.

— Именно так.

Райли и Гаскилл обменялись взглядами. Я не поняла, что они выражали — раздражение или насмешку. Над верхней губой у меня выступил пот. Я сделала глоток воды — на вкус она показалось застоявшейся. Гаскилл собрал разложенные перед ним бумаги и отложил их в сторону, будто закончил с ними или они не представляли для него никакого интереса.

— Миссис Уотсон, нынешняя супруга… вашего бывшего мужа, миссис Анна Уотсон, выражала беспокойство по поводу вашего поведения. Она сказала нам, что вы не даете ей спокойно жить, преследуете ее мужа, что заявились к ним в дом без приглашения, что однажды… — Гаскилл перевел взгляд на бумаги, но тут вмешалась Райли.

— Однажды вы ворвались в дом мистера и миссис Уотсон и забрали их новорожденного ребенка.

Посреди комнаты разверзлась огромная дыра и поглотила меня.

— Это неправда! — возмутилась я. — Я не забирала... все было не так, это ложь. Я... я не забирала ее.

Я была так потрясена, что меня начало трясти. Я не смогла сдержать слез и сказала, что хочу уйти. Райли отодвинулась на стуле, встала и, кивнув Гаскиллу, вышла. Гаскилл подал мне бумажную салфетку.

— Вы можете уйти в любой момент, миссис Уотсон. Вы сами пришли поговорить с нами. — Он улыбнулся, и улыбка вышла извиняющейся.

В тот момент он показался мне таким понимающим, что даже захотелось взять его за руку и сжать ее, но я сдержалась, потому что такое поведение выглядело бы более чем странным.

— Мне кажется, вы хотите рассказать мне что-то еще, — произнес он, благодаря чему понравился мне еще больше, поскольку сказал «мне», а не «нам». — Наверное, — продолжил он, поднимаясь и провожая меня до двери, — нам лучше сделать перерыв, чтобы вы могли размять ноги и перекусить. А когда отдохнете, вернетесь и все мне расскажете.

Я собиралась махнуть на все рукой и вернуться домой. Шла к железнодорожной станции, готовая больше об этом не вспоминать. Но потом подумала об электричке, о том, как буду ездить каждый день туда и обратно по этой ветке мимо дома Меган и Скотта. А что, если они так ее никогда и не найдут? Я буду постоянно задаваться вопросом — я понимаю, что это маловероятно, но все же: не мог ли мой рассказ чем-то ей помочь? Что, если Скотта обвинят в причинении ей вреда только потому, что они понятия не имели о «В»? Что, если она, избитая и истекающая кровью, лежит сейчас связанная у «В» дома в подвале или похоронена в саду?

Я послушалась Гаскилла, купила в магазине на углу бутерброд с ветчиной и сыром и бутылку воды и отправилась в парк Уитни — довольно убогий клочок земли, окруженный домами и почти полностью покрытый заасфальтированными игровыми площадками. Я сидела на скамейке и смотрела, как матери и няньки ругают своих подопечных, которые тащат в рот всякую дрянь с земли. Когда-то — несколько лет назад — я сама мечтала об этом. Мечтала, как буду приходить сюда — понятно, не чтобы есть бутерброды с ветчиной и сыром в перерыве между полицейскими допросами, а со своим ребенком. Я мечтала, как куплю легкую прогулочную коляску, как буду долго выбирать чудесные одежки и развивающие игрушки в детских торговых центрах. Я думала о том, как буду сидеть здесь и качать на коленях свою малютку.

Но этому не суждено было случиться. Врачи не могли объяснить, почему я никак не могла забеременеть. Я была достаточно молода, достаточно здорова, мало пила, когда мы пытались. Сперма у мужа оказалась здоровой и обильной. Беременность просто не наступала. У меня не случались выкидыши, я просто не могла забеременеть. Мы прошли один цикл ЭКО — больше нам было не по карману. Процедура, как нас и предупреждали, оказалась неприятной и неудачной. Но никто мне не говорил, что нас это сломает. Что и произошло. Вернее, сломалась сначала я, а потом и мы оба. Я сама все разрушила.

Проблема бесплодия состоит в том, что от нее невозможно отмахнуться. Во всяком случае, когда вам около тридцати. У моих подруг были дети, у подруг моих подруг тоже были дети, все праздновали беременность, роды и первые дни рождения. Меня постоянно об этом спрашивали. Мать, наши друзья, коллеги по работе. Когда настанет и моя очередь? В какой-то момент мое бесплодие стало обычной темой воскресных обсуждений — не только наших с Томом, но и знакомых. Что мы пробовали, что надо попробовать, стоило ли пить второй бокал вина? Я была еще молода, впереди было так много времени, но неудача накрыла меня с головой, будто саван, отравила все вокруг, выбила почву из-под ног, и я перестала надеяться. В то время я отказывалась верить, что проблема во мне и что это из-за меня у нас ничего не получалось. Однако скорость, с которой Тому удалось оплодотворить Анну, показала, что проблем с вирильностью у него точно не имелось. Я ошибалась, считая, что вина лежит на нас обоих, — виновата во всем была только я.

Моя лучшая подруга по университету Лара родила за два года двоих детей — сначала мальчика, а потом девочку. Мне они не нравились. Я ничего не хотела о них слышать. Я не хотела с ними встречаться. Через какое-то время Лара перестала со мной общаться. На работе одна девчонка рассказала мне — причем небрежно, будто речь шла об аппендиците или удалении зуба мудрости, — что недавно сделала медицинский аборт, который оказался куда более щадящим, чем хирургический, который она делала, когда училась в университете. После этого я не могла с ней разговаривать, я даже смотреть на нее не могла. В офисе это заметили, и пошли разговоры.

Том относился ко всему не так, как я. Во-первых, проблема заключалась не в нем, и ему ребенок не был нужен так же сильно, как мне. Он хотел быть отцом, действительно хотел, — я уверена, что он мечтал гонять с сыном мяч во дворе или носить на плечах дочку в парке. Но он считал, что мы можем прожить счастливую жизнь и без детей. Нам хорошо сейчас, говорил он, так почему нам не может быть хорошо и в будущем? Я его расстраивала. Он не мог понять, как можно страдать от отсутствия того, чего в твоей жизни никогда не было, и как можно это оплакивать.

В своем горе я чувствовала себя одинокой. Из-за одиночества я начала пить, сначала немного, потом больше, и этим только все усугубила, потому что меня стали сторониться: кому охота иметь дело с пьяницей? Я многое теряла, потому что пила, и продолжала пить из-за новых потерь. Мне нравилась моя работа, но о «блестящей карьере» речь не шла, а даже если бы и шла, то будем честными: в женщинах по-прежнему ценятся только красота и способность рожать. Я не красавица и не могу иметь детей, тогда какой от меня толк? Никакого.

Я не могу оправдать всем этим свое пристрастие к алкоголю — не могу винить родителей или детство, похотливого дядю или какую-то страшную трагедию. Это целиком моя вина. Я всегда любила выпить. Но постепенно меня стала одолевать тоска, а тоска — плохой компаньон и для самого человека, и для тех, кто его окружает. И тогда я превратилась из выпивающей в пьющую, а таких сторонятся все.

Сейчас я отношусь к проблеме детей спокойнее, с тех пор как мы с мужем разошлись, я уже не ощущаю эту боль так остро. У меня не было выбора. Я прочитала много книг и статей и поняла, что должна научиться с этим жить. Есть варианты, есть надежда. Если я образумлюсь и перестану пить, то смогу кого-нибудь усыновить. Мне почти тридцать четыре года, однако до конца я так и не оправилась. Сейчас мне лучше, чем несколько лет назад, когда я бросала тележку и выходила из супермаркета, если в нем оказывалось много мам с детьми; тогда я бы не смогла прийти в парк вроде этого, сесть рядом с детской площадкой и наблюдать, как пухлые малыши катаются с горки. Были времена, когда боль становилась нестерпимой и я думала, что теряю рассудок.

Наверное, я действительно его теряла на какое-то время. В тот день, про который меня спрашивали в полицейском участке, я была вне себя. Слова, сказанные Томом, закрутились тогда у меня в голове, и я пришла в бешенство. Вернее, не сказанные, а написанные им в «Фейсбуке», — я прочитала их тем утром. Рождение у них ребенка не явилось для меня шоком — я знала, что она беременна, он говорил мне об этом, и я видела ее, видела розовые занавески в детской. Поэтому я знала, что это должно случиться. Но я думала о ребенке как о *ее* ребенке. Пока не увидела его фотографию с младенцем на руках и подписью: «Так вот из-за чего весь сыр-бор! Не знал, что бывает такая любовь! Это самый счастливый день в моей жизни!» Я подумала о том, как он мог написать такое, зная, что я увижу это и прочитаю. Он знал, что это убьет меня, и все равно написал. Ему было не важно. Родителям важны только их дети. Они являются центром мироздания, только они и имеют значение. Все остальные не важны, не важны ни их страдания, ни их радости, потому что остальные находятся за пределами реальности.

Я была в бешенстве, ничего не соображала. Может, мне хотелось отомстить. Показать им, что моя боль очень даже реальна, не знаю. Но я совершила глупость.

Я вернулась в полицейский участок через пару часов, спросила, могу ли поговорить с ним одним, но он сказал, что хочет, чтобы Райли тоже присутствовала. После этого он стал мне нравиться меньше.

— Я не врывалась к ним в дом, — сказала я. — Да, я действительно к ним ходила, хотела поговорить с Томом. Но на звонок никто не ответил...

— Тогда как вы оказались в доме? — спросила Райли.

— Дверь была открыта.

— Входная дверь?

Я вздохнула:

— Нет. Конечно, нет. Раздвижная дверь сзади, что ведет в сад.

— А как вы попали в сад за домом?

— Я перелезла через ограду, знала, что...

— Так вы перелезли через ограду, чтобы попасть в дом бывшего мужа?

— Да. Мы раньше... Сзади всегда хранился запасной ключ. У нас было место, где мы прятали запасной ключ на случай, если кто-то потеряет или забудет свой. Но я не вламывалась в дом, это неправда. Я просто хотела поговорить с Томом. Я подумала, что, может, звонок сломался или еще что.

— Это было в рабочий день, не так ли? Почему вы решили, что ваш бывший муж окажется дома? Вы созванивались с ним, чтобы узнать? — спросила Райли.

— Господи, вы дадите мне договорить? — закричала я, и она покачала головой и улыбнулась, будто показывая, что видит меня насквозь и читает мои мысли. — Я перелезла через ограду, — продолжила я, стараясь унять дрожь в голосе, — и постучала в стеклянную дверь, которая была приоткрыта. Никто не ответил. Я просунула голову внутрь и позвала Тома по имени. Опять никто не ответил, но я услышала плач ребенка. Я вошла и увидела Анну...

— Миссис Уотсон?

— Да. Миссис Уотсон лежала на диване и спала. Малышка лежала в кроватке и плакала — вернее, кричала так, что личико стало пунцовым. Было видно, что она кричит уже давно. — Пока я это рассказывала, до меня дошло, что я могла услышать крик с улицы и поэтому перелезла через ограду позади дома. Тогда я была бы меньше похожа на маньячку.

— Значит, ребенок кричал, мать находилась рядом и не просыпалась? — уточнила Райли.

— Да.

Райли сидела напротив, опершись локтями о стол и закрывая руками часть лица, так что я не видела выражения ее лица, но знала, что она мне не верит.

— Я взяла малютку, чтобы успокоить. Вот и все. Взяла, чтобы просто успокоить.

— Нет, не все, потому что когда Анна проснулась, вас там не было, верно? Вы были у ограды рядом с путями.

— Она не сразу успокоилась, — ответила я. — Я качала ее, а она продолжала всхлипывать, и я вынесла ее во двор.

— К железнодорожным путям?

— В сад.

— Вы намеревались причинить вред ребенку Уотсонов?

Тогда я в негодовании вскочила на ноги. Понимаю, что это выглядело довольно мелодраматично, но я хотела, чтобы они увидели — чтобы Гаскилл увидел, — какой возмутительной была даже мысль об этом.

— Я не должна все это выслушивать! Я пришла сюда рассказать вам о человеке! Я пришла вам помочь! А сейчас... в чем конкретно вы меня обвиняете? В чем?

Гаскилл сохранял невозмутимость — мой взрыв негодования его не впечатлил. Он жестом пригласил меня снова сесть.

— Миссис Уотсон, другая... э-э, миссис Уотсон — Анна — упомянула о вас, когда мы расспрашивали о Меган Хипвелл. Она сказала, что ваше поведение в прошлом отличалось неадекватностью. Рассказала о том инциденте с ребенком. Она сказала, что вы преследуете ее и ее мужа, что продолжаете постоянно названивать им домой. — Он сверился со своими записями. — На самом деле чуть ли не каждую ночь. Вы не можете смириться с мыслью, что ваш брак закончился...

— Это полная чушь! — возмутилась я, хотя доля правды в этом была.

Я действительно звонила Тому время от времени, но чтобы каждую ночь — это явный перебор. Однако теперь мне стало казаться, что Гаскилл вовсе не на моей стороне, и к глазам подступили слезы.

— Почему вы не сменили фамилию? — спросила меня Райли.

— Простите?

— Вы по-прежнему носите фамилию мужа. Почему? Если бы муж оставил меня ради другой женщины, не думаю, что хотела бы носить его фамилию. Делить его с той, на кого тебя променяли...

— Наверное, я не столь щепетильна.

На самом деле я очень даже щепетильна. Я ненавижу Анну за то, что она теперь миссис Уотсон.

— Ладно. А кольцо — то, что висит на цепочке у вас на шее. Это обручальное кольцо?

— Нет, — солгала я. — Это... моей бабушки.

— В самом деле? Хорошо. Что ж, должна сказать, что ваше поведение подтверждает, как и предполагала миссис Уотсон, что вы не хотите принять действительность и смириться с тем, что у вашего бывшего мужа теперь новая семья.

— Я не понимаю...

— Какое отношение это имеет к Меган Хипвелл? — закончила за меня фразу Райли. — Ладно. В ту ночь, когда пропала Меган, вас — сильно пьющую и отличающуюся нестабильностью женщину — видели на улице, где она живет. Учитывая определенное физическое сходство Меган и миссис Уотсон...

— У них нет ничего общего!

Я была вне себя от такого сравнения. Джесс совсем не похожа на Анну. Меган совсем не похожа на Анну.

— Они обе блондинки, стройные, изящные, со светлой кожей...

— И я напала на Меган Хипвелл, думая, что это была Анна?! Что за чушь! — возмутилась я. Но шишка на голове снова запульсировала, а субботний вечер по-прежнему оставался черной дырой в моей памяти.

— Вы знали, что Анна Уотсон была знакома с Меган Хипвелл? — спросил Гаскилл, и я опешила.

— Я... что? Нет. Нет, они не знали друг друга.

Райли на мгновение улыбнулась, потом снова стала серьезной.

— Знали. Меган подрабатывала няней у Уотсонов... — она сверилась с записями, — в августе прошлого года.

Я не знала, что сказать. У меня не укладывалось в голове: Меган в моем доме, с ней, с ее ребенком.

— Ранка у вас на губе — это когда вы попали под машину на днях? — поинтересовался Гаскилл.

— Да, наверное, я прикусила губу, когда падала.

— А где произошел наезд?

— В Лондоне. На Теобальдс-роуд. Возле Холборна.

— А что вы там делали?

— Простите?

— Почему вы оказались в центральной части Лондона?

— Я уже вам говорила, — холодно ответила я и пожала плечами. — Моя соседка по квартире не знает, что я потеряла работу. Поэтому я продолжаю ездить в Лондон как обычно, хожу в библиотеки, чтобы поискать работу и поработать над резюме.

Райли покачала головой — то ли недоверчиво, то ли изумленно. Как можно дойти до такой жизни?

Я резко отодвинула стул назад, готовясь уйти. Я достаточно наслушалась всяких инсинуаций, выставлявших меня идиоткой и сумасшедшей. Теперь пришла пора выложить главный козырь.

— Я не очень понимаю, к чему все эти разговоры, — сказала я. — Мне казалось, что у вас должны быть более важные дела, например, расследование исчезновения Меган Хипвелл. Я так понимаю, что вы уже беседовали с ее любовником?

Они молча уставились на меня. Этого они не ожидали. Они ничего не знали о нем.

— Возможно, вы не в курсе. У Меган Хипвелл был роман, — сказала я, направляясь к двери.

Меня остановил Гаскилл: двигаясь бесшумно и на удивление быстро, он преградил мне путь прежде, чем я взялась за ручку двери.

— Мне казалось, что вы не были знакомы с Меган Хипвелл? — спросил он.

— Так и есть, — подтвердила я, пытаясь пройти мимо него.

— Сядьте, — сказал он, не подпуская меня к двери.

Я рассказала им о том, что видела из окна электрички, как часто наблюдала за Меган, когда она загорала или пила кофе на террасе. Я рассказала, как на прошлой неделе увидела ее с мужчиной, который точно не был ее мужем, и как они целовались на лужайке.

— Когда это было? — отрывисто спросил Гаскелл.

Думаю, он злился на меня за то, что я не выложила это сразу и они потеряли день, выслушивая мой рассказ о себе.

— В пятницу. Это было в пятницу утром.

— Значит, за день до ее исчезновения вы видели ее с другим мужчиной? — со вздохом переспросила Райли и закрыла лежавшую перед ней папку, не скрывая раздражения.

Гаскилл откинулся на спинку кресла и изучающе меня разглядывал. Она мне точно не верила, а Гаскилл сомневался.

— Вы можете его описать? — спросил он.

— Высокий, смуглый...

— Привлекательный? — перебила Райли.

Я задумчиво надула щеки.

— Выше Скотта Хипвелла. Я знаю, потому что видела их вместе, Джесс... — простите, Меган — и Скотта Хипвелл, — а тот мужчина выглядел по-другому. Худощавее, тоньше, и кожа темнее. Возможно, азиат, — сказала я.

— Вы смогли определить этническую принадлежность, глядя из окна электрички? — спросила Райли. — Впечатляет. Кстати, кто такая Джесс?

— Простите?

— Вы только что упомянули о какой-то Джесс.

Я почувствовала, как снова краснею.

— Ни о ком я не упоминала, — возразила я.

Гаскилл поднялся и, прощаясь, протянул мне руку:

— Думаю, этого достаточно.

Я пожала ему руку и повернулась уйти, проигнорировав Райли.

— Держитесь подальше от Бленхайм-роуд, миссис Уотсон, — сказал Гаскилл. — Не звоните бывшему мужу без крайней необходимости и держитесь подальше от Анны Уотсон и ее ребенка.

Сев на поезд, чтобы вернуться домой, и прокручивая в уме все, что сегодня пошло не так, я удивляюсь, что чувствую себя вовсе не так ужасно, как могла бы. И понимаю причину: я не пила вчера вечером и не хочу выпить сейчас. В кои-то веки меня что-то заинтересовало больше, чем собственные страдания. У меня появилась цель. По крайней мере нечто, что поглощает мое внимание.

Четверг, 18 июля 2013 года

Утро

По пути на утренний поезд я купила три газеты: Меган не могут найти уже четыре дня, и об этом много пишут. «Дейли мейл», как и ожидалось, раздобыла фотографии Меган в бикини, но и информации о ней собрала больше других.

Меган, урожденная Миллс, родилась в Рочестере в 1983 году и в возрасте десяти лет переехала вместе с родителями в Кингс-Линн в Норфолке. Она была умной и очень общительной девочкой, хорошо рисовала и пела. По словам одной школьной подруги, «была веселой, очень красивой и довольно сумасбродной». Ее сумасбродность, судя по всему, усугубилась смертью брата Бена, с которым они были очень близки. Он погиб в аварии на мотоцикле, когда ему было девятнадцать, а ей пятнадцать лет. После его похорон она убежала из дома на три дня. Ее дважды арестовывали: один раз за кражу и один — за попрошайничество. Никаких отношений, если верить газете, родители с ней не поддерживали. Мать с отцом умерли несколько лет назад, так и не примирившись со своей дочерью. (Когда я читала это, мне было ужасно жаль Меган. Я понимаю, что она, судя по всему, не так уж сильно отличалась от меня. Такая же одинокая и неприкаянная.)

В возрасте шестнадцати лет она сошлась с парнем, у которого был дом в местечке Холкхэм в северном Норфолке. По словам школьной подруги, «он был старше ее, музыкант или что-то вроде того и принимал наркотики. После того как Меган с ним сошлась, мы практически не общались». Имя этого парня в газете не называлось, видимо, его так и не удалось выяснить. А может, его и вовсе не существовало. Подружка запросто могла все это выдумать, чтобы ее имя попало в газеты.

Несколько лет жизни Меган газета пропустила. Вот ей уже двадцать четыре года, и она работает официанткой в ресторане в северной части Лондона. Там она встречает Скотта Хипвелла — частного консультанта по информационным технологиям, который дружит с менеджером ресторана, и у них завязывается бурный роман, завершающийся свадьбой. Ей двадцать шесть лет, ему — тридцать.

В статье приводятся высказывания и других знакомых, в частности, Тары Эпстайн, той самой подруги, у которой Меган собиралась провести ночь, но исчезла. Она говорит, что Меган «чудесная и жизнерадостная девушка» и казалась «очень счастливой». «Скотт не мог причинить ей боль, — утверждает Тара. — Он слишком сильно ее любит». Высказывания Тары — сплошные клише. Мне гораздо интереснее слова одного из художников, которые выставлялись в галерее, где работала Меган. Его зовут Раджеш Гуджрал, и он сказал, что Меган «замечательная женщина, с отменным вкусом, веселая и красивая, с глубоким внутренним миром и отзывчивым сердцем». Судя по всему, этот Раджеш к ней явно неравнодушен. В последней цитате приводятся слова некоего Дэвида Кларка, «бывшего коллеги» Скотта, который сказал, что «Меган и Скотт — отличная пара. Они очень счастливы вместе и невероятно сильно любят друг друга».

Газета также сообщает о ходе расследования, но заявления полиции сводятся к тому, что «допрошен ряд свидетелей» и «отрабатывается несколько версий». Единственное, что представляет интерес, — это слова инспектора Гаскилла, который подтверждает, что помощь следствию оказывают два человека. Я не сомневаюсь, что оба они подозреваемые. Один наверняка Скотт. Может, второй — это «В»? Может, Раджеш — это и есть «В»?

Я так увлеклась чтением газет, что не заметила, как мы добрались до семафора и электричка со скрежетом привычно остановилась на красный сигнал. В саду у Скотта копошатся какие-то люди, у задней двери стоят двое полицейских в форме. В голове у меня все плывет. Они что-то обнаружили? Нашли ее? Ее тело зарыто в саду или спрятано под половицами в доме? Я не могу не думать о груде тряпья возле железнодорожных путей, что глупо, потому что я видела ее там еще до исчезновения Меган. И в любом случае если с ней и произошло несчастье, то Скотт тут ни при чем, он просто не может иметь к этому отношения. Он безумно ее любит, об этом говорят все.

Сегодня мало света, погода испортилась, и небо затянуто свинцовыми тучами. Мне не видно, что происходит в доме. Я чувствую, как меня охватывает отчаяние. Я не могу оставаться в стороне, так уж вышло, что теперь я причастна ко всему этому. Я должна знать, что происходит.

По крайней мере у меня есть план. Во-первых, надо выяснить, есть ли какой-то способ заставить меня вспомнить, что случилось в субботу вечером. Я поеду в библиотеку и постараюсь узнать, способна ли гипнотерапия помочь мне в этом, действительно ли возможно восполнить пробел в памяти с ее помощью. Во-вторых — думаю, это важно потому, что полиция, судя по всему, не поверила моему рассказу о любовнике Меган, — я должна связаться со Скоттом Хипвеллом. Я должна ему все рассказать. Он заслуживает того, чтобы знать.

Вечер

В поезде полно вымокших под дождем пассажиров, от их одежды поднимается пар и оседает на стеклах вагонных окон. Спертый воздух насыщен запахом пота, духов и хозяйственного мыла и обволакивает опущенные влажные головы. Облака, уже с утра обещавшие непогоду, темнели и набухали весь день, пока, наконец, не разразились ливнем в самый разгар часа пик, когда улицы заполнили служащие, движение на дорогах застопорилось, а входы в метро закупорили толпы людей, открывающих и закрывающих зонтики.

У меня не было зонта, и я промокла до нитки, будто на меня вылили ведро воды. Хлопковые брюки прилипли к бедрам, а голубая блузка стала неприлично прозрачной. Я бежала всю дорогу от библиотеки до станции метро, прижимая к груди сумочку, чтобы хоть как-то прикрыться. По какой-то причине меня вдруг это ужасно развеселило — есть какая-то нелепость в том, чтобы быть застигнутой дождем, — и я смеялась так сильно, что едва дышала, когда наконец добралась до Грейс-Инн-роуд. Я не помню, когда так хохотала в последний раз.

Сейчас мне не до смеха. Как только освободилось место, я села и посмотрела в телефоне последние новости о Меган. Случилось то, чего я боялась. «В полицейском участке Уитни допрашивается мужчина тридцати пяти лет, который задержан в связи с исчезновением Меган Хипвелл, пропавшей после ухода из дома в субботу вечером». Это точно Скотт, у меня нет никаких сомнений. Я только надеюсь, что он успел прочитать мое письмо в своей электронной почте до того, как его забрали, потому что допрос после задержания — дело серьезное и означает, что его считают виновным. Хотя, конечно, многое еще не ясно. Никакого преступления, может, и не было и с Меган все в порядке. Время от времени мне вдруг приходит в голову, что она жива и здорова и сейчас сидит где-нибудь на балконе отеля с видом на море, положив ноги на перила и потягивая холодный напиток.

Эта мысль одновременно и радует, и огорчает меня, а потом мне становится стыдно за чувство разочарования. Я не желаю ей зла, как бы ни злилась за измену Скотту и иллюзию идеальной семьи. Просто я чувствую себя частью этой тайны и ощущаю свою причастность. Я уже не просто девушка из поезда, которая бесцельно ездит туда-обратно. Я хочу, чтобы Меган вернулась в целости и сохранности. Действительно хочу. Но только не сразу, а чуть попозже.

Утром я послала Скотту письмо по электронной почте. Найти его адрес оказалось легко: я набрала его имя в поисковике и вышла на сайт, где он рекламирует «консультационные, облачные и другие услуги на базе интернет-технологий для бизнеса и некоммерческих организаций». Я знала, что это он, потому что служебный и домашний адреса совпадали. Я послала короткое сообщение по указанному на сайте контакту.

Уважаемый Скотт!

Меня зовут Рейчел Уотсон. Мы не знакомы. Я хотела бы поговорить с Вами о Вашей жене. Я не знаю, где она находится и что с ней случилось. Однако я располагаю информацией, которая, возможно, будет Вам полезна.

Если Вы не захотите общаться со мной, я Вас пойму, но если захотите, напишите мне по этому адресу.

С уважением,

Рейчел.

Трудно сказать, стал бы он выходить со мной на связь или нет, — окажись я на его месте, наверное, не стала бы. Как и полиция, он скорее всего решит, что я сумасшедшая, какая-то чокнутая, прочитавшая о деле в газетах. Теперь я так и не узнаю: если его арестовали, он может никогда не увидеть это сообщение. Если его арестовали, то о сообщении узнают только полицейские, что не сулит мне ничего хорошего. Но я должна была попытаться.

И теперь я чувствую, как меня охватывает отчаяние. Сквозь толпу пассажиров я не вижу путей с другой стороны вагона, а даже если бы и видела, то не смогла бы ничего разглядеть из-за дождя. Интересно, смывает ли дождь улики, безвозвратно уничтожая в этот конкретный момент важные доказательства, вроде пятен крови или образцов ДНК на брошенных окурках? Мне так сильно хочется выпить, что во рту даже чувствуется вкус вина. Я отлично представляю, как подействует алкоголь, когда растворится в крови и ударит в голову.

Я хочу выпить и в то же время не хочу, потому что если я не стану сегодня пить, то будет уже три дня без спиртного, а я и не помню, когда последний раз не пила три дня подряд. И еще я чувствую старую и уже забытую упертость. Тогда я могла заставить себя пробегать 10 километров до завтрака и обходиться 1300 калориями в день на протяжении нескольких недель. Эта черта во мне Тому очень нравилась, и он часто говорил, что в моей упертости моя сила. Я помню одну из последних ссор, когда между нами уже все окончательно разладилось и Том вышел из себя. «Что с тобой случилось, Рейчел? — воскликнул он. — Когда ты стала такой слабой?»

Я не знаю. Я не знаю, куда делась моя сила, я не помню, как стала ее терять. Мне кажется, что от нее постепенно начали отваливаться куски, их откалывала жизнь, само ее течение.

Электричка резко останавливается, отчаянно скрежеща тормозами, на красный свет семафора со стороны ветки, ведущей в Лондон. Вагон заполняется гулом извинений не удержавшихся на месте пассажиров, которые толкнули соседей или наступили им на ноги. Я поднимаю глаза и встречаюсь взглядом с мужчиной из того субботнего вечера, того самого, с рыжеватыми волосами, что помогал мне подняться. Его неестественно голубые глаза смотрят прямо на меня, и от испуга я роняю телефон. Я нагибаюсь, чтобы поднять его с пола, и снова смотрю на него, на этот раз осторожно и не в упор. Я оглядываю вагон, вытираю запотевшее стекло локтем, чтобы посмотреть за окно, и в конце концов перевожу взгляд на мужчину. Он улыбается мне, склонив голову немного набок.

Я чувствую, что краснею. Я не знаю, как реагировать на его улыбку, потому что не понимаю, что она означает. Это «привет, мы уже виделись как-то вечером», или «так это та пьянчужка, что свалилась на лестнице и молола невесть что», или что-то еще? Я не знаю, но мысли об этом вдруг извлекают из памяти слова, сказанные им, когда я поскользнулась на ступеньках. «Ты в порядке, дорогуша?» — спросил он. Я отворачиваюсь и смотрю в окно. Я чувствую на себе его взгляд; мне хочется скрыться, исчезнуть. Электричка дергается с места, и через несколько секунд мы тормозим, подъезжая к платформе Уитни, и пассажиры начинают собираться, готовясь к выходу: складывать газеты, убирать электронные книги и планшеты. Я снова перевожу взгляд и с облегчением вздыхаю — он уже повернулся ко мне спиной и выходит из поезда.

И тут до меня доходит, какая же я дура. Мне надо встать и пойти за ним, чтобы поговорить. Он может рассказать, что случилось или чего не случилось; по крайней мере он может заполнить хоть какие-то белые пятна. Я встаю и понимаю, что теперь слишком поздно: двери вот-вот закроются, а я в середине вагона и не смогу быстро пробраться сквозь толпу к выходу. Раздается предупредительный сигнал, и двери закрываются. Продолжая стоять, я поворачиваюсь и смотрю в окно на проплывающую мимо платформу. Мужчина из того субботнего вечера стоит под дождем на ее краю и смотрит, как я проезжаю мимо.

Чем ближе я оказываюсь к дому, тем больше на себя злюсь. Мне даже хочется выйти в Норткоуте, вернуться в Уитни и поискать его. Дурацкая мысль, во-первых, и чреватая неприятностями, во-вторых, учитывая, что Гаскилл только вчера велел мне держаться подальше от Уитни. Но меня удручает, что шансы хоть что-то вспомнить о событиях субботнего вечера тают на глазах. Несколько часов (правда, вряд ли достаточных), которые я провела в Интернете после обеда, лишь подтвердили мои худшие опасения: гипноз, как правило, не восстанавливает воспоминаний о событиях, произошедших во время провала памяти. Дело в том — и я об этом уже читала раньше, — что во время провала наша память не фиксирует воспоминаний. В ней нет ничего, что можно вспомнить. Этот период так навсегда и остается черной дырой.

Меган

Вторая половина дня

В комнате темно, воздух напоен нашим сладким запахом. Мы снова в номере на верхнем этаже отеля «Лебедь». Правда, сейчас все не так, как обычно, потому что он здесь и смотрит на меня.

— Куда ты хочешь отправиться? — спрашивает он.

— В дом на пляже на побережье Коста-де-ла-Лус, — отвечаю я.

Он улыбается:

— И что мы там будем делать?

Я смеюсь.

— Ты имеешь в виду помимо этого?

Он осторожно проводит пальцами по моему животу:

— Помимо этого.

— Мы откроем кафе, займемся искусством, научимся серфингу.

Он целует мой живот сбоку.

— А как же Таиланд? — спрашивает он.

Я морщу нос.

— Там слишком много зеленой молодежи. Сицилия, — говорю я. — Эгадские острова. Мы откроем бар на пляже, будем рыбачить...

Он снова смеется, а затем забирается на меня сверху и целует.

— Ты потрясающая! — шепчет он. — Ты просто потрясающая!

Мне хочется расхохотаться и произнести вслух: «Видишь? Я победила! Я же говорила, что это не последний раз, что последнего раза никогда не бывает». Я кусаю губу и закрываю глаза. Я была права, я знала это, но говорить про это вслух мне ни к чему. Я наслаждаюсь своей победой молча; я буду получать от нее почти такое же наслаждение, как от его прикосновений.

Потом он говорит со мной так, как никогда не разговаривал прежде. Обычно говорю только я, но на этот раз в откровения пускается он. Он рассказывает об ощущении пустоты, о своих родных, с которыми потерял связь, о женщине, которая была до меня, и еще об одной перед ней — той, что разбила ему сердце и опустошила душу. Я не верю в родство душ, но между нами есть понимание, которого я никогда не ощущала раньше или, по крайней мере, не ощущала уже очень давно. Оно рождается от схожих переживаний, из знания, каково это — оказаться сломленным.

Я понимаю, что значит пустота. Мне начинает казаться, что ее невозможно ничем заполнить в принципе. Мои психотерапевтические сеансы научили меня одному: эти бреши в жизни навсегда. Нужно научиться расти, обволакивая их, подобно растениям, обвивающим стеблями бетонные строения. Эти бреши формируют человека как личность. Теперь я это знаю, но не говорю об этом вслух, во всяком случае сейчас.

— И когда мы поедем? — спрашиваю я, но он не отвечает, и я засыпаю, а когда просыпаюсь, его уже нет.

Утро

Скотт приносит мне кофе на террасу.

— Ты спала вчера, — говорит он и наклоняется, чтобы поцеловать меня в макушку.

Он стоит за мной, положив мне на плечи теплые и сильные руки. Я откидываю голову, упираюсь в него затылком и закрываю глаза, слушая, как электричка грохочет по рельсам и останавливается напротив нашего дома. Когда мы только въехали в этот дом, Скотт часто приветственно махал рукой пассажирам, что меня всегда смешило. Он слегка сжимает мне плечи, наклоняется и целует в шею.

— Ты спала, — повторяет он. — Наверное, чувствуешь себя получше.

— Так и есть, — отвечаю я.

— Думаешь, сработала? — спрашивает он. — Психотерапия?

— Ты хочешь спросить, считаю ли я, что мне поставили мозги на место?

— Нет, конечно, — говорит он, и в его голосе звучит обида. — Я вовсе не…

— Я знаю. — Я поднимаю руку и сжимаю его ладонь. — Я пошутила. Мне кажется, это целый процесс. Тут все не так просто. Не знаю, смогу ли когда-нибудь сказать, что все сработало. И что я в норме.

Наступает тишина, и он сжимает мое плечо чуть сильнее.

— Так ты хочешь продолжать? — спрашивает он, и я отвечаю, что да.

Было время, когда мне казалось, что он являлся всем, что мне нужно, что его будет достаточно. Я думала так несколько лет. Я любила его всем сердцем. Но теперь мне хочется другой жизни. Я чувствую себя самой собой только во время своих тайных и лихорадочных встреч, когда буквально оживаю среди этой жары и полумрака. Но если даже я сбегу, разве можно быть уверенной, что мне опять не начнет чего-то недоставать? Кто может поручиться, что я снова не начну чувствовать то, что чувствую сейчас, — не защищенность, а подавленность? Может, мне снова захочется пуститься в бега, а потом еще раз, и в конечном итоге я опять окажусь возле старых путей, потому что больше идти некуда. Может, и так. А может, и нет. Приходится идти на риск, не так ли?

Я спускаюсь вниз, чтобы проводить его на работу. Он обнимает меня за талию и целует в макушку.

— Я люблю тебя, Мегс, — шепчет он, и я чувствую себя самой последней мерзавкой.

Я хочу поскорее закрыть за ним дверь, поскольку знаю, что вот-вот расплачусь.

Рейчел

Пятница, 19 июля 2013 года

Утро

Электричка, отправившаяся в 8.04, полупустая. Окна открыты, и после вчерашней грозы воздух прохладный. С момента исчезновения Меган прошло около 133 часов, и так хорошо, как сейчас, я себя не чувствовала уже очень и очень давно. Утром я посмотрелась в зеркало и заметила, как изменилось лицо: кожа стала чище, глаза ярче. Я чувствую легкость. Я уверена, что не похудела ни на йоту, но не ощущаю никакой тяжести. Я словно вновь стала собой — такой, какой была когда-то.

От Скотта никаких сообщений нет. Я посмотрела в Интернете — о его аресте нигде не сообщалось, и я решила, что он просто решил мне не отвечать. Я разочарована, но этого, наверное, и следовало ожидать. Утром, когда я уже выходила из дома, позвонил Гаскилл. Он спрашивал, не смогу ли зайти к ним сегодня в участок. Сначала я испугалась, а потом услышала, как он сказал своим мягким и тихим голосом, что хотел бы показать мне пару фотографий. Я поинтересовалась, был ли арестован Скотт Хипвелл.

— Никто арестован не был, миссис Уотсон, — ответил он.

— Но мужчина, которого задержали...

— Я не вправе что-либо разглашать.

Его манера говорить действует настолько успокаивающе, что он мне снова начинает нравиться.

Накануне вечером я переоделась в спортивные брюки и футболку и, устроившись на диване, прикидывала, что можно было бы предпринять. Например, я могла бы съездить в Уитни и послоняться там возле станции в час пик, чтобы разыскать рыжеволосого мужчину, с которым общалась в тот субботний вечер. Я могла бы пригласить его выпить и расспросить, что он видел или знает о том вечере. Правда, есть опасность натолкнуться на Анну или Тома, они сообщат в полицию, и тогда неприятностей с полицией у меня станет еще больше. Есть и другой минус — я сама могу оказаться в опасности. Память сохранила смутные обрывки воспоминаний о какой-то ссоре, а шишка на голове и разбитая губа являются физическим подтверждением этого факта. А вдруг на меня поднял руку как раз этот рыжеволосый? То, что он улыбнулся и помахал рукой, ничего не значит: он запросто может оказаться психопатом. Но мне он не кажется психом. Не знаю почему, но он мне симпатичен.

Можно еще раз написать Скотту. Но ему надо сообщить нечто, что его заинтересует, а как это сделать, не дав ему повода усомниться в моей нормальности, я не представляю. Он может даже решить, что я связана с исчезновением Меган, и сообщить обо мне в полицию. Вот тогда серьезных неприятностей мне точно не избежать.

Можно попробовать гипноз. Я практически не сомневаюсь, что ничего не вспомню, но все-таки любопытно. Тем более что вреда от этого никакого.

Я сидела, делая записи и просматривая распечатанные новости, когда пришла Кэти. Они с Дэмиеном ходили в кино. Кэти обрадовалась, увидев меня трезвой, но держалась настороженно, потому что после визита полицейских во вторник мы с ней толком так и не поговорили. Я сказала, что не пила уже три дня, и она меня обняла.

— Я так рада, что ты возвращаешься к нормальной жизни, — защебетала она, будто знала, где для меня проходит эта черта.

— Тот визит полицейских, — сказала я, — был просто недоразумением. У меня нет никаких проблем с Томом, и я ничего не знаю о пропавшей девушке. Тебе не о чем волноваться на этот счет.

Она снова меня обняла и приготовила чай для нас обеих. Я подумала, не стоит ли, воспользовавшись благоприятным моментом, рассказать о ситуации с работой, но решила не портить ей вечер.

Утром она по-прежнему испытывала ко мне самые дружеские чувства. И когда я собиралась уходить, снова обняла.

— Я так рада за тебя, Рейч, — сказала она. — Рада, что ты решила собой заняться. Я очень переживала.

Потом она сказала, что собирается провести выходные у Дэмиена, и первое, о чем я подумала, так это что обязательно выпью, когда вернусь домой, пока никто не видит.

Вечер

В холодном джине-тонике мне особенно нравится горький привкус хинина. Причем тоник должен быть обязательно «Швепс», и из стеклянной, а не пластиковой бутылки. Эти готовые смеси совсем не то, однако лучше, чем ничего. Я знаю, что не должна пить, но предвкушала это весь день. И это было не предчувствием одиночества, а волнением и выбросом адреналина. Я возбуждена и чувствую, как покалывает кожу. День выдался хороший.

Утром мы с инспектором уголовной полиции Гаскиллом проговорили целый час. Больше никого не было. Меня отвели к нему сразу, как только я появилась в участке. На этот раз мы беседовали не в комнате для допросов, а у него в кабинете. Он предложил мне кофе, и я согласилась. К моему удивлению, он поднялся и сам его приготовил. У него имелся чайник, на холодильнике стояла банка «Нескафе». Он извинился, что нет сахара.

Мне нравилось быть в его обществе. Мне нравилось смотреть, как двигаются его руки — сам он очень сдержан и невозмутим, но постоянно трогает что-то на столе. Я не замечала этого раньше, потому что в допросной предметов на столе практически не было. Здесь же, в своем кабинете, он постоянно переставлял кружку с кофе, перекладывал степлер, двигал стаканчик с авторучками, укладывал бумаги в аккуратные стопки. У него большие руки с длинными пальцами и аккуратно подстриженными ногтями. Колец на пальцах нет.

Сегодня атмосфера была другой. Я не чувствовала себя подозреваемой, которую он пытался уличить. Я чувствовала свою полезность. Особенно когда он взял одну из папок, достал фотографии и разложил передо мной. На них были Скотт Хипвелл, трое мужчин, которых я никогда не видела прежде, и, наконец, «В».

Сначала я не была уверена. Я смотрела на фото, пытаясь вызвать в памяти образ человека, которого видела с Меган в тот день, когда он наклонился, чтобы обнять ее.

— Это он, — сказала я. — Думаю, что он.

— Вы не уверены?

— Думаю, что это он.

Он взял фотографию и долго ее разглядывал.

— Вы говорили, что видели, как они целуются, верно? В прошлую пятницу? Неделю назад?

— Именно так. В пятницу утром. Они были в саду.

— И вы уверены, что не ошиблись? Что это не было, скажем, дружеским объятием... или... платоническим поцелуем?

— Нет, поцелуй был самым настоящим. Романтическим.

Мне показалось, что у него едва заметно дернулись уголки губ, будто он собирался улыбнуться.

— А кто он? — спросила я. — Он... вы думаете, она с ним?

Гаскилл не ответил, просто покачал головой.

— Я... я вам помогла? Это вам хоть чем-то поможет?

— Да, миссис Уотсон. Вы нам очень помогли. Спасибо, что нашли время заехать.

Мы пожали друг другу руки, и он на мгновение дотронулся левой рукой до моего правого плеча. Я едва удержалась, чтобы не повернуться и не поцеловать ее. Уже очень давно ко мне никто не прикасался с чувством, хоть немного похожим на нежность. Если не считать, конечно, Кэти.

Гаскилл проводил меня, и мы оказались в просторном помещении с десятком работавших за своими столами полицейских. Я почувствовала на себе один или два брошенных искоса взгляда, но не поняла, выражали они интерес или брезгливость. Мы прошли через офис в коридор, а потом я увидела, как через главную дверь в участок входит Скотт Хипвелл в сопровождении Райли. Он шел опустив голову, но я его сразу узнала. Он поднял глаза и приветственно кивнул Гаскиллу, а потом посмотрел на меня. На мгновение наши взгляды встретились, и я была готова поклясться, что он узнал меня. Я подумала о том утре, когда увидела его на террасе: он смотрел вниз, на пути, а мне казалось, что на меня. Мы миновали друг друга в коридоре. Он прошел так близко, что я могла бы до него дотронуться. Он действительно оказался очень красивым, но сейчас был напряжен и напоминал сжатую пружину: казалось, что от него исходят нервные импульсы. Выйдя в главный коридор, я обернулась, почувствовав на себе взгляд, однако вслед мне смотрела Райли.

Я села на поезд до Лондона и отправилась в библиотеку. Я прочитала все, что нашла по этому делу, но ничего нового не узнала. Навела справки о гипнотерапевтах в Эшбери, но предпринимать ничего пока не стала — это дорого и пока неясно, помогает ли восстановить память. Однако, читая отзывы тех, кто утверждал, что гипнотерапия помогла им восстановить воспоминания, я поняла, что успех меня страшит гораздо больше, чем неудача. Я боюсь, что узнаю не только о том, что случилось в субботу вечером, но гораздо больше. Я не уверена, что готова заново пережить свои глупые и ужасные поступки, вспомнить слова, сказанные в запале, выражение лица Тома, когда я их выкрикивала. Мне очень страшно вступать на эту темную стезю.

Я подумала, не послать ли Скотту еще одно письмо по электронной почте, но в этом не было никакой надобности. Утренняя встреча с инспектором уголовной полиции Гаскиллом доказывала, что полиция воспринимает мои показания всерьез. Больше я ничего не могу сделать, и с этим надо смириться. По крайней мере я могу считать, что оказала большую помощь следствию, потому что исчезновение Меган на следующий день после того, как я видела ее с другим мужчиной, просто не может быть совпадением.

С веселым щелчком и шипением открылась вторая банка джина-тоника, и тут до меня вдруг дошло, что за весь день я ни разу не подумала о Томе. Во всяком случае, до настоящего момента. Я думала о Скотте, о Гаскилле, о «В», о попутчике с поезда. Том отошел на пятый план. Я сделала глоток и почувствовала, что теперь мне есть что отметить. Я знаю, что дела у меня наладятся и я стану счастливой. Скоро.

Суббота, 20 июля 2013 года

Утро

Жизнь ничему меня не учит. Я просыпаюсь с щемящим чувством вины и стыда и сразу понимаю, что совершила какую-то глупость. Я снова прохожу через мучительный и болезненно знакомый ритуал восстановления в памяти своих поступков. Я послала письмо по электронной почте. Вот что я сделала.

В какой-то момент вчерашнего вечера Том получил повышение и снова оказался в списке людей, о которых я думаю, и я послала ему письмо по электронной почте. Мой ноутбук стоит на полу рядом с кроватью и с немым укором напоминает об этом. Я поднимаюсь, перешагиваю через него и иду в ванную. Там я пью прямо из-под крана, поглядывая на себя в зеркало.

Выгляжу я неважно. Но три разгрузочных дня не так уж плохо, и я полна решимости начать все заново. Я стою под душем очень долго и постепенно снижаю температуру воды, делая ее сначала прохладной, а потом и по-настоящему холодной. Нельзя вставать сразу под холодную струю воды, это вызывает шок и вообще слишком жестоко, но если уменьшать температуру воды постепенно, то все происходит незаметно, как в случае, когда варят лягушку, только наоборот. Прохладная вода успокаивает кожу и притупляет жгучую боль от ран на голове и над глазом.

Я отношу ноутбук вниз и делаю себе чашку чая. Есть ничтожный шанс, что написанное Тому письмо я все же не отправила. Я делаю глубокий вдох, открываю свою почту и с радостью вижу, что входящих сообщений нет. Но, проверив папку «Отправленные», понимаю, что написала ему — просто он не ответил. Пока. Письмо ушло в двенадцатом часу ночи, к тому времени я пила уже несколько часов, адреналин и возбуждение от принятого алкоголя должны были давно сойти на нет. Я открываю сообщение.

Будь добр, скажи своей жене, чтобы она перестала лгать про меня в полиции. Разве это не подло устраивать мне неприятности и выдумывать, будто я преследую ее и ее уродливое потомство? Пусть лучше займется собой. Скажи ей, чтобы, черт ее побери, оставила меня в покое.

Я закрываю глаза и с силой захлопываю крышку ноутбука. Я съеживаюсь, мое тело буквально сжимается в комок. Я хочу стать совсем крошечной, хочу исчезнуть. И еще мне становится страшно, потому что если Том решит показать это полиции, то у меня могут быть большие проблемы. Если Анна собирает доказательств моей мстительности и навязчивости, то это может стать главным пунктом в ее досье. И при чем тут маленькая девочка? Как я могла позволить себе подобное? Как вообще такое возможно? Я не желаю малышке ничего дурного — я не могу думать плохо о ребенке, любом ребенке, и уж тем более о ребенке Тома. Я не понимаю себя, не понимаю, во что я превратилась. Господи, он должен меня ненавидеть. Я сама ненавижу себя — во всяком случае, ту себя, которая написала письмо вчера вечером. Она совсем не похожа на меня, потому что я не такая. Я не такая злая.

Неужели? Я стараюсь не думать о самых плохих днях, но в подобные моменты воспоминания сами лезут в голову. Взять хотя бы ссору, произошедшую незадолго до нашего разрыва: я проснулась после вечеринки, ничего не помня, и Том рассказал мне, как я себя там вела, как снова заставила его стыдиться, когда оскорбила жену его коллеги, обвинив во флирте с моим мужем. «Я не хочу с тобой никуда больше ходить, — сказал он мне. — Ты спрашиваешь, почему я никогда не приглашаю друзей, почему больше не люблю ходить с тобой в пабы. Ты действительно хочешь знать причину? Все дело в тебе. Потому что мне за тебя стыдно».

Я беру сумочку и ключи и собираюсь дойти до магазина в конце квартала. Меня не волнует, что еще нет девяти утра; я испугана и не хочу ни о чем думать. Если сейчас принять болеутоляющее и запить спиртным, то я отключусь и просплю весь день. А уже потом буду решать, как быть дальше. Я подхожу к входной двери, тянусь к ручке и останавливаюсь. Я могла бы извиниться. Если попросить прощения прямо сейчас, может, еще не все потеряно. Может, мне удастся уговорить его не показывать это сообщение Анне или полицейским. Ему уже приходилось меня выручать.

В тот день прошлым летом, когда я оказалась в доме Тома и Анны, все было не совсем так, как я рассказала в полиции. Для начала, ни в какой звонок я не звонила. Я сама не знала, чего хотела, и до сих пор не понимаю, зачем вообще туда явилась. Я прошла по дорожке и перелезла через забор. Было тихо, и я ничего не слышала. Я подошла к раздвижной двери и заглянула внутрь. Это правда, что Анна спала на диване. Я не стала звать ни ее, ни Тома. Я не хотела ее будить. Малютка не плакала, а крепко спала в своей колыбельке рядом с матерью. Я взяла ее на руки и быстро вынесла из дома. Я помню, как бежала с ней к забору, как она проснулась и начала тихонько хныкать. Я не знаю, что было у меня в голове. Я не собиралась делать ей ничего дурного. Я добралась до забора, крепко прижимая малышку к груди. Теперь она уже плакала в полный голос, и плач переходил в крик. Я начала качать ее и уговаривала замолчать, а потом услышала звук приближавшегося поезда, повернулась спиной к забору и увидела Анну. Она мчалась ко мне со всех ног — рот, похожий на зияющую рану, был открыт, губы шевелились, но слов не было слышно.

Она забрала у меня ребенка, и я хотела убежать, но споткнулась и упала. Она стояла надо мной, кричала и велела оставаться на месте, иначе она вызовет полицию. Она позвонила Тому, и он пришел домой и сел рядом с ней в гостиной. Она билась в истерике, все время порывалась позвонить в полицию и хотела, чтобы меня арестовали за похищение. Том ее успокаивал, уговаривал не заявлять в полицию и отпустить меня. Он спас меня. Потом отвез меня домой и, когда я вышла из машины, взял за руку. Я думала, что это был жест поддержки, но он сжимал мою руку все крепче и крепче, пока я не закричала. Его лицо побагровело, и он сказал, что убьет меня, если я причиню вред его дочери.

Я не знаю, что тогда на меня нашло. Не знаю по сей день. Я нерешительно стою возле двери, держась за ручку, и сильно кусаю губы. Я знаю, что если начну сейчас пить, то час или два буду чувствовать себя лучше, а шесть или семь лет — хуже. Я отпускаю ручку, иду назад в гостиную и снова открываю ноутбук. Я должна извиниться, должна попросить прощения. Я опять открываю свою почту и вижу новое сообщение. Оно не от Тома, а от Скотта Хипвелла.

Уважаемая Рейчел!

Спасибо, что написали мне. Я не помню, чтобы Меган говорила о Вас, но у нее было много знакомых по галерее, а с именами у меня всегда было неважно. Я хотел бы поговорить с Вами о том, что Вам известно. Пожалуйста, свяжитесь со мной по номеру 07583 123657 как можно скорее.

С уважением,

Скотт Хипвелл.

Сначала мне показалось, что он направил это письмо на мой адрес по ошибке. Это сообщение адресовано кому-то другому. Но тут в голове у меня проясняется, и я вспоминаю. Я сижу на диване, приканчиваю вторую бутылку и понимаю, что не хочу оставаться в стороне от этого дела. Я хочу быть в его центре. И тогда я ему написала. Я прокрутила его ответное письмо вниз и нашла свое.

Уважаемый Скотт!

Извините, что пишу Вам снова, но я чувствую, что нам необходимо поговорить. Не уверена, что Меган упоминала обо мне, но мы были знакомы по галерее, когда я жила в Уитни. Думаю, что у меня есть информация, которая будет Вам интересна. Пожалуйста, напишите мне по этому адресу.

Рейчел Уотсон.

Я чувствую, как мое лицо начинает пылать, а в животе образуется ком. Вчера, когда я была разумной, трезвомыслящей и рассудительной, я решила, что должна смириться с тем, что на моем участии в этой истории поставлена точка. Но моим благим намерениям опять положила конец выпивка и та другая Рейчел, которой я становлюсь, когда пью. Пьяная Рейчел не думает о последствиях, она либо чрезмерно открыта и оптимистична, либо полна ненависти. У нее нет ни прошлого, ни будущего. Она существует исключительно в данный момент. Пьяная Рейчел, желающая быть причастной к истории с исчезновением Меган, желающая найти способ убедить Скотта поговорить с ней, солгала. Я солгала.

Мне хочется исцарапать себе кожу ножом, просто чтобы чувствовать что-то, кроме стыда, но даже на это у меня не хватает духу. Я начинаю писать Тому, пишу и стираю, пишу и стираю, пытаясь подобрать слова извинения и попросить прощения за свою вчерашнюю выходку. Если записать все, за что я должна попросить у Тома прощения, то получилась бы целая книга.

Вечер

Неделю назад — почти неделю назад — Меган Хипвелл вышла из дома номер пятнадцать по Бленхайм-роуд и исчезла. С тех пор ее никто не видел. С прошлой субботы ее телефоном и банковскими карточками никто не пользовался. Прочитав это сегодня в газете, я расплакалась. Теперь мне стыдно за мысли, которые рождались у меня в голове. Меган вовсе не тайна, которую предстоит разгадать, не фигура в начале фильма, снятая с движущейся операторской тележки, — прекрасная, бесплотная и призрачная. Она не пустое место. Она самый что ни на есть реальный человек.

Я еду в поезде, еду к ней домой. Я собираюсь встретиться с ее мужем.

Мне пришлось ему позвонить. Обратного пути уже не было. Я не могла просто проигнорировать его письмо — тогда бы он рассказал обо всем полиции. Разве не так? Я бы на его месте точно рассказала, если бы со мной попытался связаться незнакомец, утверждавший, что располагает информацией, а затем вдруг пропал. Возможно, он уже сообщил полицейским, и те ждут моего приезда у него дома.

Я сижу на своем обычном месте в вагоне, правда, не в обычный день, и мне кажется, что я сорвалась в машине с обрыва и лечу вниз. То же самое я чувствовала утром, когда набирала его номер: это как падать в темноте, не зная, когда ударишься о землю. Он говорил со мной тихо, будто в комнате был кто-то еще и он не хотел, чтобы его подслушали.

— Мы можем поговорить не по телефону? — спросил он.

— Я… нет. Не думаю.

— Я вас очень прошу.

Я на секунду замялась, а потом согласилась.

— Вы не могли бы ко мне приехать? Не сейчас, мои… тут сейчас посторонние. Может, сегодня вечером? — Он продиктовал адрес, и я сделала вид, что записываю.

— Спасибо, что перезвонили, — сказал он и повесил трубку.

Соглашаясь, я понимала, что это не самая хорошая идея. То, что я знаю о Скотте из газет, сущие пустяки. То, что мне известно о нем из моих собственных наблюдений, лишь плод моего воображения. Я ничего не знаю о Скотте. Я знаю Джейсона, которого — я должна постоянно напоминать себе об этом — в реальной жизни не существует. Точно известно только одно — и это факт, — что жена Скотта пропала неделю назад. Я знаю, что он вероятный подозреваемый. И я знаю, потому что видела тот поцелуй, что у него есть мотив для ее убийства. Конечно, он мог не знать, что у него есть мотив, однако… Я продолжала размышлять об этом и накручивать себя, но как я могла упустить возможность посетить дом, который сотни раз разглядывала из вагона? Подойти к его входной двери, зайти внутрь, посидеть на кухне, на террасе, где они проводили время, когда я наблюдала за ними?

Искушение было слишком велико. Сейчас я сижу в электричке, крепко обхватив себя руками, чтобы унять дрожь, словно ребенок, которого заставляют успокоиться. Я так обрадовалась появлению цели, что перестала думать о реальности. Перестала думать о Меган.

Я думаю о ней сейчас. Мне надо убедить Скотта, что я знала ее — немного и не очень близко. Тогда он поверит, что я видела ее с другим мужчиной. Если я сразу признаюсь, что солгала насчет нашего знакомства, он ни за что мне не поверит. Поэтому я стараюсь представить себе, как я заглядывала в галерею и болтала с ней за чашкой кофе. А она вообще пьет кофе? Наверное, мы говорили бы об искусстве, или о йоге, или о мужьях. Я ничего не понимаю в искусстве и никогда не занималась йогой. И мужа у меня нет. А своего она предала.

Я думаю о словах, сказанных о ней настоящими друзьями: замечательная, веселая, красивая, отзывчивая. Любимая. Она совершила ошибку. Так бывает. Идеальных людей не существует.

Анна

Суббота, 20 июля 2013 года

Утро

Эви просыпается около шести утра. Я вылезаю из кровати, иду в детскую и забираю ее. Потом кормлю и укладываю в постель рядом с собой.

Когда я просыпаюсь снова, Тома рядом уже нет, но я слышу его шаги на лестнице. Он приближается и тихо напевает, ужасно фальшивя: «С днем рожденья тебя, с днем рожденья тебя...» А я, вставая, даже и не вспомнила про него и думала только о том, чтобы принести малышку к нам и снова лечь. Теперь я улыбаюсь, еще не успев толком проснуться. Я открываю глаза и вижу, что Эви тоже улыбается. Том стоит в дверях с подносом в руках, а из одежды на нем только мой фартук.

— Завтрак в постель, именинница, — говорит он, ставит поднос на край кровати и целует меня.

Я открываю подарки. От Эви я получаю прелестный серебряный браслет со вставкой из оникса, а от Тома — комплект эротического белья из черного шелка. Я не могу сдержать улыбки. Том забирается обратно в постель, и Эви оказывается между нами. Она крепко сжимает в кулачке его указательный палец, а я держу ее за потрясающую розовую пяточку и чувствую, как меня накры-

— 136 —

вает волна блаженства. Невозможно представить, какой сильной бывает любовь.

Чуть позже, когда Эви надоедает лежать, я забираю ее, и мы спускаемся вниз, оставляя Тома еще подремать. Он этого заслуживает. Я немного прибираюсь, а потом пью кофе на свежем воздухе во внутреннем дворике, смотрю на проходящие мимо полупустые электрички и думаю, что приготовить на обед. Сейчас жарко — слишком жарко для жареного мяса, — но я все равно приготовлю ростбиф, потому что Том его любит, а потом, чтобы охладиться, мы будем есть мороженое. Нужно только сбегать в магазин и купить пару бутылок сухого «Мерло», которое он любит. Я собираю Эви, укладываю ее в коляску, и мы направляемся за покупками.

Мне все говорили, что переехать в дом Тома было безумием. Но таким же безумием все считали и мою связь с женатым мужчиной, не говоря уже о том, что его жена была настоящей истеричкой. Однако я доказала, что на этот счет они ошибались. Какие бы проблемы она ни создавала, Том и Эви того стоят. Но насчет дома они были правы. В дни, похожие на сегодня, когда светит солнце и я иду по нашей маленькой, обсаженной деревьями и ухоженной улочке, жители которой ощущают себя членами одной общины, трудно представить себе лучшее место для жизни. На тротуарах много похожих на меня женщин, гуляющих с малышами на самокатах или собаками на поводках. Это место может показаться идеальным, если не обращать внимания на скрежет тормозов проезжающих электричек и не оборачиваться на дом номер пятнадцать.

Когда я возвращаюсь, Том сидит за обеденным столом и что-то читает в ноутбуке. Он в шортах, но без рубашки — я вижу, как под кожей перекатываются мышцы. Смотреть на это мне по-прежнему ужасно нравится. Я говорю: привет, но он погружен в себя, а когда я касаюсь его плеча, вздрагивает и захлопывает крышку ноутбука.

— Привет, — говорит он, поднимаясь из-за стола. Он улыбается, но выглядит усталым и встревоженным. Забирает у меня Эви, но отводит взгляд.

— Что? — спрашиваю я. — Что случилось?

— Ничего, — отвечает он и отворачивается к окну, покачивая Эви на колене.

— Том, что случилось?

— Ерунда. — Он смотрит на меня, и по выражению лица я догадываюсь, что он сейчас скажет. — Очередное послание от Рейчел.

Он качает головой и выглядит таким подавленным и расстроенным, что у меня опускаются руки. Сил больше нет терпеть. Иногда мне хочется ее убить!

— Что она пишет?

Он снова качает головой:

— Не важно. Просто... как обычно. Глупость.

— Мне ужасно жаль, — говорю я и не спрашиваю, какую именно глупость, потому что он все равно не скажет. Он терпеть не может меня расстраивать.

— Ерунда. Не обращай внимания. Обычные пьяные бредни.

— Господи, неужели она никогда не уедет и все время будет мешать нашему счастью?

Он подходит и осторожно, чтобы не задеть дочку, которую я уже держу на руках, целует меня.

— Мы счастливы, — говорит он. — Счастливы.

Вечер

Мы счастливы. Мы устроили обед на лужайке, а когда стало слишком жарко, перебрались в дом и поели мороженого, пока Том смотрел автогонки. Мы с Эви приготовили пищевой пластилин, и она им с удовольствием полакомилась. Я думаю о нашей улице и о том, как мне повезло, что у меня есть все, о чем я только мечтала. Я смотрю на мужа и благодарю Бога, что Том нашел меня, что мы с ним встретились и я спасла его от этой женщины. Она бы точно свела его с ума, я действительно так считаю: она бы извела его, и он бы перестал быть самим собой.

Том забрал Эви наверх, чтобы искупать. Мне слышно, как она повизгивает от удовольствия, и я снова улыбаюсь — сегодня весь день улыбка не сходит с моего лица. Я мою посуду, прибираюсь в гостиной и думаю об ужине. Нужно приготовить что-нибудь легкое. Забавно, но несколько лет назад сама мысль о том, чтобы в свой день рождения остаться дома и что-нибудь приготовить, показалась бы мне дикой, но сейчас я считаю это лучшим вариантом, потому что именно так и должно быть. Мы втроем, и больше никого.

Я собираю игрушки Эви, разбросанные по всему полу в гостиной, и складываю их в коробку. Я с нетерпением жду часа, когда уложу ее пораньше и надену шелковое белье, подаренное Томом. Темнота наступит еще не скоро, но я зажгу свечи на каминной полке и открою вторую бутылку «Мерло», чтобы вино немного подышало. Я наклоняюсь над диваном, чтобы закрыть шторы, и вижу в окно женщину, которая, опустив голову на грудь, быстро идет по другой стороне улицы. Мне не видно ее лица, но я уверена, что это она. Сердце у меня в груди бешено стучит, и я подаюсь вперед, чтобы разглядеть получше, но ее уже не видно.

Я поворачиваюсь, готовая выскочить из дома и прогнать ее с улицы, но в дверях вижу Тома с завернутой в полотенце Эви на руках.

— Все в порядке? — спрашивает он. — Что случилось?

— Ничего, — отвечаю я, засовывая руки в карманы, чтобы скрыть их дрожь. — Ничего не случилось. Абсолютно ничего.

Рейчел

Воскресенье, 21 июля 2013 года

Утро

Я просыпаюсь с мыслями о нем. У меня такое чувство, будто я потеряла всякую связь с реальностью. Кожа зудит. Мне ужасно хочется выпить, но я не могу. Я должна сохранить ясность мысли. Ради Меган. Ради Скотта.

Вчера я постаралась выглядеть прилично. Вымыла голову, наложила немного косметики. Надела единственные джинсы, в которые еще влезаю, ситцевую блузку и босоножки на низком каблуке. Смотрелась неплохо. Я говорила себе, что глупо прихорашиваться, потому что Скотту сейчас точно не до того, чтобы замечать, как я выгляжу, но не могла с собой ничего поделать. Мы должны были впервые оказаться рядом, и для меня это было важно. Даже больше, чем следует.

Я села в электричку, которая уходила из Эшбери около половины седьмого, и прибыла в Уитни в семь с небольшим. Я направилась по Роузберри-авеню, минуя подземный переход. У меня не хватило духу войти в него. Я торопливо прошла мимо дома номер двадцать три, где живут Том с Анной, прижимая к груди подбородок и надев солнцезащитные очки, и молилась, чтобы они меня не заметили. Было тихо, вокруг никого, только пара машин осторожно двигалась посреди дороги между рядами припаркованных автомобилей. На этой тихой сонной улице живут обеспеченные люди, тут много молодых семей. Около семи все они ужинают или сидят на диване — мама, папа и детишки между ними — и смотрят по телевизору «Х-фактор».

От дома номер двадцать три до дома номер пятнадцать было не больше пятидесяти или шестидесяти шагов, но на преодоление этого расстояния ушла, казалось, целая вечность: ноги налились свинцом, походка стала нетвердой, будто у пьяной, которую вот-вот занесет на проезжую часть.

Я постучала, и Скотт открыл дверь так быстро, что я даже не успела опустить дрожавшую руку, и его фигура в дверном проеме сразу заполнила все пространство.

— Рейчел? — спросил он без улыбки, глядя на меня сверху вниз.

Я кивнула. Скотт протянул руку, и я пожала ее. Он жестом пригласил меня войти, но я на мгновение замялась. Мне стало страшно. Вблизи он оказался пугающе сильным, высоким, плечистым и с отлично развитой мускулатурой. Его руки огромны. Мне вдруг пришло в голову, что он может с легкостью свернуть мне шею или раздавить грудную клетку, особо не напрягаясь.

Я прошла мимо него в коридор, задев его руку своей и чувствуя, как краснею от этого прикосновения. От него пахло застарелым потом, темные волосы были всклокочены — казалось, будто он давно не принимал душ.

В гостиной ощущение дежавю почти пугало. Я узнала камин на дальней стене с нишами по бокам, да и свет с улицы тоже очень знакомо струился через жалюзи. Я знала, что если посмотрю налево, то увижу сквозь стеклянные двери зелень травы во внутреннем дворе, а за ним — железнодорожные пути. Я повернулась и увидела кухонный стол, стеклянную дверь, а за ней зеленую лужайку с густой травой. Я знала этот дом. У меня закружилась голова, и захотелось присесть — я подумала о вечерних часах прошлой субботы, исчезнувших в черной дыре небытия.

Конечно, это ни о чем не говорило. Я знала этот дом не потому, что была здесь, а потому, что он являлся точной копией дома номер двадцать три: коридор ведет к лестнице, а справа гостиная, за которой располагается кухня. Внутренний двор и сад мне знакомы, потому что я видела их из вагона поезда. Я не была наверху, но знаю, что там есть большое окно и ступеньки, и если по ним подняться, то окажешься на террасе, устроенной на крыше кухни. Я знаю, что наверху две спальни: одна большая, с двумя широкими окнами, выходящими на улицу, и вторая — поменьше, с видом на сад. Мое знакомство с расположением комнат в доме вовсе не означает, что я была в нем прежде.

И все-таки, когда Скотт провел меня на кухню, я чувствовала, что вся дрожу. Он предложил мне чашку чая. Я устроилась за кухонным столом и наблюдала, как он ставит чайник, кладет пакетик в кружку и не очень аккуратно наливает кипяток, плеснув немного мимо на столешницу и тихо чертыхнувшись. На кухне еще не выветрился резкий запах антисептика, но привести в порядок себя было явно выше его сил: на футболке расплылось большое пятно пота, джинсы сползли на бедра, словно были ему велики, и я даже засомневалась, ел ли он вообще в последние дни.

Скотт поставил передо мной кружку с чаем и сел напротив, сложив руки перед собой. Молчание затянулось, заполняя пространство между нами и все помещение. Тишина звенела в ушах, мне стало жарко и неудобно, в голове было пусто. Я не знала, что я здесь делаю. Зачем я вообще сюда явилась? Издалека послышался нарастающий гул приближавшегося поезда. Знакомый звук подействовал успокаивающе.

— Вы подруга Меган? — наконец спросил он.

Услышав, как он произносит ее имя, я почувствовала, как к горлу подкатил комок. Я опустила глаза и крепко сжала кружку с чаем.

— Да, — ответила я. — Мы знакомы... немного. По галерее.

Скотт выжидающе смотрел на меня. Я видела, как он стиснул зубы и на скулах у него заходили желваки. Я подыскивала слова, чтобы продолжить, но они никак не находились. Мне следовало заранее подготовиться, но я этого не сделала.

— Есть какие-нибудь новости? — наконец выдавила я.

Он смотрел мне прямо в глаза, и на мгновение мне стало не по себе. Я сказала глупость: есть новости или нет, было не моим делом. Он рассердится и попросит меня уйти.

— Нет, — ответил он. — Что вы хотели мне рассказать?

Мимо медленно проехал поезд, и я посмотрела на него сквозь стеклянную дверь. У меня кружилась голова, и ощущение было такое, будто моя душа покинула тело и смотрит на происходящее со стороны.

— Вы написали, что хотели что-то сообщить о Меган. — В его голосе появилось нетерпение.

Я сделала глубокий вдох. Я чувствовала себя ужасно и отлично понимала, что моя информация все только усложнит и причинит ему боль.

— Я видела ее с мужчиной, — произнесла я, выпалив это с ходу, без всякой подготовки, ни с того ни с сего.

Он не сводил с меня глаз.

— Когда? Вы видели ее в субботу вечером? Вы сообщили об этом полиции?

— Нет, это было в пятницу утром, — ответила я, и он как-то сразу сник.

— Но... в пятницу с ней все было в порядке. Почему вы считаете это важным? — На его скулах снова заходили желваки, он начинал злиться. — С кем вы ее видели? С мужчиной?

— Да. Я...

— Как он выглядел? — Он поднялся на ноги, загораживая свет. — Вы сообщили полиции? — снова спросил он.

— Да, но я не уверена, что они отнеслись к моим словам серьезно, — ответила я.

— Почему?

— Я просто... Не знаю... Я подумала, что вы должны знать.

Он наклонился вперед и оперся о стол, сжав кулаки.

— Что вы хотите этим сказать? Где вы ее видели? Что она делала?

Еще один глубокий вдох.

— Она была... на вашей лужайке, — ответила я. — Вон там. — Я показала на сад. — Она... я увидела ее из окна вагона.

Судя по выражению лица, он мне не верил.

— Я езжу на электричке из Эшбери в Лондон каждый день. И проезжаю мимо вашего дома. Я видела ее, видела с мужчиной. И им... были не вы.

— Откуда вы знаете? В пятницу утром? В пятницу — за день до своего исчезновения?

— Да.

— Меня не было, — сказал он. — Я уезжал. Я был на конференции в Бирмингеме и вернулся в пятницу вечером. — На его лице проступили красные пятна, а скепсис сменился чем-то другим. — Значит, вы видели ее с кем-то на лужайке? И...

— Она поцеловала его, — сказала я.

Так или иначе, пришлось это произнести. Я должна была ему это сказать.

— Они целовались.

Он выпрямился, и его руки, по-прежнему сжатые в кулаки, повисли, а пятна на лице потемнели от злости.

— Мне очень жаль, — сказала я. — Очень. Я понимаю, как вам больно это слышать...

Он махнул рукой. Брезгливо. Он не нуждался в моем сочувствии.

Я знаю, каково это. Находясь здесь, я с удивительной четкостью вспомнила, как сидела у себя на кухне в нескольких домах отсюда, а Лара, моя бывшая лучшая подруга, сидела напротив, и на коленях у нее ползал раскормленный малыш. Я помню, как она успокаивала меня и говорила, что ей ужасно жаль, что мой брак рухнул, и как меня разозлили эти банальности. Она понятия не имела о том, как мне больно. Я велела ей заткнуться, а она сказала, что не позволит так выражаться при ребенке. С тех пор мы ни разу не виделись.

— Как он выглядел, тот мужчина, с которым вы ее видели? — спросил Скотт. Он стоял спиной ко мне и смотрел на лужайку.

— Он был высокий, наверное, выше вас. Смуглая кожа. Думаю, что азиат. Из Индии или вроде того.

— И они целовались здесь, в саду?

— Да.

Он глубоко вздохнул.

— Господи, мне нужно выпить. — Он повернулся ко мне. — Хотите пива?

Я хотела, и даже очень, но отказалась. Я смотрела, как он достал себе бутылку из холодильника, открыл и надолго прильнул губами к горлышку. Я смотрела и почти чувствовала, как холодная жидкость приникает ему в горло, и моя рука заныла от желания ощутить прохладу бокала. Скотт оперся о столешницу, бессильно свесив голову.

Я проклинала себя. Я не помогла, а только сделала хуже и разбередила его боль. Я бесцеремонно вторглась в его горе, а это было неправильно. Мне не следовало к нему приходить. Не следовало лгать. Особенно лгать.

Я уже начала подниматься, когда он заговорил:

— Может… не знаю. Может, это на самом деле и хорошо? Может, это значит, что с ней все в порядке? И она просто… — он горько хохотнул, — просто с кем-то сбежала. — Он смахнул слезу со щеки тыльной стороной ладони, и сердце у меня сжалось. — Только мне кажется, что тогда она бы обязательно позвонила. — Он взглянул на меня, будто ожидая ответа, словно бы я знала. — Она бы мне наверняка позвонила, правда? Она бы знала, как сильно я буду волноваться… как буду переживать. Она же не такая мстительная, верно?

Он разговаривал со мной, как с человеком, которому мог доверять, как с подругой Меган. Я знала, что это не так, но мне все равно было приятно. Скотт сделал глоток и повернулся к саду. Я проследила за его взглядом — он смотрел на камни возле ограды, приготовленные для декоративных горок, но так и не использованные. Затем он снова хотел отпить из бутылки, но передумал и повернулся ко мне.

— Вы видели Меган из поезда? — спросил он. — Значит, вы… просто смотрели в окно и увидели ее — женщину, с которой знакомы?

Атмосфера в комнате изменилась. Теперь он не знал, была ли я союзницей и можно ли мне доверять. По его лицу пробежала тень недоверия.

— Да, я... я знаю, где она живет, — ответила я и, ещё не договорив, уже пожалела о своих словах. — Я хотела сказать, где вы живете. Я тут уже была. Давно. Поэтому я иногда ищу ее взглядом, когда проезжаю мимо.

Он смотрел на меня, и я чувствовала, как щеки у меня начинают пылать.

— Она проводила тут много времени.

Он поставил пустую бутылку на стол, сделал пару шагов и сел рядом.

— Так вы хорошо знали Меган? Раз бывали у нас дома?

На шее у меня забилась жилка, на спине выступил пот, и кровь побежала быстрее от выброса адреналина. Мне не следовало этого говорить, не следовало продолжать врать.

— Это было всего один раз, но я... знаю, где находится дом, потому что сама когда-то жила неподалеку.

Он удивленно приподнял бровь.

— Вниз по улице. Номер двадцать три.

Он медленно кивнул.

— Уотсон, — сказал он. — Так вы бывшая жена Тома?

— Да, я уехала отсюда пару лет назад.

— Но продолжали посещать галерею Меган?

— Иногда.

— А когда вы с ней встречались, о чем вы... Она рассказывала что-то личное? Говорила обо мне? — Его голос стал хриплым. — О ком-то еще?

Я покачала головой:

— Нет-нет. Мы просто болтали... так, ни о чем.

Повисла долгая пауза. В комнате вдруг стало очень жарко, а запах антисептика, казалось, усилился. Я почувствовала тошноту. Справа стоял столик с фотографиями в рамках. Меган смотрела на меня с них с веселой обвиняющей улыбкой.

— Мне пора, — сказала я. — Я и так отняла у вас много времени.

Я начала подниматься, но он накрыл ладонью мое запястье и посмотрел мне в глаза.

— Пожалуйста, побудьте еще, — мягко попросил он.

Я осталась сидеть, но убрала руку из-за неприятного чувства, будто меня пытаются удержать насильно.

— Тот мужчина, — сказал он, — с которым вы ее видели… Думаете, вы сможете его узнать? Если снова увидите?

Я не могла сказать, что уже опознала его в полиции. Я объясняла свое решение поговорить с ним тем, что полиция мне не поверила. Если я в этом признаюсь, то лишусь его доверия. И мне пришлось солгать снова.

— Я не уверена, — сказала я. — Но мне кажется, что смогла бы.

Я немного помолчала, а потом продолжила:

— В газетах приводились слова, сказанные другом Меган. Его зовут Раджеш. Я подумала, а что, если…

Скотт покачал головой:

— Раджеш Гуджрал? Невозможно. Он художник, выставлялся в галерее. Неплохой парень, но… Он женат, и у него есть дети.

Как будто это что-то меняло.

— Погодите, — сказал он, поднимаясь. — Мне кажется, он есть у нас где-то на фотографии.

Он отправился наверх, а я почувствовала, как вдруг у меня обмякли плечи — все это время я от напряжения сидела, будто натянутая стрела. Я снова бросила взгляд на фотографии: Меган в летнем платье на пляже; ее лицо крупным планом и с удивительно синими глазами. На всех снимках только Меган. Ни одной фотографии, где они были бы вместе.

Появился Скотт с буклетом и протянул его мне. Реклама галереи.

— Вот, — сказал он, переворачивая страницу. — Это и есть Раджеш.

На фотографии рядом с ярким абстрактным полотном стоял невысокий коренастый мужчина в годах, к тому же с бородой. Он не был тем, кого я видела и опознала в полиции.

— Это не он, — сказала я.

Скотт стоял рядом, глядя на буклет, а потом резко повернулся и снова решительно направился на второй этаж. Через несколько мгновений он вернулся с ноутбуком и сел за кухонный стол.

— Я думаю... — сказал он, открывая крышку и включая компьютер, — мне кажется, я знаю... — Он замолчал, и я смотрела на его сосредоточенное лицо с крепко сжатыми челюстями. — Меган ходила к психотерапевту, — сообщил он. — Его звали... Абдик. Камаль Абдик. Он не азиат, а из Сербии или Боснии, откуда-то оттуда. И у него смуглая кожа. Издалека его можно принять за индийца.

Он набрал что-то на клавиатуре.

— Наверняка у него есть свой сайт... Вот, похоже, это он на фотографии...

Он развернул ноутбук экраном ко мне. Я наклонилась, чтобы разглядеть получше.

— Это он, — подтвердила я. — Это точно он.

Скотт резко захлопнул крышку и долго молчал, положив локти на стол и упираясь лбом в кончики дрожавших пальцев.

— Ее мучили приступы тревоги, — произнес он наконец. — Проблемы со сном и все такое. Это началось в прошлом году. Не помню, когда именно.

Он говорил, не глядя на меня, будто разговаривал сам с собой, будто вообще забыл о моем присутствии.

— И я сам предложил ей поговорить со специалистом. Это я предложил обратиться к психотерапевту, потому что не мог ей помочь сам. — Его голос чуть дрогнул. — Я не мог ей помочь. Она рассказала, что в прошлом у нее уже были подобные проблемы, но потом исчезли, но я настоял... уговорил ее обратиться к доктору. Этого парня ей порекомендовали. — Скотт кашлянул, чтобы прочистить горло. — Терапия, казалось, ей помогала. Она стала счастливее. — Он горько усмехнулся. — Теперь я понимаю почему.

Я хотела в знак поддержки дотронуться до его руки, но он отстранился и поднялся на ноги.

— Вам пора, — резко сказал он. — Скоро придет моя мать, она не оставляет меня одного дольше, чем на час или два.

Уже в дверях Скотт вдруг схватил меня за руку.

— Я не мог вас видеть где-то раньше? — спросил он.

Сначала мне захотелось сказать, что да, он мог видеть меня в полицейском участке или здесь, на улице, я была тут в субботу вечером, однако я просто покачала головой:

— Нет, вряд ли.

Я направилась на станцию самым быстрым шагом, на какой только была способна. Примерно на полпути я обернулась. Он все еще стоял в дверях и смотрел мне вслед.

Вечер

Я то и дело проверяла свою электронную почту, но от Тома ничего не было. Насколько, должно быть, легче жилось ревнивым пьяницам до появления электронной почты, эсэмэсок и мобильных телефонов, до всей этой электроники и тех следов, которые она оставляет.

О Меган газеты сегодня почти ничего не писали. Ее место на первых полосах заняли другие новости: политический кризис в Турции, искусанная собаками в Уигане четырехлетняя девочка, унизительное поражение футбольной команды Англии от Черногории. О Меган уже начали забывать, хотя с ее исчезновения прошла всего неделя.

Кэти пригласила меня на обед. Она сейчас оказалась не у дел, поскольку Дэмиен поехал в Бирмингем навестить свою мать. Кэти с собой он не пригласил. Они встречались уже почти два года, а с его матерью она так и не познакомилась. Мы пошли в «Жираф» на Хайстрит — место, которое я ненавижу. Мы сидели в центре зала, наполненного визгом малышни не старше пяти лет. Кэти поинтересовалась, что у меня нового. Ей было любопытно, куда я ездила вчера вечером.

— Ты с кем-то познакомилась? — спросила она с надеждой.

Я даже растрогалась и чуть было не ответила утвердительно, потому что так оно и было, но все-таки решила солгать, чтобы ничего не усложнять. Я сказала, что была на встрече анонимных алкоголиков в Уитни.

— Понятно. — Смутившись, она опустила глаза на неаппетитный греческий салат. — Мне показалось, у тебя был небольшой сбой. В пятницу.

— Да. Быстро справиться с этим не получится, Кэти, — сказала я, чувствуя себя ужасно, потому что ей действительно не все равно, брошу я пить или нет. — Но я очень стараюсь.

— Если тебе нужно, чтобы я, скажем, пошла с тобой…

— Не на этом этапе, — ответила я. — Но за участие спасибо.

— Тогда, наверное, мы можем сходить вместе еще куда-нибудь, например, в спортзал? — предложила она.

Я засмеялась, но когда поняла, что она не шутит, сказала, что подумаю.

Она только что ушла — позвонил Дэмиен и сообщил, что вернулся от матери, и она уехала к нему. Я подумала, не стоит ли обратить ее внимание на то, что она мчится к нему по первому звонку? Но я не в том положении, чтобы давать советы по взаимоотношениям — как и по любым другим вопросам, если уж на то пошло, — к тому же мне ужасно хочется выпить. (Я думала об этом с тех пор, как мы сели за столик и прыщавый официант спросил, не желаем ли мы по бокалу вина, на что Кэти ответила решительным отказом.) Поэтому я больше не думаю о ней и, чувствуя знакомое покалывание на коже, пытаюсь выкинуть из головы и разумные мысли тоже (не делай этого, пока ты держишься очень даже неплохо). Я собираюсь отправиться в винный магазин, но раздается телефонный звонок. Том. Наверняка это звонит Том. Я выхватываю телефон из сумки, смотрю на экран, и мое сердце бешено колотится.

— Привет. — В трубке молчат, и я спрашиваю: — У вас все в порядке?

После паузы Скотт отвечает:

— Да, все нормально, я просто позвонил поблагодарить за вчера. За то, что вы нашли время мне все рассказать.

— Не стоит благодарности. Вам нет необходимости...

— Я вас отвлекаю?

— Нет, все нормально.

На другом конце молчат, и я повторяю:

— Все нормально. А вы... что-то случилось? Вы говорили с полицией?

— После обеда заезжала сотрудница полиции, которая поддерживает связь с семьями потерпевших, — отвечает он, и мой пульс учащается. — Сержант уголовной полиции Райли. В разговоре с ней я упомянул о Камале Абдике. Сказал, что с ним стоит поговорить.

— Вы сказали... Вы сказали ей, что говорили со мной? — Во рту у меня пересохло.

— Нет, не сказал. Я подумал, что, возможно... Не знаю. Я подумал, что будет лучше, если они сочтут, что это имя пришло мне в голову самому. Я сказал... это ложь, я знаю, но я сказал, что все время пытался вспомнить что-то существенное и решил, что имеет смысл поговорить с ее психотерапевтом. Сказал, что у меня уже были определенные опасения по поводу их отношений в прошлом.

Я снова могу дышать.

— И как она отреагировала? — спрашиваю я.

— Сказала, что они уже с ним беседовали, но поговорят еще раз. Она задала кучу вопросов, хотела знать, почему я не сказал об этом раньше. Она... не знаю. Я не верю ей. Она должна быть на моей стороне, но у меня такое чувство, будто она постоянно что-то вынюхивает и пытается меня подловить.

Глупо, конечно, но мне ужасно приятно, что она ему тоже не нравится. Еще одна вещь, которая нас объединяет, еще одна ниточка, связывающая нас.

— Я все равно хочу вас поблагодарить. За то, что пришли. Знаете... звучит, конечно, странно, но я был рад поговорить с человеком... с которым не знаком близко. Мне кажется, я обрел способность мыслить здраво. Когда вы ушли, я стал вспоминать, какой Меган вернулась после первой встречи с ним — с Абдиком. В ней появилась какая-то легкость. — Он громко выдохнул. — Даже не знаю. Может, мне все это только показалось.

У меня появляется то же чувство, что и вчера: он снова говорит не со мной, просто разговаривает. Я превратилась в резонатор и рада этому. Рада, что могу быть ему полезной.

— Я снова целый день копался в вещах Меган, — продолжает он. — Несколько раз обыскал нашу комнату и перерыл весь дом, пытаясь найти хоть какие-то зацепки, которые помогут ее отыскать. Или обнаружить что-то, связанное с ним. Но все впустую. Ни электронных писем, ни открыток, ничего. Я хотел попробовать с ним связаться, но сегодня приема нет, а найти номер его мобильника мне не удалось.

— Вы уверены, что это стоит делать? — спрашиваю я. — В смысле, не лучше ли предоставить это полиции?

Я не хочу произносить это вслух, но мы оба наверняка это понимаем: он опасен. По крайней мере, может быть опасен.

— Не знаю, я правда не знаю.

В его голосе звучит отчаяние, мне больно это слышать, но нечего сказать в утешение. Я слышу его дыхание в трубке — короткое и прерывистое, — как будто ему страшно. Мне хочется спросить, есть ли с ним кто-нибудь рядом, но не могу: это было бы неправильно и слишком прямолинейно.

— Я видел сегодня вашего бывшего, — говорит он, и я чувствую, как по коже у меня побежали мурашки.

— Правда?

— Да, выходил забрать газеты и увидел его на улице. Он спросил, как я и есть ли какие-нибудь новости.

— Понятно, — говорю я, потому что ничто другое просто не приходит мне в голову.

Я не хочу, чтобы он разговаривал с Томом. Том знает, что я не знакома с Меган Хипвелл. Том знает, что я была на Бленхайм-роуд в тот вечер, когда она исчезла.

— Я не говорил про вас. Знаете… не был уверен, что о нашей встрече стоит рассказывать.

— Мне кажется, что не стоит. Это может выглядеть странно.

— Хорошо, — соглашается он.

Мы долго молчим. Я жду, пока успокоится сердце. Мне кажется, что он сейчас повесит трубку, но он вдруг спрашивает:

— Она действительно никогда обо мне не говорила?

— Говорила... конечно, говорила, — отвечаю я. — Я хочу сказать, что мы не так часто общались, но...

— Но вы были у нас дома. Меган не зовет в гости просто так. Она очень скрытная и никого не пускает в свой мир.

Я стараюсь придумать причину и жалею, что сказала о посещении их дома.

— Я заходила за книгой.

— В самом деле?

Он мне не верит. Она не любит читать. Я вспоминаю их дом — на полках не было книг.

— А что она говорила? Обо мне?

— Ну, что она очень счастлива, — говорю я. — В смысле, с вами. И какие у вас отношения.

Я сама чувствую, что это звучит довольно странно, но не могу вдаваться в детали и стараюсь исправить ситуацию.

— Если честно, в моем собственном браке было не все благополучно, поэтому мне кажется, что дело тут в сравнении и контрасте. Когда она говорила о вас, она буквально оживала.

Что за жуткое клише!

— Правда?

Похоже, он этого не замечает, потому что в его голосе звучит горечь.

— Это здорово.

Он снова замолкает, и я слышу в трубке его дыхание, частое и прерывистое.

— Мы... мы серьезно поссорились в тот вечер, — говорит он. — Мне больно думать, что она на меня злилась, когда... — Фраза так и осталась неоконченной.

— Я уверена, что она не могла на вас долго сердиться, — отвечаю я. — У семейных пар ссоры не редкость. Супруги часто ссорятся.

— Но та ссора была особой, просто ужасной, и я не могу... Мне кажется, я не могу никому об этом рассказать, потому что стану выглядеть преступником. — Теперь в его голосе звучало чувство вины, не отпускавшее его ни на мгновение.

Я не помню, с чего все началось, — говорит он, и я ему не верю, однако вспоминаю, как часто не помнила сама, и прикусываю язык. — Я сильно разозлился. И наговорил... много лишнего. Я вел себя, как кретин. Как полный кретин. Она обиделась. Ушла наверх и собрала сумку. Не знаю, что она взяла, но потом увидел, что нет ее зубной щетки, и понял, что она не собиралась возвращаться домой... Я подумал... она уехала ночевать к Таре. Такое уже было один раз. Один-единственный раз. Это не случалось постоянно. — Я даже не пытался ее вернуть, — продолжает он, и до меня доходит, что он не говорит со мной, а исповедуется.

Он находится по одну сторону стенки исповедальни, а по другую — я, невидимая и безликая.

— Я позволил ей уйти.

— Это было в субботу вечером?

— Да. И больше я ее не видел.

Был свидетель, который видел ее — или «женщину, подходящую под описание» — возле железнодорожной станции Уитни около четверти восьмого. Я знаю это из газет. После этого ее не видел никто. Ни на платформе, ни в электричке. На станции Уитни нет видеонаблюдения, а в Корли камеры ее не зафиксировали, хотя в газетах отмечалось, что это ни о чем не говорит, потому что на этой станции много «слепых зон».

— И когда вы попытались с ней связаться? — спрашиваю я.

Снова долгое молчание.

— Я... я пошел в паб. В «Роуз» — знаете, тот, что углом на Кингли-роуд. Мне надо было остыть и прийти в себя. Я выпил пару кружек пива и вернулся домой. Около десяти. Я надеялся, что у нее было время успокоиться и она дома. Но она ушла.

— Значит, вы пытались связаться с ней по телефону около десяти?

— Нет, — теперь он практически шепчет. — Не пытался. Дома я выпил еще пару бутылок пива, посмотрел телевизор. А потом лег спать.

Я вспомнила о наших скандалах с Томом, обо всех ужасных вещах, которые я бросала ему в лицо под действием алкоголя, как выскакивала на улицу с криком, что никогда больше не хочу его видеть. Том всегда мне звонил, успокаивал и уговаривал вернуться домой.

— Я решил, что она сидит у Тары на кухне и рассказывает, какой я подонок. Поэтому и не стал звонить.

«Не стал звонить». Звучит жестоко и бессердечно, и меня не удивляет, что он никому об это не рассказывал. Это не тот Скотт, которого я себе представляла, которого знала. Не тот Скотт, что стоял за Меган на террасе, положив свои большие руки на ее худенькие плечи, готовый защитить ее от любых невзгод.

Я хочу повесить трубку, но Скотт продолжает говорить:

— Я проснулся рано. На телефоне не было ни одного сообщения. Я не занервничал — решил, что она у Тары и по-прежнему злится на меня. Тогда я позвонил. Телефон переключился на голосовую почту, но я по-прежнему не запаниковал. Я подумал, что она, наверное, еще спит или просто не хочет со мной разговаривать. Номера Тары у меня не было, зато имелся адрес — он был указан на визитной карточке, лежавшей на столе Меган. Тогда я собрался и поехал к ней.

Я удивилась, зачем он к ней поехал, если не волновался, но перебивать не стала. Пусть говорит дальше.

— Я приехал к Таре чуть позже девяти. Она открыла не сразу и очень удивилась моему появлению. Было видно, что она никак не ожидала увидеть меня на пороге своего дома в столь ранний час, и тогда я понял... И только тогда я понял, что Меган у нее нет. И подумал... подумал...

Он не мог продолжать, и мне стало стыдно, что я в нем сомневалась.

— Она сказала, что в последний раз видела Меган на занятиях пилатесом в пятницу вечером. Вот тогда я запаниковал.

Повесив трубку, я подумала, что если не знать Скотта и не видеть, как он обращался с Меган, — а я это видела, — то многое в его рассказе могло бы показаться весьма подозрительным.

Понедельник, 22 июля 2013 года

Утро

Я чувствую себя не в своей тарелке. Я спала крепко, но со сновидениями и утром никак не могла толком проснуться. Снова установилась жаркая погода, и в вагоне сегодня душно, хотя он наполовину пустой. Я встала поздно, и забрать газету или посмотреть новости в Интернете времени у меня не было, поэтому я пытаюсь загрузить сайт Би-би-си на своем телефоне, но он почему-то никак не хочет загружаться. В Норткоуте рядом со мной садится мужчина с планшетом. У него все загружается моментально, и он сразу выходит на сайт «Дейли телеграф». Третья новость набрана крупным жирным шрифтом: «АРЕСТОВАН МУЖЧИНА ПО ДЕЛУ ОБ ИСЧЕЗНОВЕНИИ МЕГАН ХИПВЕЛЛ».

Я так ошарашена, что, забывшись, наклоняюсь к попутчику, чтобы лучше видеть экран. Он смотрит на меня с изумлением и почти что с испугом.

— Простите, пожалуйста, — говорю я. — Я знаю ее. Пропавшую женщину. Мы знакомы.

— Ужасная история, — отвечает он.

Он в годах, учтив и хорошо одет.

— Желаете прочесть?

— Пожалуйста. Я никак не могу загрузить сайт на свой телефон.

Он доброжелательно улыбается и протягивает мне планшет. Я касаюсь заголовка, и заметка появляется на экране.

По делу об исчезновении Меган Хипвелл, двадцати девяти лет, проживавшей в Уитни и исчезнувшей вечером в субботу 13 июля, арестован мужчина тридцати с небольшим лет. Полиция отказалась подтвердить, что арестованным является муж Меган Скотт Хипвелл, который был задержан для допроса в пятницу. Сегодня утром пресс-секретарь полиции сделал заявление, в котором сказал: «Мы можем подтвердить, что в связи с исчезновением Меган арестован мужчина. Обвинение в совершении преступления ему пока не предъявлено. Поиски Меган продолжаются, мы проводим обыск по адресу, который, как мы полагаем, может оказаться местом преступления».

Мы как раз проезжаем мимо дома Хипвеллов; на этот раз сигнал на семафоре не красный, и электричка не останавливается. Я быстро поворачиваю голову, но все равно не успеваю ничего увидеть. Руки у меня дрожат, когда я возвращаю планшет владельцу. Тот печально качает головой.

— Мне искренне жаль, — говорит он.

— Она жива, — произношу я хриплым голосом и сама себе не верю.

К моим глазам подступают слезы. Я была в его доме. Я была там. Я сидела за столом напротив него, смотрела ему в глаза, что-то чувствовала. Я вспоминаю его огромные руки — если он мог запросто раздавить ими меня, то что говорить о миниатюрной и хрупкой Меган?

Визг тормозов возвещает о приближении станции Уитни, и я вскакиваю на ноги.

— Мне надо выйти, — говорю я своему попутчику, который слегка удивляется, но понимающе кивает:

— Желаю удачи.

Я бегу по платформе, потом вниз по лестнице. Пробираюсь сквозь встречный поток людей и уже почти оказываюсь на нижней площадке, как вдруг спотыкаюсь, и кто-то говорит: «Осторожно!» Я не оборачиваюсь на голос и смотрю на край предпоследней бетонной ступеньки. На нем след крови. Интересно, когда он оставлен? Мог он пробыть здесь неделю? Это моя кровь? А может, ее? Могли его арестовать из-за того, что в доме нашли ее кровь? Я стараюсь представить себе кухню, гостиную. Запах, очень сильный запах антисептика. Чистящего средства? Не знаю, не могу вспомнить, я помню лишь запах пота от футболки и пива в его дыхании.

Я бегу мимо подземного перехода и спотыкаюсь на углу Бленхайм-роуд. Пробегаю по тротуару, стараясь не дышать и пригибая голову. Я боюсь поднять глаза, но, когда все-таки решаюсь, вижу, что ничего не происходит.

У дома Скотта нет никаких фургонов и полицейских машин. Может, они уже закончили с обыском? Но если бы они что-то нашли, то наверняка были бы еще здесь — им потребуется несколько часов, чтобы все осмотреть в поисках улик. Я ускоряю шаг. Добравшись до его дома, я останавливаюсь и делаю глубокий вдох. Шторы задернуты и наверху, и внизу. В соседнем доме штора шевельнулась. За мной наблюдают. Я подхожу к двери и поднимаю руку. Я не должна быть здесь. Я не знаю, что я тут делаю. Я просто хотела посмотреть. Хотела узнать. Внутренний голос призывает меня развернуться и уйти, но мне ужасно хочется постучать в дверь. Я все-таки решаю уйти, но в этот момент дверь распахивается.

Прежде чем я успеваю отреагировать, появляется его рука и притягивает меня к себе. Его губы сурово сжаты, глаза сумасшедшие. Он не в себе. Меня накрывает волна страха и адреналина, и я вижу надвигающуюся тьму. Я открываю рот, чтобы закричать, но слишком поздно — он рывком втаскивает меня внутрь и захлопывает дверь.

Меган

Утро

Я никогда не проигрываю. Он должен это знать обо мне. В таких играх я никогда не проигрываю.

На экране моего телефона нет ничего. Вызывающе и нагло ничего. Ни эсэмэсок, ни пропущенных вызовов. Каждый раз, когда я смотрю на него, мне кажется, будто я получаю пощечину, и меня душит бешенство. Что случилось со мной тогда в номере? Что я себе вообразила? Что между нами возникла какая-то связь и что у нас все серьезно? Он и не собирался со мной никуда ехать. А я ему на секунду — больше, чем на секунду, — поверила, и это меня по-настоящему приводит в ярость. Я оказалось наивной и доверчивой дурой. А он смеялся надо мной с самого начала.

Если он считает, что я буду сидеть и плакать о нем, то сильно ошибается. Я смогу без него прожить, и очень даже неплохо, но я не люблю проигрывать. Я не такая. Совсем не такая. Меня не отвергают. Это я бросаю.

Я свожу себя с ума и ничего не могу с этим поделать. Я не могу перестать снова и снова прокручивать в голове ту встречу в отеле, его слова и то, что он заставил меня чувствовать.

Ублюдок!

Если он думает, что я просто исчезну, уйду по-тихому, то он ошибается. Если он не ответит в самое ближайшее время, я больше не буду звонить на мобильный, а позвоню ему сразу домой. Я не позволю собой пренебрегать.

За завтраком Скотт просит меня отменить сеанс у психотерапевта. Я молчу. Делаю вид, что не слышу его.

— Дейв пригласил нас на ужин, — говорит он. — Мы не общались уже целую вечность. Ты можешь перенести свой сеанс?

Он произносит это вполне нейтральным тоном, словно обращаясь с обычной просьбой, но я чувствую на себе его внимательный взгляд. Мы вот-вот можем поссориться, и мне надо быть осторожной.

— Я не могу, Скотт, уже слишком поздно, — говорю я. — Давай лучше пригласим Дейва и Карен к нам в субботу?

Перспектива развлекать Дейва и Карен в выходные мне вовсе не улыбается, но приходится идти на компромисс.

— Нет, еще не поздно, — возражает он и ставит свою кружку на стол передо мной. Потом кладет мне руки на плечи и, чуть подержав, повторяет просьбу: — Отмени сеанс, ладно? — И выходит из комнаты.

Едва за ним закрывается дверь, я хватаю кружку и швыряю ее в стену.

Вечер

Я могла бы сказать себе, что на самом деле он вовсе не отвергает меня. Могла бы постараться убедить себя, что он просто хочет поступить правильно как с моральной, так и с профессиональной точки зрения. Но я знаю, что это не так. Или, по крайней мере, не совсем так, ведь мораль (и уж точно работа) не является тем, чем человек не может пожертвовать ради по-настоящему дорогого ему существа. Ради любимого или любимой человек готов пожертвовать всем остальным. Я просто недостаточно дорога Скотту.

Я не отвечала на звонки Скотта весь день, на сеанс психотерапевта явилась позже назначенного времени и сразу прошла в кабинет, не сказав ни слова секретарше. Он сидел за столом и что-то писал. Когда я вошла, он посмотрел на меня, но не улыбнулся и снова уткнулся в бумаги. Я стояла и ждала, когда он соизволит обратить на меня внимание. Мне казалось, что на это ушла целая вечность.

— У тебя все в порядке? — наконец спросил он. И улыбнулся. — Ты опоздала.

У меня перехватило дыхание, и я не могла выдавить ни слова. Я обошла вокруг стола и присела на край, касаясь ногой его бедра. Он чуть отстранился.

— Меган, — повторил он, — с тобой все в порядке?

Я покачала головой и протянула ему руку. Он взял ее.

— Меган, — снова сказал он, качая головой.

Я молчала.

— Ты не можешь… Тебе надо сесть. Давай поговорим.

Я отрицательно мотнула головой.

— Меган.

Произнося мое имя, он только все усугублял.

Он поднялся и, обогнув стол, отошел от меня подальше и остановился посередине комнаты.

— Ну же, — произнес он по-деловому и даже резко. — Присядь.

Я подошла к нему и, обняв одной рукой за талию, другую положила ему на грудь. Он убрал мои руки, взяв за запястья, и отодвинулся.

— Не надо, Меган. Ты не можешь… мы не можем… — Он отвернулся.

— Камаль, — произнесла я, и голос у меня дрогнул. Я ненавидела себя за это. — Пожалуйста.

— Это… здесь… Тут не место. В желании нет ничего предосудительного, поверь, но…

Тогда я сказала ему, что хочу быть с ним.

— Это перенос чувств, Меган, — не сдавался он. — Такое бывает. И со мной тоже. Мне следовало поговорить об этом еще в прошлый раз. Мне очень жаль.

Я чуть не закричала. По его словам, выходило, что это обычная банальность, самая что ни на есть тривиальная вещь.

— Ты хочешь сказать, что ничего не чувствуешь? — спросила я. — И что я все это выдумала?

Он покачал головой:

— Ты должна понять, Меган. Мне не следовало допускать, чтобы все зашло так далеко.

Я подошла к нему, положила ему руки на бедра и повернула к себе. Он снова убрал мои руки, взяв за запястья своими тонкими пальцами.

— Я могу потерять работу, — сказал он, и тут я пришла в ярость.

Я отпрянула, резко и гневно. Он попытался удержать меня, но не смог. Я стала кричать, говорила, что мне плевать на его работу. Он пытался меня успокоить — наверное, переживал, что подумает секретарша и другие пациенты. Схватил меня за плечи и крепко сжал, призывая успокоиться и перестать вести себя как ребенок. Он сильно встряхнул меня. Мне даже показалось, что он вот-вот даст мне пощечину.

Я поцеловала его, сильно укусив за нижнюю губу, и почувствовала вкус его крови. Он оттолкнул меня.

По дороге домой я строила планы мести. Я думала о том, что могу ему сделать. Я могу лишить его работы, и даже хуже. Но делать этого я не буду, потому что он мне слишком нравится. Я не хочу причинить ему вред. Сейчас меня выводит из себя даже не то, что меня отвергли. Больше всего меня злит, что не поставлена последняя точка и я не могу начать все заново с кем-то другим — это слишком тяжело.

Я не хочу идти домой, потому что не знаю, как объяснить, откуда взялись синяки на руках.

Рейчел

Понедельник, 22 июля 2013 года

Вечер

Теперь я жду. Как же мучительно пребывать в неведении и ждать, когда все разрешится. Но сделать ничего нельзя.

Я была права, почувствовав утром страх. Я просто не знала, чего следует бояться.

Не Скотта. Затащив меня в дом, он, видимо, заметил ужас в моих глазах, потому что тут же отпустил. Растрепанный, с безумным взглядом, он, казалось, не выносил света и сразу закрыл дверь.

— Что вы здесь делаете? Тут повсюду фотографы и журналисты. Я не могу позволить, чтобы к двери кто-то подходил. Или слонялся рядом. Пойдут разговоры... Они... они готовы на все ради нескольких снимков, чтобы...

— Там никого нет, — заверила я, хотя, честно говоря, особо не смотрела.

Не исключено, что кто-то сидел в машине и ждал развития событий.

— Что вы здесь делаете? — снова требовательно спросил он.

— Я слышала... в новостях. Я просто хотела... так это он? Это его арестовали?

Он кивает:

— Да, сегодня рано утром. Приезжала та самая офицер полиции, чтобы сообщить. Но они... не говорят за что. Наверное, что-то нашли, но от меня скрывают. Во всяком случае, это не Меган. Я знаю, что ее не нашли. — Он садится на ступеньки и обхватывает себя руками, пытаясь унять дрожь. — Я этого не вынесу. Я не могу просто так сидеть и ждать, когда зазвонит телефон. И что принесет этот звонок? Самую жуткую новость? Или... — Он не договаривает и смотрит на меня, будто видит впервые. — Зачем вы пришли?

— Я хотела... Я подумала, что вам не хочется быть одному.

Он посмотрел на меня, как на сумасшедшую.

— Я не один, — произнес он и прошел в гостиную.

Я осталась стоять, не зная, пойти за ним или уйти, но тут послышался его голос:

— Хотите кофе?

На лужайке курила женщина. Высокая, черные с проседью волосы, стильные брюки и застегнутая на все пуговицы белая блузка. Она расхаживала туда и обратно, но, заметив меня, остановилась, бросила окурок и раздавила ногой.

— Полиция? — с сомнением поинтересовалась она, входя на кухню.

— Нет, я...

— Это Рейчел Уотсон, мам, — пояснил Скотт. — Женщина, которая сообщила мне об Абдике.

Она медленно кивнула, словно объяснение Скотта мало что проясняло, и окинула меня быстрым взглядом с ног до головы:

— Понятно.

— Я просто…

У меня не было уважительной причины тут находиться. Не могла же я признаться, что хотела все узнать и увидеть собственными глазами.

— Что ж, Скотт вам очень признателен за сочувствие. Мы ждем новостей о том, что сейчас происходит. — Она шагнула ко мне, взяла под локоть и мягко развернула к входной двери.

Я взглянула на Скотта, но он смотрел не на меня; его взгляд был устремлен куда-то далеко за пути.

— Спасибо, что заглянули, миссис Уотсон. Мы действительно вам очень признательны.

Я очутилась на пороге, и входная дверь за мной захлопнулась. Я перевела взгляд на улицу и увидела их: Том толкал перед собой коляску, а Анна шла рядом. Заметив меня, оба замерли. Анна поднесла руку ко рту и тут же нагнулась, чтобы подхватить ребенка. Львица защищала своего детеныша. Мне стало смешно и захотелось сказать, что я здесь не из-за нее и что ее дочь меня совершенно не интересует.

Меня выставили за дверь. Мать Скотта дала ясно понять, что мне тут не место. Меня прогнали, и я разочарована, но это не важно, потому что Камаль Абдик арестован. Его взяли, в этом есть и моя заслуга. Я поступила правильно. Детективы взяли его, и теперь Меган найдут и вернут домой.

Анна

Утро

Том разбудил меня поцелуем, лукаво улыбаясь. Сегодня ближе к обеду у него назначена встреча с клиентом, и он предложил взять с собой Эви и пойти позавтракать в кафе за углом. В этом кафе мы встречались, когда у нас только завязались отношения. Мы сидели у окна — она работала в Лондоне, поэтому мы не боялись, что она может пройти мимо и увидеть нас. Но все равно это прибавляло остроту ощущениям: а что, если она вернется домой раньше — например, почувствует себя плохо или забудет какие-то важные документы? Я мечтала об этом. Я так хотела, чтобы настал день, когда она увидит его со мной и сразу поймет, что он больше ей не принадлежит. Сейчас даже трудно себе представить, что было время, когда я мечтала о ее появлении.

Поскольку Меган исчезла, я старалась тут не ходить — возле их дома у меня мурашки бегут по коже, — но к кафе по-другому не пройти. Том шел чуть впереди и катил коляску: он что-то напевал Эви, и она смеялась. Мне очень нравится ходить вот так втроем. Я вижу, как прохожие смотрят на нас и думают, какая мы чудесная семья. Это наполняет меня гордостью, в своей жизни я ничем не гордилась так сильно.

Я чувствую, как меня переполняет счастье. Мы подходим к дому номер пятнадцать, и его дверь открывается. Мне кажется, что у меня галлюцинации, потому что я вижу ее! Рейчел! Она выходит, чуть медлит, потом видит нас и замирает на месте. Это ужасно! На ее лице появляется какая-то странная улыбка, похожая на гримасу, и я, не раздумывая, наклоняюсь к коляске, вытаскиваю из нее Эви и прижимаю к себе. Она пугается и начинает плакать.

Рейчел быстро направляется в сторону станции.

Том окликает ее:

— Рейчел! Что ты тут делаешь? Рейчел!

Но она только ускоряет шаг и почти бежит, а мы так и стоим на месте. Том поворачивается ко мне, видит выражение моего лица и говорит:

— Давай вернемся домой.

Вечер

Дома мы узнали, что в связи с исчезновением Меган кого-то арестовали. Какого-то мужчину, о котором я никогда не слышала и который был психотерапевтом Меган. Я почувствовала облегчение, поскольку в голову лезли самые жуткие мысли.

— Я же говорил, что тут замешан какой-то знакомый, — сказал Том. — Так всегда бывает, разве нет? В любом случае мы даже не знаем, что произошло. Не исключено, что с ней все в порядке. Может, она просто с кем-то сбежала.

— Тогда почему арестовали этого человека?

Он пожал плечами. Думая о чем-то своем, надел пиджак и поправил галстук, готовясь отправиться на встречу с последним в этот день клиентом.

— И что мы будем делать? — спросила я.

— Делать? — Он удивленно на меня посмотрел

— По поводу Рейчел. Зачем она приезжала? Зачем заходила к Хипвеллам? Тебе не кажется... тебе не кажется, что она хотела проникнуть в наш сад через соседей?

Том мрачно хмыкнул:

— Сомневаюсь. Послушай, мы же говорим о Рейчел. Она просто не в состоянии перетащить свою толстую задницу через все эти ограды. Я понятия не имею, что ей здесь было нужно. Может, она подшофе и ошиблась дверью?

— Другими словами, она направлялась к нам?

Он покачал головой:

— Я не знаю. Послушай, выкинь это из головы, ладно? Запри все двери. Я позвоню ей и выясню, что у нее на уме.

— Мне кажется, надо сообщить в полицию.

— И что мы скажем? Она же ничего не сделала...

— Ничего не сделала в последние дни, если, конечно, не считать, что она была здесь, когда исчезла Меган Хипвелл, — сказала я. — Нам давно следовало рассказать об этом полиции.

— Анна, успокойся. — Он обнял меня за талию. — Не думаю, что Рейчел имеет какое-то отношение к исчезновению Меган Хипвелл. Но я поговорю с ней, хорошо?

— Но в прошлый раз ты сам сказал...

— Я знаю, — мягко перебил он. — Я знаю, что сказал. — Он поцеловал меня и просунул руку под ремень моих джинсов. — Давай не будем привлекать полицию, пока в этом не появится необходимость.

А мне кажется, что такая необходимость уже настала. Я не могу выкинуть из головы ее улыбку, вернее, ухмылку. Она была торжествующей. Мы должны отсюда уехать. Нам надо от нее избавиться.

Рейчел

Утро

Я не сразу понимаю, что чувствую, когда просыпаюсь. Какое-то возбуждение, смешанное со страхом. Я знаю, что мы близки к развязке. И не могу избавиться от предчувствия, что она будет ужасной.

Я сажусь на кровати, беру ноутбук, включаю его и нетерпеливо жду, пока загрузится Интернет. Процесс кажется мне бесконечным. Я слышу, как Кэти ходит по дому, моет посуду, готовит себе завтрак и бежит наверх почистить зубы. Я слышу, как она останавливается за моей дверью, и представляю, как поднимает руку, чтобы постучать. Потом передумывает и бежит вниз по лестнице.

На экране появляется страница Би-би-си. Главная новость — о сокращении ассигнований на оказание правовой помощи, затем сообщение о телезвезде 70-х годов, который обвиняется в педофилии. Ничего о Меган; ничего о Камале. Я разочарована. Знаю, у полиции есть двадцать четыре часа, чтобы выдвинуть обвинение, и они истекли. Правда, в отдельных случаях этот срок могут продлить еще на двенадцать часов.

Я все это знаю, потому что вчера специально изучала этот вопрос. Когда меня выпроводили из дома Скотта, я вернулась домой, включила телевизор и провела большую часть дня за просмотром новостей по телевизору и в Интернете. Я ждала.

К полудню полиция назвала имя подозреваемого. В новостях рассказывали, что «в доме доктора Абдика и его машине найдены улики», но не сказали, какие именно. Может, кровь? А ее телефон так и не нашли? Одежду, сумку, зубную щетку? Постоянно показывали фотографии Камаля, сделанные крупным планом: у него смуглое красивое лицо. Эти фото сделаны не в полиции для внесения в базу данных, а где-то на отдыхе: на них он едва сдерживает улыбку. Он выглядит слишком мягким, слишком красивым, чтобы быть убийцей, но внешность обманчива — говорят, что Тед Банди* был похож на Кэри Гранта.

Я прождала новостей весь день, надеясь, что сообщат об обвинении в похищении, нападении или в чем-то похуже. Я ждала, что расскажут, где она, где он ее держал. Показали фотографии Бленхайм-роуд, железнодорожной станции, двери дома Скотта. Комментаторы рассуждали о вероятных причинах того, почему ни телефоном Меган, ни ее банковскими картами никто не пользовался уже больше недели.

Несколько раз звонил Том, но я не отвечала. Я знаю, зачем он звонит. Он хочет узнать, что я делала в доме Хипвеллов вчера вечером. Пусть помучается. К нему это не имеет никакого отношения. Не вся моя жизнь замыкается на нем. К тому же я не сомневаюсь, что он звонит по ее указке. А ей я не обязана ничего объяснять.

---

* Теодор Роберт «Тед» Банди (1946—1989) — американский серийный убийца, насильник, похититель людей и некрофил, действовавший в 1970-е гг.

Я продолжала ждать, но обвинение не выдвигалось. Вместо этого сообщались все новые подробности о Камале, о том, что он профессионально занимался психотерапией, что Меган посвятила его во все свои тайны и беды, что он завоевал ее доверие и злоупотребил им, соблазнив ее, а потом — кто знает, что было потом?

Я узнала, что он мусульманин, босниец, бежал от конфликта на Балканах и в пятнадцать лет оказался в Англии в качестве беженца. Он знает об утратах не понаслышке, потому что потерял в Сребренице отца и двух старших братьев. Имеет судимость за домашнее насилие. Чем больше я узнавала о Камале, тем больше убеждалась в правильности своего решения рассказать все полиции и поговорить со Скоттом.

Я поднимаюсь, накидываю халат, спускаюсь вниз и включаю телевизор. Я никуда сегодня не собираюсь. Если неожиданно вернется Кэти, я сошлюсь на недомогание. Потом наливаю себе чашку кофе, сажусь перед телевизором и жду.

Вечер

К трем часам мне все надоело. Надоело слушать о пособиях и телевизионных педофилах семидесятых годов. Меня злило, что ничего не говорят о Меган и молчат о Камале, поэтому я отправилась в винный магазин и купила две бутылки белого вина.

Я заканчиваю первую бутылку, когда что-то меняется. Теперь к старым новостям добавляются новые. Картинка прыгает на экране — сюжет отснят из какого-то недостроенного (или полуразрушенного) здания, вдалеке слышны разрывы. Сирия, Египет, а может, Судан? Я убираю звук, поскольку это меня не сильно интересует. Потом по бегущей строке на экране узнаю, что правительство сталкивается с противодействием сокращению ассигнований на правовую помощь, что Фернандо Торрес не сможет выйти на поле около четырех недель из-за растяжения подколенного сухожилия и что подозреваемый в исчезновении Меган Хипвелл освобожден из-под стражи без предъявления обвинения.

Я ставлю бокал, беру пульт управления и несколько раз жму на кнопку громкости. Этого не может быть! Репортаж о военных действиях продолжается и никак не закончится — я чувствую, что у меня поднимается давление, — но в конце концов на экране снова возникает студия. И диктор сообщает:

— Камаль Абдик, арестованный вчера в связи с исчезновением Меган Хипвелл, освобожден без предъявления обвинения. Абдика, который являлся психотерапевтом миссис Хипвелл, задержали вчера, но освободили сегодня утром: по словам полиции, для выдвижения обвинения нет достаточных доказательств.

Я не слышу, что диктор говорит потом. Я сижу, и перед глазами у меня все расплывается, в ушах стоит шум, и в голове только одна мысль: он у них был, и они его отпустили.

Позже, наверху, слишком много выпив, я плохо вижу экран компьютера, в глазах двоится и даже троится. Я могу читать, только если закрою один глаз рукой. От этого болит голова. Кэти дома, она звала меня, но я сказала, что лежу, поскольку неважно себя чувствую. Она знает, что я пью.

Мой желудок заполнен алкоголем. Меня тошнит. Я плохо соображаю. Не надо было начинать пить так рано. Вообще не надо было начинать пить. Я набрала номер Скотта час назад и еще раз совсем недавно. Этого тоже не следовало делать. Я просто хочу знать: что им наврал Камаль? Чего такого он им наговорил, что сумел их одурачить? Полиция все испортила. Идиоты! Это все Райли, это из-за нее. Я уверена в этом.

От газет тоже никакого толку. Теперь они утверждают, что никакой судимости за домашнее насилие не было. Прежняя информация была ошибочной. Теперь они делают из него чуть ли не жертву.

Я больше не хочу пить. Я знаю, что надо вылить остатки вина в раковину, потому что когда я встану утром, то первым делом выпью, а потом точно захочу продолжить. Мне надо все вылить, но я знаю, что ничего выливать не буду. Потому что утром будет ради чего просыпаться.

Кругом темно, и я слышу, как кто-то зовет ее по имени. Голос звучит сначала тихо, потом громче. В нем слышится злость и отчаяние, и он зовет Меган. Это Скотт — он с ней несчастлив. Он зовет ее снова и снова. Наверное, мне это снится. Я стараюсь удержать этот сон, но чем больше стараюсь, тем быстрее он тает, а потом и вовсе исчезает.

Среда 24 июля 2013 года

Утро

Меня будит осторожный стук в дверь. В окна барабанят капли дождя; уже девятый час, но кажется, что на улице по-прежнему темно. Кэти тихо приоткрывает дверь и заглядывает в комнату.

— Рейчел? С тобой все в порядке? — Она замечает бутылку возле кровати и по-настоящему расстраивается. — Господи, Рейчел!

Она подходит и поднимает бутылку. Мне слишком стыдно, чтобы сказать что-нибудь в ответ.

— Ты не собираешься на работу? — спрашивает она. — Ты вчера работала?

Она не ждет ответа и, поворачиваясь, чтобы уйти, произносит:

— Если ты и дальше будешь продолжать в том же духе, тебя просто уволят.

Сейчас очень удобный случай ей все рассказать, раз уж она на меня и так злится. Мне надо пойти за ней и сообщить, что меня уволили несколько месяцев назад, когда я вернулась после обеда с клиентом, растянувшегося на три часа, в стельку пьяная, а с клиентом вела себя настолько непрофессионально и грубо, что он отказался от услуг нашей фирмы. Я закрываю глаза и вспоминаю конец того обеда — с каким выражением официантка подавала мне жакет, как я шла, качаясь, по офису и сотрудники оборачивались мне вслед. Как Мартин Майлз отвел меня в сторону и сказал, что мне лучше пойти домой.

Сверкает молния, и слышится раскат грома. Я вздрагиваю и резким движением сажусь. О чем же я думала вчера вечером, перед тем как отключиться? Я листаю свой маленький черный блокнотик, но последние записи сделаны еще в обед: заметки о Камале — возраст, этническая принадлежность, судимость за домашнее насилие. Я беру ручку и вычеркиваю последний пункт.

Внизу я наливаю себе кофе и включаю телевизор. Вчера вечером полиция устроила пресс-конференцию, и ее показывали по каналу «Скай-ньюс». Там был инспектор уголовной полиции Гаскилл — бледный, изможденный и подавленный. Негодяй! Он так и не назвал имя Камаля, а просто сообщил, что подозреваемый был задержан и допрошен, но освобожден без предъявления обвинения, и расследование продолжается. Потом на экране появляется Скотт, который понуро стоит под прицелом камер и часто моргает — на его лице написана му́ка. Мое сердце сжимается. Он говорит тихо, опустив глаза. Он говорит, что не теряет надежды и, что бы ни утверждали полицейские, по-прежнему верит, что Меган вернется домой.

Слова его звучат неубедительно, в них чувствуется фальшь, но, не видя его глаз, я не могу понять почему. Я не знаю, почему он не верит в ее возвращение: то ли потому, что его веру разрушили события последних дней, или же он знает, что ждать не имеет смысла.

И тут я вспоминаю, что вчера звонила ему. Один раз или два? Я бегу наверх за телефоном и нахожу его в постели. Три пропущенных звонка: один от Тома и два от Скотта. Никаких сообщений. Том звонил вечером: первый звонок от Скотта был около полуночи, а второй раз он звонил уже утром, буквально несколько минут назад.

Настроение у меня чуть улучшается. Это хорошая новость. Несмотря на поведение своей матери и то, что она выставила меня за дверь (спасибо за помощь, можете идти), Скотт все еще хочет поговорить со мной. Я нужна ему. Я тут же проникаюсь любовью к Кэти и благодарностью за то, что она вылила остатки вина. Я обязана сохранить ясность мысли. Для Скотта. Он нуждается в моей помощи.

Я принимаю душ, одеваюсь, наливаю еще чашку кофе, потом перехожу в гостиную, сажусь на диван, кладу рядом блокнот и набираю номер Скотта.

— Вам следовало сказать мне о себе правду, — говорит он холодным и ровным голосом, едва сняв трубку. В животе у меня образуется ком. Он знает. — Сержант Райли разговаривала со мной после того, как они его отпустили. Он отрицал, что у них был роман. А свидетель, который рассказал о нем, по ее словам, не вызывает доверия. Потому что пьет. И возможно, психически неуравновешен. Она не назвала мне имя свидетеля, но, судя по всему, она говорила о вас?

— Но... нет, — отвечаю я. — Нет. Я не... Я не пила, когда видела их. Это было в полдевятого утра.

Как будто это что-то меняло.

— И копы нашли доказательства. Об этом раньше сообщали в новостях. Они нашли...

— Нет достаточных доказательств.

Он вешает трубку.

Пятница, 26 июля 2013 года

Утро

Я больше не езжу на свою воображаемую работу. Больше не притворяюсь. Практически не вылезаю из кровати. Мне кажется, что последний раз я чистила зубы в среду. Я по-прежнему делаю вид, что болею, но вряд ли кто-то в это верит.

Я не могу заставить себя подняться, одеться, поехать в Лондон и бродить там по улицам. Это непросто и в хорошую погоду, но совершенно невозможно в такой дождь. Сегодня третий день подряд льет холодный проливной дождь.

Я плохо сплю, но проблема не только в спиртном, но еще и в кошмарах. Мне снится, будто я загнана в какую-то ловушку, знаю, что кто-то идет и что есть выход. Я точно знаю, что он есть, потому что видела его раньше, но только никак не могу к нему выйти, а когда появляется он, я не могу кричать. Я стараюсь изо всех сил, втягиваю воздух в легкие и с силой выдыхаю, но слышится лишь хрип, какой издают умирающие, когда им не хватает воздуха.

Иногда в своих кошмарах я оказываюсь в подземном переходе на Бленхайм-роуд, и путь обратно перекрыт, а вперед я идти не могу, потому что там кто-то есть, и этот кто-то меня поджидает, и я просыпаюсь от невыносимого ужаса.

Ее никогда не найдут. С каждым прожитым днем моя уверенность в этом крепнет. Ее имя пополнит списки тех, кто значится в отчетах как пропавшие без вести, чье тело так и не нашли. И Скотт не дождется правосудия, не обретет внутренний покой. Он никогда не получит тело любимой, над которым сможет горевать, никогда не узнает, что с ней случилось. Последняя точка так и не будет поставлена. Я лежу без сна и думаю об этом, чувствуя боль. Ничто не может сравниться с агонией неведения, которой никогда не наступит конец.

Я написала ему. Призналась, что имею проблемы со спиртным, но снова солгала, сказав, что обратилась за помощью и теперь держу ситуацию под контролем. Я заверила его, что с психикой у меня все в порядке, хотя и сама не знаю, так ли это. Сказала, что видела тогда все очень ясно и что в тот день не пила. По крайней мере хоть это правда. Он не ответил. Я и не рассчитывала, что он ответит. Он выкинул меня из своей жизни. Я никогда не смогу сказать ему то, что хочу. Не смогу об этом написать, потому что не в силах подобрать нужные слова. Я хочу, чтобы он знал, как мне жаль, что просто найти Камаля оказалось недостаточным. Я должна была что-то видеть. В тот субботний вечер мне следовало смотреть во все глаза.

Вечер

Я промокла до нитки и продрогла, кончики пальцев побелели, и кожа на них сморщилась, голова ныла от похмелья, начавшегося около половины шестого. Что в общем-то неудивительно, учитывая, что пить я начала еще до полудня. Я вышла купить еще одну бутылку, но мои планы сорвал банкомат, который вынес давно ожидаемый вердикт: на счете недостаточно средств.

После этого я пошла прогуляться и больше часа бесцельно бродила под проливным дождем. В обезлюдевшем центре Эшбери, превращенном в пешеходную зону, кроме меня никого не было. Во время прогулки я решила, что должна что-то сделать. И поправить свое материальное положение.

И сейчас, промокшая и почти трезвая, я намереваюсь позвонить Тому. Мне не хочется знать, что я сделала или сказала в тот субботний вечер, но выяснить я должна. Может, это оживит воспоминания. Почему-то я уверена, что никак не могу восстановить в памяти нечто крайне важное. Не исключено, что это просто самообман, еще одна попытка доказать себе, что я чего-то стою. Однако не исключено и другое — что на мне еще рано ставить крест.

— Я пытался с тобой связаться с понедельника, — говорит Том, ответив на звонок. — Я звонил тебе на работу, — произносит он и замолкает, не добавляя больше ни слова.

Я готова провалиться сквозь землю, мне стыдно и неловко.

— Я намерен поговорить с тобой о субботнем вечере, — все-таки произношу я. — О том субботнем вечере.

— Ты о чем? Я хочу спросить о понедельнике, Рейчел. Какого черта ты делала в доме Скотта Хипвелла?

— Это не важно, Том.

— Еще как важно, черт возьми! Что ты там делала? Ты ведь понимаешь, что он может быть... Я хочу сказать, что пока ничего не известно. Он мог с ней что-нибудь сделать. Разве не так? Со своей женой?

— Он ничего не делал со своей женой, — уверенно заявляю я. — Это не он.

— Откуда тебе знать? Рейчел, что происходит?

— Я просто… Ты должен мне поверить. Но я звоню по другой причине. Мне надо поговорить о том субботнем вечере. О сообщении, которое ты мне оставил. Ты был вне себя. И сказал, что я напугала Анну.

— Так и было. Она увидела, как ты, спотыкаясь, брела по улице и выкрикивала оскорбления в ее адрес. Она действительно разволновалась после того, что случилось в прошлый раз. С Эви.

— Она… она что-нибудь сделала?

— Сделала?

— Мне?

— Что?

— У меня была рана на голове, Том. И шла кровь.

— Ты обвиняешь в этом Анну? — Теперь он уже кричит, не в силах сдержаться. — Серьезно, Рейчел, хватит! Я уже отговаривал Анну — причем неоднократно — обращаться в полицию, но если ты будешь продолжать преследовать нас и сочинять всякие небылицы…

— Я ни в чем ее не обвиняю, Том. Я просто пытаюсь восстановить ход событий. Я не…

— Ты не помнишь! Ну конечно! Рейчел ничего не помнит. — Он устало вздыхает. — Послушай, Анна тебя видела — пьяной и агрессивной. Она вернулась домой, чтобы рассказать мне об этом, была очень расстроена, и я отправился тебя разыскать. Ты была на улице. Наверное, падала. Была не в себе. Порезала руку.

— Я не…

— Во всяком случае, рука у тебя была в крови. Не знаю, откуда она там взялась. Я сказал, что отвезу тебя домой, но ты и слушать не хотела. Ты ничего не соображала, молола какую-то чушь. Ты пошла дальше, я вернулся, чтобы взять машину, а когда приехал, тебя уже не было. Я поехал к станции, но тебя там не было. Я еще поездил по округе — Анна очень переживала, что ты где-то рядом, что можешь вернуться и попытаться проникнуть в дом. Я переживал, что ты упадешь или попадешь в какую-нибудь переделку... Я доехал до Эшбери, позвонил в дверь, но дома тебя не было. Я звонил тебе несколько раз. Оставил сообщение. И — да, я был чертовски зол. Я был вне себя.

— Мне жаль, Том, — говорю я. — Мне правда очень жаль.

— Я знаю, — соглашается он. — Тебе всегда очень жаль.

— Ты сказал, что я кричала на Анну. — При этой мысли мне становится не по себе. — Что я ей говорила?

— Понятия не имею! — огрызается он. — Хочешь, чтобы я узнал все в деталях? Может, хочешь поболтать об этом с ней сама?

— Том...

— Ладно, только к чему все эти расспросы сейчас?

— Ты видел в тот вечер Меган?

— Нет. — В его голосе звучит тревога. — А что? А ты видела? Ты же ничего такого не сделала?

— Нет, конечно же, нет.

Он ненадолго замолкает.

— Тогда почему ты об этом спрашиваешь? Рейчел, если тебе что-то известно...

— Мне ничего не известно, — заверяю я. — Я ничего не видела.

— Зачем ты ходила в дом Хипвеллов в понедельник? Пожалуйста, скажи мне, чтобы я мог успокоить Анну. Она нервничает.

— Мне надо было ему кое-что рассказать. Нечто, что я считала важным.

— Ты ее не видела, но рассказать было что?

Я медлю с ответом. Я не знаю, стоит ли посвящать его в детали или пусть о них знает только Скотт.

— Это связано с Меган, — говорю я. — У нее был роман.

— Подожди, разве вы были знакомы?

— Немного, — говорю я.

— Откуда?

— Мы познакомились в ее галерее.

— Понятно. И кто он?

— Ее психотерапевт, — объясняю я. — Камаль Абдик. Я видела их вместе.

— Правда? Тот парень, которого арестовали? Мне казалось, что его отпустили.

— Отпустили. И в этом виновата я. Потому что я ненадежный свидетель.

Том смеется. Добродушно и точно не с издевкой.

— Ну что ты, Рейчел. Ты все сделала правильно, сообщив об этом. Я уверен, что дело не в тебе.

Где-то на заднем фоне слышится лепет ребенка, и Том что-то говорит, отвернувшись от трубки, — что именно, мне не слышно.

— Я должен идти, — прощается он, и я представляю, как он кладет трубку, подхватывает малышку, целует ее и обнимает жену.

Мое сердце будто пронзают кинжалом и проворачивают лезвие несколько раз.

Понедельник, 29 июля 2013 года

Утро

Сейчас 8.07, и я снова в поезде. Якобы еду на работу. Кэти провела с Дэмиеном все выходные, и, когда мы увиделись вчера вечером, я не дала ей шанса меня отругать. Я сразу начала извиняться за свое поведение, сказала, что мне действительно очень стыдно, но я взяла себя в руки и начинаю с чистого листа. Она приняла или сделала вид, что принимает мои извинения. И даже обняла меня. Само понимание — по-другому и не скажешь.

О Меган в новостях практически не упоминалось. «Санди таймс» опубликовала комментарий о некомпетентности полиции, в котором кратко излагалась суть дела, и неназванный источник из Королевской прокурорской службы назвал это примером, когда «полиция поспешила арестовать человека на основе непроверенных или сомнительных доказательств».

Мы подъезжаем к семафору. Я слышу знакомый скрежет, чувствую толчок, и электричка замедляет ход, а я смотрю на дом, потому что не могу удержаться, но смотреть там не на что. Двери закрыты, а шторы опущены. Видно только, что идет дождь и мутная вода собирается в лужи в нижней части сада.

Подчиняясь внезапному порыву, я выхожу на станции Уитни. Том не смог мне помочь, но, возможно, поможет другой — тот самый рыжий. Я жду, пока все сошедшие пассажиры не спустятся по лестнице вниз, и сажусь на скамейку на открытой платформе. Может, мне повезет. Я увижу, как он садится в поезд, пойду за ним и поговорю. Ничего другого мне не остается, это мой последний шанс. Если и тут ничего не выйдет, то придется смириться. Без вариантов.

Проходит полчаса. Каждый раз, когда я слышу шаги на ступеньках, мой пульс учащается. Каждый раз, когда я слышу стук шпилек, меня охватывает трепет. Если Анна увидит меня здесь, то добром для меня это не кончится. Том предупреждал. Он уговорил ее не обращаться в полицию, но если я все равно...

Четверть десятого. Если только он не начинает работать очень поздно, то я его пропустила. Дождь усилился, а мне не хочется бесцельно болтаться по Лондону весь день. Из денег у меня только десятка, которую я одолжила у Кэти, и мне надо на нее продержаться, пока я не наберусь смелости взять взаймы у матери. Я спускаюсь по лестнице, собираясь перейти на другую платформу по подземному переходу, чтобы вернуться в Эшбери, и тут замечаю Скотта, который торопливо отходит от газетного киоска напротив входа на станцию, закрывая лицо поднятым воротником.

Я бегу за ним и догоняю на углу возле подземного перехода. Я хватаю его за рукав, и он, вздрагивая, оборачивается.

— Пожалуйста, — говорю я, — мы можем поговорить?

— Господи Боже! — возмущается он. — Какого черта вам надо?

Я отстраняюсь от него и поднимаю руки.

— Извините, пожалуйста, извините. Я хотела принести извинения и объяснить...

Дождь превратился в настоящий ливень. На платформе кроме нас никого нет, и мы оба промокли до нитки. Скотта разбирает смех. Он вскидывает руки и не может остановиться.

— Пойдемте в дом, — говорит он. — Мы здесь утонем.

Он ставит чайник и поднимается наверх, чтобы принести мне полотенце. В доме сейчас не так чисто, как неделю назад, и пахнет уже не антисептиком, а какой-то сыростью. В углу гостиной лежит пачка газет, на журнальном столике и на каминной полке стоят грязные кружки.

Появляется Скотт и протягивает мне полотенце.

— Помойка, я знаю. Мать сводила меня с ума, постоянно за мной что-то убирая и вытирая. Мы немного повздорили, и несколько дней ее не было.

Звонит его мобильный, он смотрит на экран и убирает телефон в карман.

— Ну вот, легка на помине. Никак не оставит меня в покое.

Я прохожу за ним на кухню.

— Мне ужасно жаль, что все так вышло, — говорю я. Он пожимает плечами:

— Знаю. И вашей вины тут нет. Я хочу сказать, что, наверное, не будь вы...

— Пьяницей?

Он стоит ко мне спиной и наливает кофе.

— В общем, да. Но у них все равно не было достаточных оснований предъявить обвинение.

Он протягивает мне кружку, и мы садимся за столик. Я замечаю, что одна из фотографий в рамке лежит лицом вниз. Скотт продолжает:

— У него дома нашли ее волосы и фрагменты кожи, но он и не отрицает, что она к нему заходила. То есть сначала отрицал, а потом признался, что она у него была.

— Тогда почему он лгал?

— Вот именно. Он признался, что она была у него дома дважды и они просто беседовали. О чем — он отказывается говорить: врачебная тайна и все такое. Волосы и частички кожи найдены внизу. В спальне их нет. Он клянется всеми святыми, что никакого романа у них не было. Но он лгун, так что...

Скотт закрывает глаза ладонью, и вид у него отрешенный. Плечи опущены, и сам он будто стал меньше.

— В его машине нашли следы крови.

— Боже милостивый!

— Да. Группа крови совпадает с ее. Они не знают, можно ли сделать анализ ДНК, потому что пятнышко совсем маленькое. И постоянно твердят, что это может ничего не значить. Как ничего, если у него в машине ее кровь? — Он удрученно качает головой. — Вы были правы. Чем больше я узнаю об этом парне, тем меньше у меня сомнений.

Он смотрит прямо на меня впервые за все время, как мы пришли.

— Он трахал ее, а она хотела положить этому конец, и тогда он... что-то с ней сделал. Вот и все. Не сомневаюсь.

Он потерял всякую надежду, и я его не виню. Прошло уже больше двух недель, и за это время она не включала телефон, не пользовалась кредитками, не снимала деньги в банкомате. Никто ее не видел. Она просто исчезла.

— Он сказал полиции, что она могла сбежать, — произносит Скотт.

— Доктор Абдик?

Скотт кивает:

— Он сказал полиции, что со мной она была несчастлива и могла сбежать.

— Он просто хочет отвести от себя подозрения и заставить полицию думать, что вы что-то сделали.

— Я знаю. Но они, похоже, верят всему, что говорит этот ублюдок. Взять хотя бы эту Райли — по ней все видно, когда она говорит о нем. Он ей нравится. Бедный, несчастный беженец. — Он обреченно опускает голову. — Может, он и прав. У нас действительно был жуткий скандал. Но я не могу поверить... Она не была со мной несчастлива. Не была! Не была!

Когда он повторил это в третий раз, я подумала, что он пытается убедить в этом самого себя.

— Но если у нее был роман, значит, она была несчастна, ведь так?

— Не обязательно, — говорю я. — Это может быть... как это называется? Что-то вроде переноса чувств. Когда у пациента появляется чувство — или ему так кажется — к своему доктору. Только доктор не должен этому потакать и обязан объяснить, что это чувство не настоящее.

Он не сводит с меня глаз, но мне кажется, что он меня не слушает.

— А что произошло? — спрашивает он. — У вас? Вы оставили мужа. У вас появился кто-то другой?

Я качаю головой:

— Как раз наоборот. Появилась Анна.

— Извините, — смущается он и замолкает.

Я знаю, что он собирается спросить, и говорю сама, не дожидаясь вопроса:

— Это началось раньше. Когда мы еще были семьей. Проблемы со спиртным. Вы ведь это хотели знать?

Он снова кивает.

— Мы пытались завести ребенка, — продолжаю я, и у меня перехватывает горло. Даже по прошествии стольких лет каждый раз, когда я говорю об этом, к глазам подступают слезы.

— Извините.

— Все в порядке.

Он поднимается, подходит к раковине, наливает стакан воды и ставит на столик передо мной.

Я откашливаюсь и стараюсь держаться как обычно.

— Мы пытались завести ребенка, но ничего не получалось. Меня это очень угнетало, и я начала пить. Со мной было очень трудно, и Том стал искать утешения на стороне. А она с удовольствием его предоставила.

— Мне очень жаль, это просто ужасно. Я знаю... я хотел ребенка. А Меган постоянно говорила, что еще не готова. — Теперь настала его очередь смахнуть слезы. — Мы из-за этого... даже ссорились.

— И в тот день, когда она ушла, вы ссорились из-за этого?

Он вздыхает и поднимается, отодвигая стул.

— Нет, — говорит он, отворачиваясь. — По другой причине.

Вечер

Когда я возвращаюсь, Кэти уже дома. Она стоит на кухне, пьет из стакана воду и видно, что с трудом сдерживается.

— Как дела на работе? — интересуется она, поджимая губы.

Ей все известно.

— Кэти...

— У Дэмиена сегодня была встреча неподалеку от Юстона. Возвращаясь с нее, он столкнулся с Мартином Майлзом. Они немного знакомы, если помнишь, с тех времен, когда Дэмиен работал в «Ленг фанд менеджмент». Мартин тогда занимался у них связями с общественностью.

— Кэти...

Она подняла руку и сделала еще глоток.

— Ты не работаешь там уже несколько месяцев! Месяцев! Ты представляешь, какой идиоткой я себя чувствую? Каким идиотом выглядел Дэмиен? Пожалуйста, пожалуйста, скажи, что ты нашла другую работу, что просто мне не сказала. Пожалуйста, скажи, что не притворялась, что ездишь на работу каждый день. Что не лгала мне — изо дня в день — на протяжении стольких месяцев!

— Я не знала, как тебе сказать...

— Не знала, как сказать? Как насчет: «Кэти, меня уволили, потому что я напилась на работе»? Как?

Я вздрагиваю, и она смягчается:

— Извини, но как же так, Рейчел?

Она действительно слишком хорошая.

— Что ты делала? Куда ты ходишь? Чем занимаешься весь день?

— Я брожу по городу, заглядываю в библиотеку. Иногда...

— Посещаешь пабы?

— Иногда, но...

— Почему ты мне не сказала? — Она подходит и кладет руки мне на плечи. — Ты должна была мне сказать.

— Мне было стыдно, — говорю я и начинаю плакать.

Это ужасно, мне совестно, и я никак не могу остановиться. Я всхлипываю и всхлипываю, а бедная Кэти обнимает меня, гладит мои волосы и успокаивает, заверяя, что все у меня наладится и будет хорошо. Я чувствую себя просто ужасно. И ненавижу себя, как, наверное, никогда раньше.

Потом мы сидим с Кэти на диване, пьем чай, и она рассказывает, что надо сделать. Я должна бросить пить, привести в порядок свое резюме, связаться с Мартином и уговорить его дать рекомендацию. И перестать тратить деньги на бессмысленные поездки туда и обратно в Лондон.

— Правда, Рейчел, я не понимаю, как тебе удавалось так долго это скрывать.

Я пожимаю плечами:

— Утром я сажусь на электричку, которая уходит в 8.04, а вечером возвращаюсь электричкой на 17.56. Это мой поезд. Всегда на нем езжу. Вот так.

Четверг, 1 августа 2013 года

Утро

Мне на лицо что-то давит, я не могу дышать, я задыхаюсь. Очнувшись от сна, я жадно хватаю воздух ртом, в груди болит. Я сажусь, широко раскрыв глаза, и вижу, как в углу комнаты что-то шевелится. Плотный комок черноты начинает разрастаться, я едва сдерживаю крик — и тут окончательно просыпаюсь. Конечно, в комнате никого нет, а я сижу на постели с мокрыми от слез щеками.

Скоро утро, за окном начинает светлеть, и дождь, который не переставая идет уже несколько дней, продолжает барабанить по стеклу. Я не хочу опять засыпать — пока сердце бьется в груди так, что становится больно, мне все равно не уснуть.

Мне кажется, хотя я и не уверена, что внизу есть немного вина. Я не помню, чтобы допивала вторую бутылку. Оно наверняка не холодное, потому что я не могу оставлять бутылку в холодильнике — Кэти наверняка все выльет. Она очень хочет, чтобы я больше не пила, но пока ее планам не суждено сбыться. В прихожей возле газового счетчика стоит небольшой шкафчик. Если вино осталось, я спрятала его там.

Я осторожно, на цыпочках пробираюсь в полумраке лестницы вниз, открываю шкаф и вытаскиваю бутылку — она обидно легкая, и вина там осталось всего на бокал. Но все же лучше, чем ничего. Я наливаю его в кружку (если Кэти вдруг спустится, я могу сделать вид, что пью чай) и прячу пустую бутылку в мусорное ведро (предварительно прикрыв пустыми пакетами из-под молока и чипсов). В гостиной я включаю телевизор, сразу убираю звук и устраиваюсь на диване.

Я щелкаю по каналам, но на всех крутят одни детские передачи и рекламные ролики, пока на экране вдруг не появляется Корли-Вуд — лес, который находится совсем рядом и его хорошо видно из поезда. Корли-Вуд под проливным дождем и почти полностью затопленные поля между лесом и железнодорожными путями.

Я не знаю, почему до меня так долго доходило, что случилось. Десять, пятнадцать, двадцать секунд я смотрю на автомобили, на огороженный полосатой полицейской лентой участок и белую палатку на заднем плане, и мое дыхание замедляется, пока я не перестаю дышать вообще.

Это она. Она находилась в лесу все это время, совсем рядом с путями. Я каждый день проезжала мимо этих полей утром и вечером, не подозревая, что ее тело спрятано там.

В лесу. Я представляю могилу, выкопанную под низкорослым кустарником и наспех замаскированную. Я представляю даже более жуткую картину: ее тело висит на веревке в глубине леса — там, где никто не ходит.

Но это может быть даже не она. А кто-то совсем другой. Но я знаю, что это не так.

На экране появляется корреспондент: его черные волосы намокли и лежат на голове темным пятном. Я включаю звук и слышу, как он рассказывает то, что мне уже известно, что я почувствовала: это не я, а Меган больше не может дышать.

— Да, все верно, — отвечает он кому-то в студии, прижав ладонь к уху. — Полиция уже подтвердила, что в паводковых водах на окраине Корли-Вуд обнаружено тело молодой женщины. Отсюда до дома Меган Хипвелл меньше пяти миль. Миссис Хипвелл, как вы знаете, исчезла в начале июля — тринадцатого июля, если быть точным, — и с тех пор ее никто не видел. Полиция говорит, что тело, которое было обнаружено местными жителями, выгуливавшими собак, еще предстоит официально опознать. Однако они практически не сомневаются, что это Меган. Мужа миссис Хипвелл уже поставили в известность.

Он замолкает и слушает вопрос дикторши в студии, но я ничего не слышу, потому что от прилива крови уши полностью заложило. Я подношу кружку ко рту и выпиваю все до последней капли.

Корреспондент говорит снова:

— Да, Кей, все верно. Судя по всему, тело было зарыто здесь, в лесу, какое-то время назад, но из-за сильных дождей, шедших в последние дни, могилу размыло.

Это даже хуже, причем намного хуже, чем мне представлялось. Я вижу ее обезображенное, покрытое грязью лицо, бледные руки подняты вверх, будто она пыталась выбраться из могилы. Я чувствую во рту горячий и горький вкус желчи и вина и бросаюсь наверх, понимая, что меня вот-вот вырвет.

Вечер

Почти весь день я провела в постели. Пыталась навести порядок в мыслях, переполнявших голову, и собрать воедино обрывки воспоминаний и снов о событиях того субботнего вечера. Чтобы облегчить себе задачу, я решила все записывать. Скрип пера по бумаге напоминал шепот и заставлял нервничать: мне казалось, будто в квартире был кто-то еще и находился прямо за моей дверью, а перед глазами все время стояла Меган.

От страха я боялась открыть дверь, а когда наконец решилась, там, конечно же, никого не было. Я спустилась вниз и снова включила телевизор. Показывали ту же картинку: лес под потоками дождя, ползущие по грязной размытой дороге полицейские машины, жуткий белый шатер в серой дымке насыщенного влагой воздуха. И вдруг на экране возникла фотография Меган — красивой, полной сил и с улыбкой на лице. Потом показали, как Скотт, опустив голову, пробирается сквозь толпу фотографов, мешающих ему пройти к входной двери дома, рядом с ним шла Райли. Затем на экране появился офис Камаля. Однако самого его нигде не было видно.

Я не хотела слушать, что говорят, но все равно прибавила звук, лишь бы в ушах перестала звенеть тишина. Полиция утверждала, что, хотя женщину официально пока не опознали, она была мертва уже довольно давно, возможно, несколько недель. Причину смерти еще предстоит установить. По их словам, у них нет оснований считать, что убийство было совершено по сексуальным мотивам.

Меня поражает абсурдность этих слов. Я знаю, что они имеют в виду: они хотят сказать, что она не была изнасилована, — и слава Богу! — но это не означает, что сексуальный мотив отсутствует. Мне кажется, что Камаль хотел ее, но не мог удержать, что она, наверное, пыталась положить этому конец, а он не мог с этим смириться. Разве это не сексуальный мотив?

У меня нет сил смотреть новости дальше, и я иду наверх и заползаю под одеяло. Я вытряхиваю из сумочки и просматриваю свои заметки, все сделанные на клочках бумаги, обрывки информации, которые мне удалось извлечь из своей памяти, и не перестаю задавать себе вопрос: зачем я все это делаю? Чего добиваюсь?

Меган

Утро

Я не могу спать в такую жару. По коже бегают невидимые букашки, на груди какое-то раздражение, мне все мешает. И от Скотта исходит жар; лежа рядом с ним, я чувствую себя, как у печки. Я не могу отодвинуться от него достаточно далеко и лежу на самом краю кровати, сбросив простыню, которой укрывалась. Это невыносимо. Я подумала о том, чтобы перейти в комнату для гостей и лечь там на матрасе, но он ненавидит просыпаться и не видеть меня рядом, и это всегда заканчивается скандалом или ссорой. Выяснением, чем я там занималась или о ком думала, когда лежала одна. Иногда мне хочется закричать ему прямо в лицо, чтобы он отстал от меня. Перестал доставать. Позволил дышать. Поэтому я не могу спать и злюсь. Я чувствую, будто мы уже ругаемся, хотя пока это происходит только в моем воображении. И мысли в голове все крутятся и крутятся.

Я чувствую, что задыхаюсь. Когда этот дом вдруг стал таким тесным? Когда моя жизнь стала такой тоскливой? Неужели я хотела именно этого? Не могу вспомнить. Я знаю только, что несколько месяцев чувствовала себя лучше, а теперь не могу думать, не могу спать, не могу рисовать, и желание сбежать становится непреодолимым. Ночью, лежа с открытыми глазами, я слышу в голове шепот — тихий, безжалостный и бесконечный, он уговаривает: «Беги прочь!» Стоит мне закрыть глаза, как голову заполняют видения из прошлой и будущей жизни, видения того, что я, как мне казалось, хочу, того, что у меня было, и того, от чего я отказалась. Я не могу ощутить покой, потому что каждый раз оказываюсь в тупике. Закрытая галерея, дома на улице, назойливое внимание женщин из студии пилатеса, железная дорога за садом, по которой поезда все время везут куда-то своих пассажиров, напоминая мне снова и снова, по десять раз на дню, что сама я никуда не еду и застряла тут.

Мне кажется, я схожу с ума. А ведь несколько месяцев назад я чувствовала себя лучше, мне становилось лучше. Со мной все было в порядке. Я спала. Я не испытывала страха перед ночными кошмарами. Я могла дышать. Да, мне и тогда хотелось сбежать. Иногда. Но не каждый день.

Общение с Камалем пошло мне на пользу, отрицать это глупо. Мне нравилось с ним разговаривать. Мне нравился он. Он сделал меня счастливее. А теперь все это в прошлом и так и не доведено до конца. Конечно, я виновата в этом сама, потому что повела себя глупо, по-детски, но я не выношу, когда меня отвергают. Мне нужно научиться проигрывать. Сейчас мне неловко за свое поведение, я стыжусь его. При мысли о том, как я себя вела, лицо заливает краска стыда. Я не хочу, чтобы он запомнил меня такой. Мне хочется снова с ним встретиться, чтобы он увидел во мне хорошее. И я знаю, что, если обращусь к нему, он поможет. Он такой.

Мне надо рассказать свою историю до конца. Рассказать все кому-то хотя бы один раз. Произнести слова вслух. Если этого не сделать, то эта тайна уничтожит меня изнутри. Черная дыра во мне будет постоянно расти, пока не поглотит меня всю.

Я должна проглотить свою гордость, преодолеть стыд и пойти к нему. Ему придется выслушать. Я его заставлю.

Вечер

Скотт думает, что я в кино с Тарой. Я провела около квартиры Камаля пятнадцать минут, настраиваясь на встречу и никак не решаясь постучать в дверь. Мне страшно подумать, как он встретит меня после прошлого раза. Мне надо показать, что мне стыдно, и я оделась подобающе, очень буднично — просто джинсы и футболка, практически без макияжа. Он должен видеть, что я не собираюсь его соблазнять.

Я чувствую, как учащается пульс, когда я подхожу к двери и звоню. Никто не отзывается. Свет в окнах горит, но никто не выходит. Возможно, он заметил меня на улице; может, он наверху и надеется, что я уйду, если он не откроет. Но я не уйду. Он не знает, какой настойчивой я могу быть. Если я что-то решила, то заставлю с этим считаться.

Я звоню еще раз, потом еще и наконец слышу шаги на лестнице. Дверь открывается. На нем спортивные шорты и белая футболка. Он босиком, с мокрыми волосами, лицо раскраснелось.

— Меган? — Он удивлен, но не сердится, и это добрый знак. — С тобой все в порядке? Все хорошо?

— Я пришла попросить прощения, — говорю я, и он отступает, пропуская меня внутрь.

Чувство благодарности, которое меня охватывает, настолько сильно, что чем-то даже похоже на любовь.

Он проводит меня на кухню. Тут царит беспорядок: горы грязной посуды на столе и в раковине, мусорное ведро забито доверху пустыми упаковками. Может, у него тоже депрессия? Я стою в дверях; он опирается на столешницу напротив меня, скрестив руки на груди.

— Чем я могу быть полезен? — спрашивает он.

Его лицо абсолютно бесстрастно, как и должно быть у терапевта. Мне хочется ущипнуть его, просто чтобы заставить улыбнуться.

— Я должна сказать тебе… — начинаю я и замолкаю, потому что не могу вот так с ходу все рассказать, нужно какое-то вступление. Я меняю тактику. — Я хотела бы извиниться, — говорю я, — за то, что произошло. В прошлый раз.

— Все в порядке, — отвечает он. — Не стоит об этом переживать. Если тебе нужно с кем-то поговорить, я могу направить тебя к другому специалисту, а я не могу…

— Пожалуйста, Камаль.

— Меган, я не могу больше быть твоим психотерапевтом.

— Я знаю. Я это знаю. Но я не могу начать все заново с кем-то другим. Не могу. Мы так далеко продвинулись. Были так близки. Я должна тебе рассказать. В последний раз. А потом я уйду, обещаю. И больше никогда тебя не потревожу.

Он наклоняет голову. Видно, что он мне не верит. Он думает, что если согласится, то уже никогда не сможет от меня избавиться.

— Пожалуйста, выслушай меня. Я не могу больше молчать. Мне просто нужен кто-то, кто бы меня выслушал.

— А твой муж? — спрашивает он, и я качаю головой.

— Я не могу… не могу рассказать ему. После стольких прожитых вместе лет. Он не… он уже не сможет смотреть на меня, как раньше. Я стану для него другой. Он будет не в силах простить. Пожалуйста, Камаль. Если я не выплюну этот яд, я так никогда и не смогу заснуть. Выслушай меня как друг, а не как психотерапевт.

Он отворачивается. Я вижу, как у него обмякли плечи, и думаю, что это конец. Сердце заныло. А он открывает шкаф и достает два бокала.

— Хорошо, пусть будет как друг. Хочешь вина?

Мы проходим в гостиную. Она тускло освещена, и тут царит такой же беспорядок, как и на кухне. Мы садимся друг напротив друга за стеклянный стол, заваленный бумагами, журналами и меню компаний по доставке готовой еды. Я крепко сжимаю бокал. Делаю глоток. Это красное сухое, но холодное и не отстоявшееся. Я отпиваю еще. Он ждет, когда я начну, но начать трудно, труднее, чем мне казалось. Я держала это в тайне так долго — целых десять лет, а это больше трети моей жизни. Не так просто решиться. Но я знаю, что должна начать говорить. Если я не сделаю этого сейчас, то уже никогда не наберусь мужества произнести нужные слова вслух, и они застрянут у меня в горле и задушат во сне.

— После отъезда из Ипсвича я сошлась с Маком, и мы поселились в его коттедже возле Холкхэма в самом конце дороги. Я уже рассказывала об этом, помнишь? Это место совсем на отшибе, до ближайшего соседа целых две мили, и еще две — до ближайших магазинов. Вначале мы часто устраивали вечеринки, несколько человек всегда ночевали в гостиной или спали в гамаках на улице в летнее время. Но мы устали от этого, и Мак в конечном итоге со всеми рассорился, так что к нам перестали приезжать, и мы остались вдвоем. Проходили дни, и мы никого не видели. Продукты мы покупали в магазине на заправке. Сейчас, когда я вспоминаю то время, это кажется мне странным, но тогда — после Ипсвича, всех тех людей и всего, что я вытворяла, — мне было нужно именно это. Мне нравилось, что мы с Маком одни и есть только старые железнодорожные пути, трава, дюны и беспокойное серое море.

Камаль наклоняет голову и чуть улыбается мне. Внутри у меня все переворачивается.

— Звучит хорошо. Но тебе не кажется, что ты все это идеализируешь? «Беспокойное серое море»?

— Это не важно, — возражаю я. — Но в любом случае это не так. Ты был на севере Норфолка? Это не Адриатика. Море там беспокойное и все время серое.

Он поднимет руки вверх и улыбается.

— Ладно.

У меня сразу поднимается настроение, и напряжение отпускает плечи и шею. Я делаю еще глоток вина — на вкус оно уже не такое горькое.

— Я была счастлива с Маком. Я понимаю, что та жизнь мало похожа на ту, что мне нравится, но после смерти Бена и всего случившегося после нее другой жизни мне не хотелось. Мак спас меня. Он забрал меня к себе, он меня любил и оберегал. И с ним не было скучно. И чтобы быть до конца честной, признаюсь, что мы принимали много наркотиков, а скучать, когда все время под кайфом, довольно трудно. Я была счастлива. Счастлива по-настоящему.

Камаль кивает.

— Я понимаю, хотя и не уверен, что это похоже на реальное счастье, — говорит он. — На то счастье, которое может поддержать и придать сил в трудную минуту.

Я смеюсь:

— Мне было семнадцать. Я была с человеком, который мне нравился и который меня обожал. Я сбежала от родителей, подальше от дома, где все, буквально все напоминало об умершем брате. Мне не нужно было счастья для поддержки. Мне нужно было просто его ощущать.

— И что произошло?

Мне кажется, будто краски в комнате сгустились. Вот мы и подошли к тому, о чем я никогда и никому не говорила.

— Я забеременела.

Он кивает и ждет продолжения. Мне хочется, чтобы он остановил меня, задал больше вопросов, но он молчит и просто ждет. В гостиной становится еще темнее.

— Когда я поняла, было уже слишком поздно… избавиться от него. От нее. Я бы это сделала, не будь такой глупой и безалаберной. Проблема заключалась в том, что она не была нужна никому из нас.

Камаль поднимается, идет на кухню и возвращается с бумажным полотенцем, чтобы я вытерла глаза. Он протягивает его мне и садится. Я успокаиваюсь не сразу. Камаль сидит терпеливо и неподвижно, как на наших сеансах, не сводя с меня глаз и сложив руки на коленях. Чтобы сохранять такую невозмутимость, наверняка требуется невероятный расход энергии.

Ноги у меня дрожат, а коленки дергаются, будто у марионетки по команде кукольника. Я встаю, чтобы унять дрожь, дохожу до двери на кухню и возвращаюсь обратно, нервно потирая ладони.

— Мы оба были ужасно глупыми, — продолжаю я. — Мы даже не задумывались о том, что происходит, и продолжали жить, будто ничего не случилось. Я не показывалась врачу, не ела нужных продуктов, не принимала витаминов, не делала ничего, что должна была. Мы просто продолжали жить прежней жизнью. Как будто ничего не изменилось. Я стала толстой и неповоротливой, быстро уставала, мы оба раздражались и все время ссорились, но, по сути, до ее появления на свет ничего не менялось.

Он не мешает мне плакать. Пока я вытираю слезы, он пересаживается на стул возле меня и почти касается коленями моего бедра. Он наклоняется ко мне. Он не дотрагивается до меня, но наши тела так близко, что я чувствую его запах — терпкий и резкий запах свежести в грязной комнате.

Я говорю шепотом — рассказывать об этом вслух невозможно:

— Я родила ее дома. Это было глупо, но у меня в то время было предубеждение против больниц, потому что в последний раз я была там, когда погиб Бен. К тому же я ни у кого не наблюдалась. Я курила, немного пила и не хотела выслушивать нравоучений. Никаких. Мне кажется, что я до самого конца не верила, что все это всерьез и когда-нибудь произойдет на самом деле.

У Мака имелась знакомая, которая была медсестрой или училась на медсестру, что-то в этом роде. Она приехала, и все прошло нормально. Не так страшно. То есть я имею в виду, что было и больно, и жутко, но зато... появилась она. Совсем крошечная. Я точно не помню, сколько она весила. Ужасно, правда?

Камаль ничего не говорит и не двигается.

— Она была красивой. С темными глазами и светлыми волосами. Она мало плакала и с самого начала хорошо спала. Она была чудесной. Чудесной девочкой.

Я ненадолго замолкаю, чтобы собраться я силами.

— Я боялась, что будет трудно, но трудно не было.

В комнате стало еще темнее, я уверена в этом. Я поднимаю глаза и смотрю на Камаля — он сидит не шевелясь, смотрит на меня, и его лицо выражает участие. Он слушает. Он ждет продолжения. Во рту у меня пересохло, и я делаю еще глоток вина. Глотать больно.

— Мы назвали ее Элизабет. Либби.

Так странно произносить ее имя вслух после стольких лет.

— Либби, — повторяю я, наслаждаясь вкусом ее имени во рту.

Мне хочется произносить его снова и снова. Камаль берет мою руку и прикладывает большой палец к запястью, чтобы пощупать пульс.

— Однажды мы с Маком поругались. Из-за чего, я не помню. Время от времени такое случалось: начиналось с мелкой ссоры, которая перерастала в настоящий скандал. Никакого рукоприкладства, но мы кричали друг на друга, я грозилась уйти от него, а он уходил из дома и пропадал на несколько дней.

Он тогда впервые оставил меня одну после рождения Либби — просто взял и ушел. Ей было несколько месяцев. Крыша в доме протекала. Я до сих пор помню звук капель в расставленные на кухне ведра. Было очень холодно, несколько дней шел дождь, и с моря дул пронизывающий ветер. Я растопила в гостиной камин, но тепло продолжало выдувать. Я ужасно устала. Выпила немного, чтобы согреться, но не согрелась, и тогда решила залезть в ванну. Взяла Либби с собой, прижала к груди — головкой она упиралась мне в подбородок.

Гостиная продолжает погружаться во мрак, и я снова оказываюсь в той ванне и лежу в воде, прижимая к себе малютку, а над головой пляшет огонек свечи. До меня доносится запах воска, я слышу, как дует ветер, чувствую его холод на шее и плечах. На меня наваливается тяжесть, а тело погружается в тепло. У меня нет сил. А потом вдруг гаснет свеча, и мне становится холодно. Холодно по-настоящему: зубы стучат, а тело бьет дрожь. Кажется, что и дом сотрясает дрожь, а ветер, яростно воя, пытается сорвать с крыши листы шифера.

— Я заснула, — говорю я и не могу продолжать, потому что больше не чувствую ее: она уже не на моей груди, ее тельце зажато между моей рукой и краем ванны, а лицо в воде. Нам обеим невыразимо холодно.

Мы оба замираем. Я не решаюсь взглянуть на него, а когда все-таки поднимаю глаза, он не отстраняется. Он не произносит ни слова, а обнимает меня за плечи и притягивает к себе, прижимая лицом к своей груди. Я вдыхаю его запах и жду, когда почувствую себя иначе, когда мне станет легче, а может, и тяжелее от того, что теперь об этом известно еще одной живой душе. Мне кажется, что я чувствую облегчение из-за его реакции, показавшей, что, рассказав все, я поступила правильно. Он меня не сторонится и не считает чудовищем. Рядом с ним я в безопасности, в полной безопасности.

Я не знаю, сколько времени пробыла в его объятиях, но к действительности меня вернул телефонный звонок. Я не отвечаю, но через мгновение мобильный подает звуковой сигнал, что получена эсэмэска. Она от Скотта, и он спрашивает, где я. А несколько секунд спустя телефон звонит снова. На этот раз это Тара. Выскользнув из объятий Камаля, я отвечаю.

— Меган, я не знаю, что у тебя на уме, но тебе надо позвонить Скотту. Он звонил сюда четыре раза. Я сказала, что ты пошла в магазин купить бутылку вина, но не думаю, что он мне поверил. Говорит, что ты не отвечаешь на звонки.

Она явно злится, и я знаю, что должна ее успокоить, но на это у меня нет сил.

— Хорошо, — говорю я. — Спасибо. Сейчас я ему перезвоню.

— Меган... — начинает она, но я вешаю трубку, не дослушав.

Уже начало одиннадцатого. Я пробыла здесь больше двух часов. Я выключаю телефон и поворачиваюсь к Камалю.

— Я не хочу идти домой, — говорю я.

Он кивает, но остаться не предлагает. Вместо этого говорит:

— Ты можешь прийти еще, если захочешь. В другой раз.

Я подхожу к нему вплотную, встаю на мысочки и целую в губы. Он не отстраняется.

Рейчел

Утро

Вчера мне приснилось, что я оказалась в лесу одна. Я не поняла, какое это было время суток — сумерки или рассвет, — но чувствовала чье-то присутствие. Я никого не видела, просто знала, что меня преследуют и догоняют. Я не хотела, чтобы меня настигли, пыталась убежать, но не могла — ноги были будто ватные, а при попытке закричать я не смогла издать ни звука.

Когда я просыпаюсь, сквозь жалюзи пробиваются полоски белого света. Дождь наконец перестал, сделав свою работу. В комнате тепло и пахнет чем-то жутким — противным и кислым, — я практически не покидала ее с четверга. Снаружи доносится гул и вой пылесоса. Кэти убирается. Позже она собирается куда-то уйти, и тогда я смогу выбраться из дома. Я еще не знаю, чем займусь, и до сих пор никак не могу взять себя в руки. Может, проведу еще один день с бутылкой, а за ум возьмусь завтра.

Телефон подает сигнал, сообщающий, что батарея садится. Я подключаю его к зарядному устройству, замечаю, что есть два пропущенных звонка, и набираю голосовую почту. Там одна запись:

«Рейчел, привет. Это мама. Послушай, я завтра буду в Лондоне. В субботу. Мне надо кое-что купить. Как насчет того, чтобы встретиться и вместе выпить кофе? Дорогая, сейчас не самое лучшее время, чтобы пожить у меня. Просто… в общем, у меня появился новый знакомый, и ты понимаешь, как это бывает в самом начале. — Она хихикает. — В любом случае я с удовольствием одолжу тебе денег на пару недель. Поговорим об этом завтра. Пока, дорогая».

Я собираюсь честно рассказать ей, как плохо на самом деле у меня обстоят дела, и вести такой разговор на трезвую голову меня точно не прельщает. Я с трудом вылезаю из кровати: можно прямо сейчас отправиться выпить пару бокалов до встречи, чтобы снять напряжение. Я снова смотрю на телефон и проверяю пропущенные вызовы. От матери был только один, второй — от Скотта. Без четверти час ночи. Я сижу с телефоном в руке и решаю, стоит ли перезванивать. Сейчас еще слишком рано. Может, позже? После одного бокала вина, но точно не после двух.

Я оставляю телефон заряжаться, поднимаю жалюзи и открываю окно, затем иду в ванную и принимаю холодный душ. Я тру кожу мочалкой, мою голову и пытаюсь заставить замолчать тихий голос в голове, который нашептывает мне, что довольно странно со стороны Скотта звонить другой женщине среди ночи, когда не прошло и двух суток после того, как было обнаружено тело его жены.

Вечер

Земля еще не высохла, но солнце уже почти просвечивает сквозь белые облака. Я купила одну маленькую бутылочку вина — только одну. Я понимаю, что не должна была это делать, но обед с мамой способен поколебать стойкость даже самого убежденного трезвенника. Тем не менее она обещала положить на мой банковский счет триста фунтов, так что встреча с ней не была пустой тратой времени.

Я не стала признаваться, насколько плачевны мои дела. Не сказала, что уже несколько месяцев сижу без работы и что меня выгнали (она думает, что деньги мне нужны, пока я не получу выходное пособие). Я не сказала, как плохо обстоят дела с выпивкой, и она ничего не заметила. В отличие от Кэти. Когда я увидела ее утром по пути из дома, она бросила на меня красноречивый взгляд, который невозможно было истолковать иначе, как: «Боже милостивый! Уже?!» Я понятия не имею, как ей это удается, но она всегда знает. Даже если я выпиваю всего полбокала, ей достаточно бросить на меня один-единственный взгляд, чтобы об этом узнать.

— Это видно по твоим глазам, — объясняет она, однако когда я смотрюсь в зеркало, чтобы проверить, мне кажется, что я выгляжу как обычно.

Ее терпение на исходе, сочувствие тоже. Я должна остановиться. Но только не сегодня. Сегодня не могу. Слишком тяжелый день.

Мне следовало быть к этому готовой, ждать чего-то подобного, но почему-то не получилось. Я села в электричку, и она была повсюду. Ее лицо сияло улыбкой со страниц всех газет: красивая, белокурая, счастливая Меган смотрела прямо в объектив камеры, прямо на меня.

Кто-то оставил на сиденье номер «Таймс», и я прочитала в нем отчет. Официальное опознание было произведено вчера вечером, вскрытие состоится сегодня. Приводились слова представителя полиции, который сказал: «Установление причины смерти миссис Хипвелл может вызвать трудности, поскольку ее тело какое-то время находилось на воздухе, а до этого не меньше нескольких дней пролежало в воде». Я смотрю на ее фотографию в газете, и сама мысль о том, как она выглядела раньше и как выглядит сейчас, приводит меня в содрогание.

В газете кратко упоминалось об аресте и освобождении Камаля и приводились слова инспектора уголовной полиции Гаскилла, заявившего, что они «разрабатывают ряд версий». В моем представлении это означало признание, что они зашли в тупик. Я закрыла газету и положила ее на пол у ног. Я не могу больше на нее смотреть. Не хочу и дальше читать эти безнадежные и пустые слова.

Я прислоняю голову к окну. Скоро мы будем проезжать мимо дома номер двадцать три. Я на мгновение перевожу взгляд в ту сторону, но мы еще слишком далеко, чтобы что-нибудь увидеть. Я продолжаю думать о том дне, когда увидела Камаля, о том, как он ее поцеловал, как я разозлилась и хотела ей все высказать. Что бы произошло, если бы я так и сделала? Если бы явилась к ним в дом, постучала в дверь и спросила, какого черта она вытворяет? Сидела бы она тогда сейчас, как обычно, на своей террасе?

Я закрываю глаза. В Норткоуте кто-то входит и занимает сиденье рядом со мной. Я не открываю глаза, чтобы посмотреть, хотя это и кажется мне странным, потому что вагон полупустой. По коже у меня бегут мурашки. Я чувствую запах табака и лосьона после бритья и понимаю, что этот запах мне знаком.

— Привет.

Я поворачиваю голову и вижу рыжеволосого мужчину — того самого, со станции, из того субботнего вечера. Он улыбается мне и протягивает руку. От удивления я пожимаю ее. Ладонь у него твердая и мозолистая.

— Помнишь меня?

— Да, — отвечаю я. — Несколько недель назад, на станции.

Он кивает и улыбается.

— Я тогда был чуток под мухой, — говорит он и смеется. — Да и ты, похоже, тоже, верно, дорогуша?

Он моложе, чем мне казалось, наверное, около тридцати. У него приятное лицо — не красивое, а приятное. Открытое и улыбчивое. У него простонародный акцент — лондонский или как у выходца с юго-востока страны. Он смотрит на меня испытующе и словно подтрунивая, как если бы что-то знал обо мне или у нас имелся секрет, известный только нам двоим. Такого секрета у нас нет, и я отворачиваюсь. Мне надо что-то сказать, спросить, что он видел.

— У тебя все в порядке? — спрашивает он.

— Да, все хорошо. — Я смотрю в окно, но чувствую на себе его взгляд, и мне почему-то ужасно хочется повернуться и вдохнуть запах его одежды и дыхания.

Мне нравится запах табачного дыма. Том курил, когда мы познакомились. Я тоже иногда баловалась сигаретой после бокала вина или секса. Для меня этот запах ассоциируется с эротикой, он напоминает мне о счастливых временах. Я закусываю нижнюю губу и думаю, как он отреагирует, если я повернусь и поцелую его в губы. Я чувствую его движение — он наклоняется и подбирает газету, лежащую у моих ног.

— Жуть, верно? Бедняжка. И чудно́, что мы там были в тот вечер. Она же тогда пропала? В тот вечер?

Он как будто прочитал мои мысли, и я поражена. Я поворачиваюсь и смотрю на него. Я хочу увидеть выражение его глаз.

— Что?

— Тот вечер, когда мы встретились в электричке. Тогда и пропала та девушка, чье тело нашли. И говорят, что в последний раз ее видели на станции. Знаешь, мне кажется, я мог ее видеть. Но не помню. Был под мухой. —

Он пожимает плечами. — Ты ведь тоже ничего не помнишь?

Когда он это произносит, меня охватывает какое-то странное чувство. Такого раньше со мной не было. Я не отвечаю, потому что мои мысли переключились на совершенно другое. И дело не в его словах, а в лосьоне. Пробиваясь сквозь запах табачного дыма, свежий лимонный аромат лосьона вызывает в памяти воспоминание о том, как я еду в электричке, сидя рядом с ним — совсем как сейчас, только в другом направлении, — и кто-то громко смеется. Он кладет мне руку на плечо и предлагает зайти куда-нибудь выпить, а потом случается что-то нехорошее. Я чувствую страх и смятение. Кто-то пытается меня ударить. Я вижу занесенный кулак и нагибаюсь, закрывая голову руками. Я уже не в поезде, а на улице. Снова слышится смех или крик. Я на ступеньках, на тротуаре, ничего не понимаю, и сердце у меня бешено колотится. Я не хочу оставаться рядом с этим человеком. Я хочу уйти.

Я вскакиваю на ноги и прошу меня извинить, причем нарочно громко, чтобы услышали другие пассажиры, но в вагоне мало людей — на нас никто не обращает внимания и не оглядывается. Мужчина смотрит на меня с удивлением и убирает ноги, освобождая проход.

— Извини, дорогуша, — говорит он. — Я не хотел тебя расстраивать.

Я стараюсь побыстрее пройти мимо него, но электричка едет рывками, вагон раскачивается, и мне с трудом удается устоять на ногах. Теперь на меня все смотрят. Я стремительно добираюсь до конца вагона, перехожу в следующий, потом в тот, что за ним, и в конце концов оказываюсь в хвосте поезда. Мне страшно, и мысли путаются. Я сажусь лицом к двери, чтобы увидеть, если он пойдет за мной.

Закрыв глаза ладонями, я пытаюсь сосредоточиться. Стараюсь вернуть воспоминания, которые только что меня так испугали. Я проклинаю себя за пьянство. Если бы только я тогда была способна соображать... но теперь уже ничего не изменить. От меня отдаляется женщина? Женщина в синем платье. Это Анна.

В голове стучит кровь, сердце бешено колотится. Я не понимаю, что я вижу — реальность или нет, воспоминание или плод воображения. Я снова с силой закрываю глаза, чтобы вернуть картинку, но все бесполезно.

Анна

Вечер

Сегодня Том встречается со своими армейскими приятелями, а Эви спит. Я сижу на кухне, закрыв все окна и заперев двери, несмотря на жару. Дождь, который шел всю прошлую неделю, наконец перестал, и сейчас очень душно.

Мне скучно. Я не могу придумать себе занятие. Я люблю походить по магазинам и потратить немного денег на себя, но с Эви это невозможно. Она начинает капризничать, а я — нервничать. Так что я просто брожу по дому. Я не могу смотреть телевизор или брать в руки газеты. Не хочу читать об этом, не хочу видеть лицо Меган, не хочу об этом думать.

А как не думать, если мы живем всего в трех домах от них?

Я позвонила знакомым мамам узнать, не собирается ли кто на детскую площадку, но у всех оказались какие-то дела. Я даже позвонила сестре, но о встрече с ней надо договариваться минимум за неделю. Как бы то ни было, она сказала, что после вчерашней вечеринки просто не в состоянии проводить время с малышкой. Мне стало ужасно завидно, и я с грустью подумала о тех временах, когда могла всю субботу проваляться на диване с газетами и смутными воспоминаниями о том, как накануне уходила из клуба поздно ночью.

Глупо, конечно, потому что сейчас у меня есть нечто в миллион раз лучшее и я дорого за это заплатила. Сейчас от меня требуется защитить свое достояние. И вот я сижу в душном доме и стараюсь не думать о Меган. Я стараюсь не думать о ней и каждый раз вздрагиваю, заслышав шорох или заметив за окном промелькнувшую тень. Это невыносимо.

Я не могу выкинуть из головы, что Рейчел была здесь в тот вечер, когда пропала Меган, бродила поблизости, вдребезги пьяная, а потом вдруг исчезла. Том искал ее бог знает сколько, но так и не нашел. Я не могу не думать о том, что она тут делала.

Между Рейчел и Меган Хипвелл нет никакой связи. Я разговаривала об этом с сержантом уголовной полиции Райли после того, как мы видели Рейчел у дома Хипвеллов, но та заверила, что никаких причин для беспокойства нет.

— Она обычная зевака, — сказала та. — Одинокая и неуемная. Ей просто хочется быть к чему-то причастной.

Наверное, так и есть. Но я вспоминаю, как она пробралась к нам в дом и забрала Эви, и помню, какой испытала ужас, увидев ее у забора с моей малышкой в руках. И еще я помню, с какой жуткой улыбкой она на меня посмотрела, когда выходила из дома Хипвеллов. Просто кровь стынет в жилах. Сержант Райли понятия не имеет, насколько опасной может быть Рейчел.

Рейчел

Воскресенье, 4 августа 2013 года

Утро

Сегодня я проснулась от нового кошмара. В нем я сделала что-то ужасное, не знаю, что именно, но только исправить это нельзя. Я знаю, что Том теперь меня ненавидит. Он больше со мной не разговаривает, он рассказал всем знакомым о моем ужасном поступке, и все от меня отвернулись: и бывшие коллеги, и друзья, и даже мама. Они смотрят на меня с отвращением, презрением, и никто не хочет даже выслушать, как сильно я переживаю, что так вышло. Я чувствую себя невозможно виноватой, но понятия не имею, что же такое я натворила. Я просыпаюсь и знаю, что причиной кошмара было что-то из моего прошлого, какой-то старый проступок, а что именно — не имеет значения.

Выйдя вчера из электрички, я покрутилась возле станции Эшбери минут пятнадцать — двадцать. Хотела убедиться, что он — рыжеволосый — не вышел вслед за мной, но его нигде не было видно. Я боялась, что могла его не заметить, что он где-то рядом и ждет, когда я отправлюсь домой, чтобы пойти следом. Мне представилось, как было бы здорово побежать домой, где меня ждет Том. Где меня вообще кто-нибудь ждет.

— 218 —

По дороге домой я зашла в винный магазин.

В квартире никого не было, и казалось, что из нее только что ушли, что я совсем немного разминулась с Кэти. Но на столе лежала записка: она обедает с Дэмиеном в Хенли и вернется домой только в воскресенье вечером. Мне было не по себе, я испытывала страх. Ходила по комнатам, бесцельно перекладывая предметы с места на место. Что-то было не так, и я, в конце концов, поняла что.

Тишина звенела в ушах так громко, что стала походить на голоса, и я налила себе бокал вина, потом еще один, после чего решила позвонить Скотту. Вызов сразу переключился на голосовую почту: голос из другой жизни, голос делового и уверенного человека, которого дома ждет любимая жена. Через несколько минут я позвонила еще раз. На этот раз трубку взяли, но в ней было молчание.

— Алло?

— Кто это?

— Это Рейчел, — ответила я. — Рейчел Уотсон.

— Слушаю.

Слышны какие-то голоса. Женщина. Наверное, мать.

— Вы... я пропустила ваш звонок, — сказала я.

— Нет... нет. Я что, звонил? Наверное, ошибся. — Он был какой-то взвинченный. — Нет, положи это на место! — сказал он, и я не сразу сообразила, что он обращается не ко мне.

— Мне ужасно жаль.

— Да. — Он говорил ровно и бесстрастно.

— Очень, очень жаль.

— Спасибо.

— Вы... хотели поговорить со мной?

— Нет, наверное, набрал номер по ошибке, — произнес он уже увереннее.

— Ясно.

Я понимала, что он хотел поскорее закончить разговор. Понимала, что его нужно оставить с близкими и мне не следовало мешать ему переживать свое горе. Понимала, но все-таки спросила:

— Вы знакомы с Анной? Анной Уотсон?

— С кем? Вы имеете в виду жену своего бывшего?

— Да.

— Нет. В смысле не совсем. Меган… Меган немного подрабатывала у нее няней в прошлом году. А почему вы спрашиваете?

Я не знаю, почему спросила. Не знаю.

— Мы можем встретиться? Я хотела поговорить с вами кое о чем.

— О чем? — Он был явно раздражен. — Сейчас не самый лучший момент.

Уязвленная его резкостью, я собиралась повесить трубку, но он вдруг произнес:

— Тут сейчас полно людей. Может, завтра? Приезжайте ко мне завтра.

Вечер

Он порезался, когда брился, и у него кровь на щеке и воротнике. Волосы мокрые, и от него пахнет мылом и лосьоном. Он кивает и отступает в сторону, пропуская меня в дом, но ничего не говорит. В доме темно и душно, жалюзи в гостиной опущены, но шторы на стеклянных дверях, ведущих в сад, раздвинуты. На кухне все столы заставлены контейнерами с едой.

— Все приносят еду, — объясняет Скотт. Он жестом приглашает меня сесть, но сам остается стоять, бессильно опустив руки. — Вы хотели мне что-то сказать? — Он произносит это, будто на автопилоте, не глядя мне в глаза. Он кажется сломленным.

— Я хотела спросить у вас насчет Анны Уотсон, о том... даже не знаю. Какие у Меган были с ней отношения? Они ладили?

Он хмурится и берется за спинку стула перед собой.

— Нет. Я хочу сказать... что антипатии между ними не было. И они не очень хорошо знали друг друга. Не общались. — Его плечи обмякли, и стало видно, что он совершенно раздавлен. — А почему вы об этом спрашиваете?

Я вынуждена сказать правду:

— Я видела ее. Мне кажется, я видела ее возле подземного перехода на станции. В тот вечер... когда Меган исчезла.

Он слегка качает головой, стараясь уяснить, что я говорю.

— Прошу прощения? Вы видели ее. Вы были... где вы были сами?

— Я была здесь. Я собиралась... поговорить с Томом, моим бывшим мужем, но я...

Он крепко зажмуривается и трет лоб.

— Погодите — вы были здесь и видели Анну Уотсон? И что? Я знаю, что Анна была здесь, она живет через несколько домов. Она рассказала полиции, что ходила на станцию около семи, но Меган не видела.

Он сжимает спинку стула, и я вижу, что его терпение иссякает.

— Что вы хотите этим сказать?

— Я пила, — признаюсь я и чувствую, как мое лицо заливает краска стыда. — Я точно не помню, но мне кажется...

Скотт поднимает руку:

— Довольно! Я не желаю больше это выслушивать. У вас явные проблемы с вашим бывшим мужем и его нынешней женой. Это не имеет никакого отношения ни ко мне, ни к Меган, разве не так? Господи, неужели вам не стыдно? Вы вообще представляете, через что мне пришлось пройти? Вы в курсе, что утром меня возили в полицию на допрос?

Он так сильно наваливается на спинку стула, что я жду, когда она с треском сломается.

— Да еще вы лезете со своей ерундой. Мне жаль, что ваша личная жизнь в полном дерьме, но она — цветочки по сравнению с моей. Уж поверьте! Поэтому прошу вас... — Он кивком показывает на дверь.

Я поднимаюсь, чувствуя себя глупо и нелепо. Мне стыдно.

— Я хотела помочь. Я хотела...

— Вы не можете помочь, разве не ясно? Вы не можете мне помочь. Мне никто не может помочь. Моя жена мертва, и полиция считает, что это я убил ее. — Он почти кричит, и на его щеках выступают красные пятна. — Они считают, что это я убил ее!

— Но... Камаль Абдик...

Стул врезается в стену с такой силой, что одна из ножек отлетает. Я испуганно отскакиваю, но Скотт неподвижен. Он стоит, опустив сжатые в кулаки руки.

— Камаль Абдик, — произносит он, сжав зубы, — больше не является подозреваемым.

Он говорит ровным тоном, но видно, с каким трудом ему это дается. Я чувствую, как ярость буквально переполняет его. Я хочу пройти к двери, но он стоит у меня на пути, загораживая скудный свет, проникающий в комнату.

— Знаете, что он говорит? — спрашивает он, отворачиваясь, чтобы поднять стул.

Естественно, я не знаю, но мне снова кажется, что он разговаривает не со мной.

— Он много чего говорит. Что Меган была несчастлива, что я был ревнивым и подозрительным мужем и — как это? — эмоциональным насильником. — Его лицо искажается от отвращения. — Камаль утверждает, что Меган меня боялась.

— Но он же лжет!

— И не он один. Подруга Меган, Тара... она говорит, что Меган иногда просила ее прикрыть, чтобы она соврала, где Меган была и чем занималась.

Он ставит стул на место, и тот падает. Я делаю шаг в сторону прихожей, и он переводит взгляд на меня.

— Я виновен, — произносит он, и его лицо искажает му́ка. — И без всякого суда.

Он отбрасывает ногой сломанный стул в сторону и садится на один из трех оставшихся. Я застываю на месте, не зная, как быть.

— В кармане был ее телефон, — произносит он, но так тихо, что я с трудом разбираю слова и подхожу на шаг ближе. — На нем осталось сообщение от меня. Последние мои слова ей, последнее, что она прочитала: «Убирайся к черту, лживая сука».

Его голова падает на грудь, плечи трясутся. Я стою так близко, что могу до него дотронуться. Я поднимаю руку и, дрожа, касаюсь его шеи сзади. Он не отстраняется.

— Мне искренне жаль, — говорю я, и это правда, потому что, хотя меня и привел в шок сам факт, что он мог так с ней разговаривать, я знаю, что можно любить человека и наговорить ему жутких вещей в приступе гнева или от обиды. — Эсэмэска еще ничего не значит. Если у них больше ничего нет...

— Думаете?

Он выпрямляется и стряхивает мою руку. Я обхожу стол и сажусь напротив. Он на меня не смотрит.

— У меня был мотив. Я плохо... Я не отреагировал адекватно, когда она ушла. Я подозрительно долго ее не искал. И подозрительно долго ей не звонил. — Он издает короткий смешок. — И к тому же, по словам Камаля Абдика, склонен к эмоциональному насилию. — Он переводит взгляд на меня, и его лицо озаряет надежда. — Вы... вы можете поговорить с полицией. Сказать им, что это не так, что он лжет. По крайней мере рассказать, что я любил ее, что мы были счастливы.

Я чувствую, как меня охватывает паника. Он думает, что я способна ему помочь. Он на меня надеется, а у меня для него нет ничего, кроме лжи.

— Они мне не поверят, — едва слышно бормочу я. — Они мне не поверят, потому что я ненадежный свидетель.

В комнате повисает молчание, и слышно, как в стеклянную дверь бьется муха. Скотт ковыряет засохшую кровь на щеке, и я слышу, как ноготь скребет по коже. Я отодвигаю стул назад, и ножки скрипят по кафелю. Скотт поднимает на меня глаза.

— Вы были здесь, — произносит он, будто до него только сейчас дошло, что я говорила ему четверть часа назад. — Вы были в Уитни в тот вечер, когда пропала Меган?

Кровь у меня в ушах стучит так, что я едва его слышу. Я киваю в ответ.

— Почему вы не рассказали об этом полиции?

На его скуле дергается жилка.

— Я говорила. Я говорила им об этом. Но у меня не было... Я ничего не видела. Я ничего не помню.

Он поднимается, подходит к стеклянным дверям и отодвигает штору. Комнату мгновенно заливает нестерпимо яркий солнечный свет. Скотт стоит ко мне спиной, сложив руки на груди.

— Вы были пьяны, — констатирует он ровным голосом. — Но вы же должны помнить хоть что-нибудь! Вы должны... так вот почему вы все время возвращаетесь, верно? — Он поворачивается ко мне. — Почему вы все время мне звоните? Вам что-то известно.

Он говорит об этом, как о факте, не подвергая сомнению и не обвиняя.

— Вы видели его машину? — спрашивает он. — Подумайте. Синий «опель». Вы его видели?

Я качаю головой, и он сокрушенно вздыхает:

— Постарайтесь вспомнить! Что вы видели? Вы видели Анну Уотсон, но это ничего не значит. Вы видели... ну же! Кого вы видели?

Щурясь от солнца, я отчаянно пытаюсь собрать воедино обрывки воспоминаний, но все тщетно. Никаких зацепок, ничего полезного. Ничего, о чем можно рассказать. У меня была ссора. Или я стала свидетелем ссоры. Я споткнулась на ступеньках на станции, и мне помог подняться рыжеволосый мужчина. Мне кажется, он вел себя прилично, хотя теперь я его боюсь. Я знаю, что на голове у меня была рана, разбита губа, на руках синяки. Мне кажется, я помню, что оказалась в подземном переходе. Было темно. Я боялась и плохо соображала. Кто-то позвал Меган по имени. Нет, это было во сне. Не наяву. Я помню кровь. Кровь у себя на голове и руках. Помню Анну. А вот Тома не помню. Не помню ни Камаля, ни Скотта, ни Меган.

Он не спускает с меня глаз, ждет, что я скажу хоть что-нибудь, способное смягчить его боль, но сказать мне нечего.

— Тот вечер, — говорит он, — и есть ключ к разгадке.

Он присаживается на стол возле меня спиной к окну. На лбу и над верхней губой у него блестят капельки пота, а тело бьет мелкая дрожь, как при высокой температуре.

— Тогда все и случилось. Они так считают. Хотя и не уверены до конца... — Он запинается, но все же продолжает: — У них нет полной уверенности. Из-за состояния... тела. — Он делает глубокий вдох. — Но они считают, что все произошло тем вечером. Или сразу после него.

Он снова перешел на автопилот и разговаривает с комнатой, а не со мной. Я молча слушаю, как он рассказывает комнате, что причиной смерти послужили травмы головы, что череп Меган был пробит в нескольких местах. Никакого сексуального насилия, во всяком случае, его следов на теле они не обнаружили. К тому же тело уже начало разлагаться, так что сказать точно никто ничего не может.

Когда Скотт снова замечает меня в комнате, его глаза полны страха и отчаяния.

— Если вам что-то удастся вспомнить, вы должны мне помочь. Пожалуйста, Рейчел, постарайтесь вспомнить.

У меня внутри все переворачивается, когда я слышу, как он называет меня по имени, и я чувствую себя абсолютно несчастной.

Возвращаясь на электричке домой, я вспоминаю его слова и размышляю над ними. Неужели причина, по которой я не могу забыть всю эту историю, прячется у меня в голове? Неужели там есть нечто, что никак не дает мне покоя? Я знаю, что испытываю к Скотту чувство, которое ни называть, ни испытывать не должна. А что, если дело не только в этом? И если в моей голове действительно хранится какая-то важная информация, то извлечь ее поможет специалист. Например, психиатр. Или психотерапевт. Кто-то вроде Камаля Абдика.

Вторник, 6 августа 2013 года

Утро

Я почти не спала. Всю ночь я лежала, размышляя об этом и прокручивая все в голове снова и снова. Это глупо, безрассудно и бессмысленно? Это опасно? Я не знаю, что делаю. Вчера утром я записалась на прием к доктору Камалю Абдику. Я позвонила в приемную и поговорила с секретаршей, попросив записать меня именно к нему. Может, мне показалось, но она удивилась. Она сообщила, что он может принять меня сегодня в половине пятого. Так скоро? Чувствуя, что сердце вот-вот выскочит из груди, а во рту пересохло, я сказала, что меня устраивает. Сеанс стоит семьдесят пять фунтов. Трехсот фунтов от матери надолго мне не хватит.

После записи на прием я уже не могла думать ни о чем другом. Мне страшно, но не буду скрывать, что перспектива встретиться с Камалем меня сильно интригует. Потому что все началось именно с него: я увидела его мельком, и вся моя жизнь сошла с накатанной колеи. Когда я увидела, как он целует Меган, изменилось все.

И мне необходимо с ним встретиться. Я должна что-то сделать, потому что полицию интересует только Скотт. Вчера его опять вызывали на допрос. Хотя они это не подтвердили, в Интернете выложили ролик, где он входит в полицейский участок в сопровождении матери.

Узел у него на галстуке был затянут слишком сильно и, казалось, душил его.

Все строят догадки. Газеты пишут, что полиция теперь действует более осмотрительно, поскольку не хочет оказаться под огнем критики из-за нового поспешно произведенного ареста. Высказывается предположение, что расследование зашло в тупик и его могут передать другой бригаде. В Интернете о Скотте пишут ужасные вещи, выдвигаются дикие, отвратительные версии. Размещаются ролики, где он со слезами на глазах просит Меган вернуться, их сопровождают фотографии убийц, которые также плакали с телеэкранов, якобы переживая за судьбу своих близких. Это страшно и бесчеловечно. Я лишь надеюсь, что он не заходит на подобные сайты. Потому что это разобьет ему сердце.

Каким бы глупым и безрассудным ни казалось мое решение, я собиралась встретиться с Камалем Абдиком, потому что, в отличие от всех этих досужих сочинителей, я видела Скотта. Видела его так близко, что могла до него дотронуться. Я знаю, какой он, и знаю, что он не убийца.

Вечер

Я поднимаюсь по ступенькам на станции Корли, и ноги у меня продолжают дрожать. Я не могу унять дрожь уже несколько часов — наверняка это адреналин, потому что сердце никак не хочет успокоиться. В поезде полно народа — шансов найти свободное место никаких, это не то что садиться в Юстоне, — поэтому мне приходится стоять, пробравшись в середину вагона. Тут душно, как в парилке. Я опускаю глаза и стараюсь дышать медленно. Пытаюсь разобраться в том, что чувствую. Торжество, страх, смятение и вину. В основном вину. Все оказалось не так, как мне представлялось.

Я пришла к назначенному времени, успев довести себя до состояния полного и абсолютного ужаса: я не сомневалась, что стоит ему взглянуть на меня, как он поймет, что я все знаю и представляю угрозу. Я боялась, что проговорюсь, что не смогу удержаться и назову имя Меган. Я вошла в обычную и довольно унылую приемную, и секретарша средних лет записала мои анкетные данные, даже не взглянув на меня. Я села, взяла номер «Вог» и стала листать его, пытаясь унять дрожь в руках и сосредоточиться на предстоящей встрече, в то же время стараясь казаться скучающей, как самая обычная пациентка.

Кроме меня в приемной сидели еще два человека — парень лет двадцати с небольшим, который что-то читал в своем мобильнике, и женщина постарше, угрюмо глядевшая себе под ноги и ни разу не поднявшая глаз, даже когда секретарша назвала ее имя. Она просто поднялась и пошла к нужной двери, уже зная, где ее ждут. Просидев в приемной сначала пять, потом десять минут, я заметила, что дыхание у меня стало частым и сбивчивым — в комнате было жарко и душно, легким не хватало кислорода, и я боялась, что упаду в обморок.

Затем открылась дверь, и вышел мужчина — я поняла, что это он, даже не успев его толком рассмотреть. Я сразу узнала его по росту, по манере двигаться — как поняла, что тогда в саду был не Скотт, хотя видела лишь силуэт мужчины, направлявшегося к Меган. Он протянул мне руку:

— Миссис Уотсон?

Я подняла глаза, чтобы встретиться с ним взглядом, и почувствовала, как по спине пробежал холодок. Его ладонь оказалась теплой, сухой и огромной — моя рука утонула в ней.

— Прошу вас, — сказал он, предлагая мне пройти в кабинет, и я последовала за ним, чувствуя тошноту и головокружение.

Я шла по пути, который до меня проделала Меган. Она так же устраивалась в кресле напротив него, а он, наверное, точно так же, как сейчас, складывал руки чуть ниже подбородка и, кивая, спрашивал: «Итак, о чем бы вы хотели поговорить сегодня?»

Он буквально излучал тепло: теплой была его рука, которую я пожала, теплыми были глаза и тембр голоса. Я искала в его лице хоть какие-то признаки того, что он мог оказаться жестоким убийцей, который размозжил Меган голову, или был озлобленным на весь мир беженцем, потерявшим родных. Ничего такого я не увидела. И вдруг неожиданно для себя успокоилась и позабыла обо всех своих страхах. Я сидела и больше не боялась. С трудом сглотнув слюну, я вспомнила, что именно собиралась ему рассказать, и рассказала все. О том, что уже четыре года не могу избавиться от пристрастия к спиртному, из-за которого потеряла мужа и работу, и это сказывается на моем здоровье и может лишить меня рассудка.

— Я не могу вспомнить, — призналась я. — Я отключаюсь, а потом не могу вспомнить, где была и что делала. Иногда сама задаюсь вопросом, не натворила ли чего ужасного, и не могу вспомнить. А бывает и так, что мне рассказывают, что я натворила, а я не чувствую, что это про меня. Как будто все это совершала не я. А отвечать за то, о чем понятия не имеешь, невыносимо трудно. Поэтому я не чувствую себя виноватой в полной мере. То есть вину свою ощущаю, но за что именно — от меня скрыто. Как будто происшедшее не имеет ко мне никакого отношения.

Всю эту правду я выложила в первые несколько минут. Мне так давно хотелось этим с кем-нибудь поделиться, но таким человеком не должен был оказаться именно он. Он слушал, не сводя с меня ясных, янтарного цвета глаз, сложив руки и не шевелясь. Он не отводил взгляда и не делал заметок. Просто слушал. Наконец он слегка кивнул и произнес:

— Вы хотите отвечать за свои поступки, но не можете чувствовать своей вины в полной мере, потому что не помните?

— Да, точно. Именно так.

— А как мы заглаживаем свою вину? Вы можете извиниться, и даже если не помните, что именно сделали, это не значит, что ваше раскаяние, то чувство, которое стоит за извинением, является неискренним.

— Но я хочу ощущать его в полной мере. Я хочу чувствовать себя... хуже.

Это, конечно, странное заявление, но я думаю об этом постоянно. Я чувствую себя недостаточно плохо. Я знаю, в чем виновата, знаю об ужасных вещах, которые вытворяла, даже если не помню деталей, но они существуют как бы отдельно от меня, и внутренне я не ощущаю своей к ним причастности.

— Вы считаете, что должны чувствовать себя хуже, чем сейчас? Что недостаточно вините себя за свои прегрешения?

— Да.

Камаль покачал головой:

— Рейчел, вы сказали, что ваш брак разрушен, что вы потеряли работу — разве этого наказания мало?

Я кивнула, соглашаясь.

Он чуть откинулся на спинку кресла:

— Мне кажется, что вы, возможно, слишком строги к себе.

— Не думаю.

— Хорошо, пусть так. А теперь не можем ли мы вернуться немного назад? К тому времени, когда эта проблема дала о себе знать. Вы сказали, что все началось... четыре года назад? Вы можете рассказать о том времени?

Я сопротивлялась. Меня не убаюкали тепло его голоса и мягкость взгляда. Я не была совершенно безнадежной. И не собиралась рассказывать ему всю правду. О том, как жаждала ребенка. Я просто сказала, что мой брак распался, что я сильно переживала, что всегда любила выпить, а потом не смогла держать себя в руках.

— Ваш брак распался, и... вы ушли от мужа, или он оставил вас, или вы оставили друг друга?

— У него был роман, — ответила я. — Он встретил другую женщину и полюбил ее.

Он кивнул, ожидая продолжения.

— Но его вины в этом не было. Во всем виновата я сама.

— Почему?

— Ну, проблема со спиртным возникла до этого.

— Значит, причиной послужил не роман вашего мужа?

— Нет, я уже начала злоупотреблять, и это отдалило мужа, поэтому он и перестал...

Камаль ждал, не пытаясь мне помочь наводящими вопросами, он просто сидел, дожидаясь, когда я сама произнесу все вслух.

— И поэтому он перестал меня любить, — закончила я.

Я ненавижу себя за то, что расплакалась перед ним. Не понимаю, почему я не смогла удержать себя в руках. Мне не следовало рассказывать о себе правду, нужно было прийти с какой-нибудь выдуманной историей несуществующего человека. Мне следовало подготовиться получше.

Я ненавижу себя за то, что его взгляд заставил меня поверить в его сопереживание. Потому что в его взгляде было именно оно, и этот взгляд выражал не жалость, а понимание и желание помочь.

— Итак, Рейчел, проблема со спиртным началась до того, как распался ваш брак. А вы можете назвать первоначальную причину? Дело в том, что это могут сделать не все. Для некоторых это просто постепенное погружение в депрессивное состояние или зависимость. А что было в вашем случае? Может, тяжелая утрата или что-то еще?

Я покачала головой и пожала плечами. Этого он от меня не услышит. Про это я ему не скажу.

Он немного подождал, а потом бросил взгляд на часы на столе.

— Возможно, стоит поговорить об этом в следующий раз? — спросил он и улыбнулся, и от этой улыбки внутри у меня все похолодело.

В нем все излучало тепло — руки, глаза, голос, но только не улыбка. Убийцу в Камале выдавали зубы. В животе у меня образовался комок, пульс снова забился как бешеный, и я вышла из кабинета, не пожав протянутой мне руки. Я не смогла заставить себя дотронуться до него.

Я все понимаю. Понимаю, что увидела в нем Меган. И дело даже не в том, что он по-настоящему красив. Он излучает спокойствие, уверенность, терпимость и доброту. Человек доверчивый и искренний может не разглядеть под этой личиной его волчью сущность. Я все понимаю. Но я почти час находилась под воздействием его обаяния. Позволила себе раскрыться перед ним. Забыла, кем он был. Я предала Скотта, предала Меган, и мне за это стыдно.

Но больше всего мне стыдно за то, что хочется вернуться.

Среда, 7 августа 2013 года

Утро

Мне опять приснился сон, будто я сделала что-то ужасное и все настроены против меня и жалеют Тома. А я не могу объяснить и даже извиниться, потому что не знаю, в чем провинилась. Еще не окончательно проснувшись, я вспоминаю о настоящем скандале, который случился четыре года назад, когда наш первый и единственный цикл ЭКО завершился неудачей и я хотела повторить попытку. Том сказал, что у нас на это нет денег, но я это знала и сама. Мы выплачивали ипотеку и долги, в которые влезли из-за неудачной сделки, причем втянул в нее Тома его собственный отец. С этим приходилось считаться, и мне оставалось только надеяться, что деньги у нас когда-нибудь появятся, а пока приходилось глотать горячие слезы, которые неизменно начинали течь ручьем при виде женщины с животом или новости о чьей-то беременности.

Через пару месяцев после того, как мы узнали о неудаче с ЭКО, Том сказал, что собирается съездить в Вегас на пять дней, чтобы посмотреть финальный матч боксерского поединка и выпустить пар. Он собирался ехать с парой своих старинных приятелей, которых я никогда не видела. Поездка стоила целое состояние — я это знаю, потому что квитанция за бронирование рейса и номера в отеле пришла по почте. Я понятия не имею, сколько стоили билеты на сам матч, но они не могли быть дешевыми. Этих денег не хватило бы на цикл ЭКО, но это было бы уже началом. У нас разразился ужасный скандал. Я не помню подробностей, потому что весь день пила, чтобы довести себя до нужного для такого разговора состояния, и когда скандал разразился, то ничего хуже представить было нельзя. Я помню его холодность на следующий день и как он отказался обсуждать случившееся. Я помню, как он будничным и отстраненным тоном рассказывал о моем поведении — о том, что я вдребезги разнесла застекленную рамку с нашей свадебной фотографией, что обзывала его эгоистом, плохим мужем и неудачником. Я помню, как сильно ненавидела себя в тот день.

Конечно, я была неправа, наговорив ему столько гадостей, но теперь мне почему-то кажется, что основания разозлиться у меня имелись. А разве нет? Мы пытались завести ребенка, а это означает готовность чем-то ради этого пожертвовать, ведь так? Да я бы дала отрезать себе руку или ногу, если бы только это помогло мне забеременеть. Неужели нельзя было отказаться от поездки в Вегас?

Я полежала в постели еще немного, думая об этом, а потом встала и решила прогуляться, потому что если я ничего не буду делать, то точно отправлюсь в соседний магазин. Я не пила с воскресенья и чувствовала, что в организме происходит борьба, и желание снова ощутить в голове привычную тяжесть сдерживалось лишь сомнительным доводом, что я сумела продержаться несколько дней, и будет обидно, если все усилия окажутся напрасными.

Эшбери не очень-то располагает к прогулкам — в нем одни магазины и жилые кварталы, нет даже приличного парка. Я прохожу через центр города, где в общем-то неплохо, если кругом не толпится народ. Главное — обмануть себя, сделав вид, что куда-то идешь, выбрать место и направиться к нему. Я выбрала церковь в конце Плезанс-роуд, до которой от квартиры Кэти около двух миль. Когда-то я посещала там собрания «Общества анонимных алкоголиков» — я не пошла на собрание рядом с домом, чтобы не столкнуться с кем-то, кого могу встретить на улице, в магазине или в поезде.

Добравшись до церкви, я поворачиваю обратно и целеустремленно шагаю в сторону дома, чтобы выглядеть женщиной, у которой есть дела, есть куда спешить. Чтобы выглядеть нормальной. Я смотрю на редких прохожих: двое мужчин совершают пробежку с рюкзаками за спиной, готовясь к марафону; женщина в черной блузке и белых кроссовках спешит на работу и несет в сумке туфли на каблуке. Интересно, что они скрывают? Бегут ли от пьянства? Или чтобы просто остаться на месте и не отстать? Думают ли об убийце, которого встретили вчера и рассчитывают увидеть опять?

Я ненормальная.

Я уже почти дохожу до дома, как вдруг замираю на месте в шоке. Я размышляла над тем, чего, собственно, хочу от сеансов с Камалем — неужели действительно собираюсь рыться у него в ящиках, когда он выйдет из кабинета? Или надеюсь услышать от него нечто, что его выдаст, завести его на опасную территорию? Судя по всему, он намного умнее меня и будет ждать моего визита. В конце концов, его имя было в газетах, и он наверняка настороже, ожидая, что его будут пытаться разговорить, чтобы вытянуть из него какую-то информацию.

Вот о чем я думаю, опустив голову и глядя себе под ноги, когда прохожу мимо маленького магазинчика справа. Я стараюсь не смотреть, чтобы не вводить себя в искушение, но краем глаза замечаю ее имя. Я останавливаюсь и вижу огромный заголовок на первой странице таблоида: «МЕГАН — УБИЙЦА РЕБЕНКА?»

Анна

Утро

Я сидела со знакомыми мамочками в кофейне, когда это случилось. Мы расположились на своем обычном месте у окна, а дети возились рядом, раскидывая детали «Лего» по всему полу. Бет в который раз пыталась убедить меня вступить в книжный клуб, а затем появилась Диана. На ее лице было выражение собственной значимости, какое бывает только у носителей особо ценных новостей. Она едва сдерживалась и никак не могла протиснуть в дверь широкую коляску с двойней.

— Анна, — произнесла она замогильным голосом, — ты это видела? — И протянула мне газету с огромным заголовком на первой странице «МЕГАН — УБИЙЦА РЕБЕНКА?».

Я лишилась дара речи. Просто смотрела на заголовок и вдруг разрыдалась. Эви испугалась и заревела во весь голос. Это было ужасно.

Я отправилась в туалет привести себя (и Эви) в порядок, а когда вернулась, все, переглядываясь, шептались. Диана подняла глаза и ехидно поинтересовалась:

— С тобой все в порядке, дорогая?

Было видно, какое удовольствие ей все это доставляло.

Мне пришлось уйти, потому что оставаться там я не могла. Они все мне очень сочувствовали, говорили, какой для меня это, наверное, удар, но на их лицах было написано плохо скрываемое осуждение. Как я могла доверить ребенка такому монстру? Какой же надо быть для этого матерью?!

Я пыталась дозвониться Тому, но его телефон сразу же переключался на голосовую почту. Я оставила ему сообщение с просьбой перезвонить мне при первой возможности, стараясь говорить обычным голосом, но ноги меня едва держали.

Я не стала покупать газету, но не смогла удержаться и прочла новость в Интернете. Там все излагалось довольно расплывчато. «Источники, близкие к расследованию дела Хипвелл» утверждают, что Меган «возможно, причастна к убийству собственного ребенка», совершенному десять лет назад. Эти «источники» не исключали, что это могло послужить мотивом для ее собственного убийства. Возглавляющий расследование инспектор Гаскилл, который приезжал к нам после исчезновения Меган, отказался прокомментировать данную информацию.

Том мне перезвонил — у него был перерыв между встречами, так что приехать домой он не мог. Он пытался успокоить меня, говорил, что это вполне может оказаться очередной уткой:

— Ты же не хуже меня знаешь, что половине того, о чем пишут в газетах, верить нельзя.

Я не стала давать волю чувствам, потому что пригласить ее помочь мне с Эви было его идеей. Он и так должен чувствовать себя ужасно.

К тому же он прав. Все это может оказаться уткой. Но кому это могло понадобиться? Зачем придумывать такое? И я не могу отделаться от ощущения, что не удивлена. Мне всегда казалось, что с этой женщиной что-то не так. Сначала я думала, что она просто слегка инфантильна, но дело было в другом — она жила в своем мире. Была погружена в себя. Я не хочу кривить душой. Я рада, что ее больше нет. Скатертью дорога!

Вечер

Я наверху, в спальне. Том с Эви смотрят телевизор. Мы не разговариваем. Это моя вина. Едва он вошел в дом, как я на него набросилась.

Весь день все именно к этому и шло. Я ничего не могла с собой поделать, не могла от этого скрыться, она была повсюду, где бы я ни оказалась. Здесь, в моем доме, она держала мою малышку на руках, кормила ее, переодевала, играла, пока я дремала. Я вспоминала все случаи, когда оставляла Эви на ее попечении, и мне становилось дурно.

А потом настала очередь паранойи — чувства, что за мной постоянно следят. Оно не покидало меня все время, которое мы прожили в этом доме. Сначала мне казалось, что причина в поездах. Все эти безликие люди в окнах вагонов, смотревшие на нас, приводили меня в содрогание. Я не хотела сюда вселяться, в первую очередь именно поэтому, но Том не хотел отсюда уезжать. Он говорил, что при продаже дома мы потеряем много денег.

Сначала это были поезда, потом — Рейчел. Она следила за нами, встречала на улице, постоянно названивала. А затем к этому добавилась Меган, когда была здесь с Эви: мне всегда казалось, что она за мной наблюдает и оценивает, какая я мать, осуждает, что я не могу обойтись без посторонней помощи. Я понимаю, что это глупо. А потом я вспомнила, как Рейчел заявилась к нам в дом и забрала Эви. Похолодев, я подумала, что ничего глупого в моих страха нет.

Вот почему к приходу Тома я уже так себя накрутила, что не могла сдержаться. Я поставила ему ультиматум: мы должны переехать, я ни за что не останусь в этом доме и на этой улице, зная, что здесь произошло. Куда бы я теперь ни бросила взгляд, я вижу не только Рейчел, но и Меган. Я думаю обо всех предметах, которых она касалась. Это невыносимо! Я сказала, что мне наплевать, удачно мы продадим дом или нет.

— Тебе не будет наплевать, когда нам придется жить в худшем месте и нечем будет платить за ипотеку, — совершенно разумно возразил он.

Я спросила, не могут ли нам помочь с деньгами его родители — они богаты, — но он сказал, что никогда больше ни о чем их не попросит. И разозлился, заявив, что прекращает разговор на эту тему. А все из-за того, как родители Тома восприняли его решение оставить Рейчел ради меня. Мне не следовало говорить о них — упоминание о родителях всегда выводило Тома из себя.

Но я ничего не могла с собой поделать. Я чувствовала отчаяние, потому что каждый раз, закрывая глаза, видела ее за кухонным столом с Эви на руках. Она играла с ней, улыбалась и разговаривала, но всегда как-то неискренне, будто вообще не хотела тут находиться. И с удовольствием передавала Эви мне, когда наступало время уходить. Будто ей не нравилось держать ребенка на руках.

Рейчел

Вечер

Жара просто невыносимая и продолжает усиливаться. Окна квартиры распахнуты настежь, и с улицы тянет запахом угарного газа. В горле першит. Я второй раз за день принимаю душ, и в это время звонит телефон. Я не беру трубку, но он звонит снова. А потом еще раз. Когда я выхожу из душа, он звонит в четвертый раз, и я отвечаю.

Он охвачен паникой и говорит, задыхаясь, отрывистыми фразами:

— Я не могу попасть домой. Там повсюду камеры.

— Скотт?!

— Я знаю, это... звучит дико, но мне надо пойти куда-то, где меня не будут ждать. Я не могу пойти к матери или друзьям. Я... просто езжу на машине. Езжу с тех пор, как ушел из полицейского участка... — Он запинается. — Мне надо просто побыть где-то час или два. Сесть и подумать. Без них, без полиции, без всех этих людей, задающих проклятые вопросы. Извините, но не мог бы я приехать к вам?

Я отвечаю, что, конечно, пожалуйста. И не потому, что он в панике и отчаянии: мне хочется его увидеть.

Хочется ему помочь. Я называю ему адрес, и он говорит, что будет через пятнадцать минут.

Через десять минут раздаются резкие короткие звонки в дверь.

— Извините, что беспокою, — говорит он в дверях, — но я не знаю, к кому еще обратиться.

У него затравленный вид: он потрясен, он бледный и мокрый от пота.

— Все в порядке, — заверяю я его и впускаю в дом.

Я провожаю его в гостиную и предлагаю сесть на диван. Приношу с кухни стакан воды. Он залпом выпивает его, садится и, упираясь локтями в колени, понуро свешивает голову.

Я медлю, не зная, что лучше — сказать что-нибудь или промолчать. Потом беру стакан и снова наполняю его, не говоря ни слова. Наконец он нарушает молчание:

— Вы думаете, самое плохое уже случилось? Я хочу сказать, могли бы подумать? — Он поднимает на меня глаза. — Моя жена умерла, и полиция считает меня убийцей. Что может быть хуже этого?

Он рассказывает о новостях, о том, что пишут про Меган. О статье в таблоиде, в которой, якобы по сведениям из полиции, сообщается о причастности Меган к смерти ребенка. Невразумительная, грязная клевета на мертвую женщину. Это подло.

— Это гнусная ложь! — говорю я. — Такого просто не может быть!

Он непонимающе смотрит на меня. Вид у него потерянный.

— Сегодня утром сержант Райли сообщила мне, — продолжает он и кашляет, прочищая горло, — новость, которую я всегда мечтал услышать. Вы не можете себе представить, — его голос больше похож на шепот, — как долго я этого ждал. Я постоянно представлял себе, как она на меня посмотрит, застенчиво и со значением улыбнется, возьмет мою руку и поднесет к губам...

Он замолкает, погружаясь в воспоминания, а я понятия не имею, о чем идет речь.

— Сегодня, — наконец произносит он, — сегодня мне сообщили, что Меган была беременна.

Он заплакал, и меня начинают душить слезы. Я плачу о женщине, которой не знала, и ребенке, которого ей не суждено было родить. Но как можно вынести подобный ужас?! Я не могу понять, как Скотт еще дышит. Это должно было убить его, а он держится.

Я не могу говорить, не могу пошевелиться. Несмотря на открытые окна, в гостиной жарко и душно. С улицы доносятся обычные звуки: вой полицейской сирены, крики и девчачий смех, уханье басов в проехавшей машине. Но тут, в гостиной, миру пришел конец. Для Скотта настал конец света, и я не могу выдавить из себя ни слова и стою, застыв на месте, молча и беспомощно.

На ступеньках перед входом слышатся шаги и знакомое звяканье, с которым Кэти выуживает ключи из своей огромной сумки. Это возвращает меня к жизни. Надо что-то предпринять: я хватаю Скотта за руку, и он смотрит на меня испуганно.

— Идем, — говорю я и, пока Кэти возится с ключами, успеваю проскочить с ним по лестнице наверх, в свою комнату, и закрыть дверь.

— Это моя соседка по квартире, — объясняю я. — Она... она может задавать вопросы. А вам сейчас это вряд ли нужно.

Он кивает и окидывает взглядом мою крошечную комнату с неубранной кроватью, разбросанным бельем — не только чистым, но и грязным, — голые стены, дешевую мебель. Мне становится стыдно. В этом вся моя жизнь: неопрятная, убогая и примитивная. Одним словом, незавидная. И тут до меня доходит, что Скотту сейчас явно не до оценки моего образа жизни, и думать об этом просто глупо.

Я жестом приглашаю его сесть на кровать. Он подчиняется и, тяжело дыша, вытирает глаза тыльной стороной ладони.

— Хотите чего-нибудь? — спрашиваю я.

— Может, пива?

— Я не держу в доме спиртного, — объясняю я, чувствуя, как краснею.

Однако Скотт ничего не замечает и даже не поднимает глаз.

— Я могу сделать вам чаю.

Он снова кивает.

— Прилягте и отдохните.

Он скидывает ботинки и покорно, как заболевший ребенок, ложится.

Внизу, пока закипал чайник, я немного поболтала с Кэти, которая рассказала, что обнаружила в Норткоуте отличное место для ленча («там чудесные салаты»), и сообщила, какая зануда их новая сотрудница. Я улыбаюсь и киваю, но мои мысли заняты другим. Я напряженно вслушиваюсь, не скрипнут ли под ним ступеньки на лестнице. Невероятно, что он здесь и лежит в моей постели наверху. От самой этой мысли у меня слегка кружится голова.

Кэти замолкает и, нахмурившись, внимательно на меня смотрит.

— С тобой все в порядке? — спрашивает она. — Ты выглядишь... как-то не так.

— Просто немного устала, — объясняю я. — Что-то нездоровится. Хочу лечь сегодня пораньше.

Она снова на меня смотрит. Она знает, что я не пила (она всегда может это определить), но, видимо, думает, что собираюсь. Мне сейчас все равно, я не могу об этом думать и, забрав чашку для Скотта, ухожу к себе, попрощавшись с Кэти до утра.

Я подхожу к своей двери и прислушиваюсь. Все тихо. Я осторожно поворачиваю ручку и вхожу. Он лежит в том же положении, в котором я его оставила: руки вытянуты, глаза закрыты. Я слышу его дыхание — тихое и неровное. Он занимает половину кровати, но мне хочется лечь рядом, прильнуть к нему, положить руку ему на грудь и погладить. Однако я просто кашлянула и протянула ему кружку с чаем.

Он садится.

— Спасибо, — говорит он, забирая кружку. — Спасибо, что... приютили. Это был кошмар... даже не знаю, как описать, что началось после публикации.

— О том, что случилось несколько лет назад?

— Да, об этом.

Как такая информация могла просочиться в таблоиды, широко обсуждалось. Теперь все соревновались в домыслах, называя источником то полицию, то Камаля Абдика, то Скотта.

— Но это неправда, — говорю я, — разве не так?

— Конечно, неправда, но зато появляется мотив. Во всяком случае, они так говорят: Меган убила своего ребенка, а некто — скорее всего его отец — мог расправиться за это с ней. Даже через столько лет.

— Немыслимо!

— Однако все только и твердят, что я специально это выдумал, чтобы очернить Меган, отвести от себя подозрение и перевести стрелки на кого-то другого. На человека из ее прошлого, о котором никто ничего не знает.

Я сажусь на кровать рядом с ним. Наши бедра почти соприкасаются.

— А что думает полиция?

Он пожимает плечами:

— Ничего конкретного. Они спрашивали, что мне об этом известно. Знал ли я, что у нее раньше был ребенок? Знал ли, что с ним случилось? Знал ли, кто был его отец? Я ответил, что не знал, что все это бредни, что она никогда не была беременна... — У него перехватывает дыхание, и он делает глоток из кружки. — Я спросил, как все это попало в газеты, а они отказались объяснять. Думаю, это все Абдик. — Скотт шумно выдыхает. — Я не понимаю зачем. Зачем ему нужно говорить о ней такие вещи. У него точно не все дома.

Я думаю о человеке, с которым познакомилась на днях: о его спокойной манере держаться, мягком голосе, участии во взгляде. Он точно не похож на тех, у кого не все дома. Правда, улыбка...

— Но как такое могли напечатать?! Наверняка есть законы...

— Нельзя клеветать на мертвых, — говорит он и, помолчав, добавляет: — Меня заверили, что не станут раскрывать информацию о ее... беременности. По крайней мере сейчас. Не исключено, что вообще не будут. Во всяком случае, пока не узнают наверняка.

— Узнают наверняка?

— Это не ребенок Камаля Абдика.

— Они сделали тест на ДНК?

Он качает головой:

— Нет, просто я знаю. Не могу объяснить как, но я знаю. Этот ребенок мой... был моим.

— Если он считал, что ребенок от него, то тогда появляется мотив, разве не так?

Камаль не стал бы первым мужчиной, который решил избавиться от ребенка, убив его мать. Но говорить об этом вслух я не стала. Как и о том, что у Скотта тогда тоже появлялся мотив. Если он думал, что его жена забеременела от другого мужчины... Только он не мог этого сделать. Его шок и отчаяние не вызывают сомнений. Сыграть их так убедительно просто невозможно.

Скотт, похоже, уже не слушает. Его взгляд устремлен куда-то вдаль, и постель затягивает его в свои объятия, как зыбучий песок.

— Вам надо побыть здесь какое-то время, — предлагаю я. — Постарайтесь уснуть.

Он смотрит на меня, и уголки его глаз трогает улыбка.

— А можно? — спрашивает он. — Это было бы... я был бы очень благодарен. Мне трудно спать дома. И дело не в людях, которые ждут на улице и чего-то от меня хотят. Совсем не в них. Просто дома повсюду Меган, я постоянно ее вижу. Я спускаюсь по лестнице и не смотрю, заставляю себя не смотреть, но, проходя мимо окна, обязательно возвращаюсь, чтобы убедиться, что она не сидит на террасе.

Слушая его, я чувствую, как к глазам подступают слезы.

— Знаете, она любила там сидеть, на нашей маленькой террасе. Любила сидеть и наблюдать за проходящими поездами.

— Знаю, — говорю я и накрываю его руку своей. — Я часто ее видела там.

— Я все время слышу ее голос, — продолжает он. — Слышу, как она меня зовет. Я ложусь в кровать и слышу, как она зовет меня снаружи. Мне все время кажется, что она там. — Он не может унять дрожь.

— Прилягте, — говорю я, забирая кружку. — Вам нужно отдохнуть.

Дождавшись, когда он уснет, я ложусь рядом, и его плечо оказывается всего в нескольких дюймах от моего лица. Я закрываю глаза, слушаю свое сердцебиение и чувствую, как пульсирует жилка на шее. Я вдыхаю его несвежий и печальный запах.

Когда через несколько часов я просыпаюсь, его уже нет.

Четверг, 8 августа 2013 года

Утро

Я чувствую себя предательницей. Он ушел от меня совсем недавно, а я уже направляюсь на новую встречу с Камалем, которого он считает убийцей своей жены. И своего ребенка. Мне не по себе. Может, мне следовало рассказать ему о своем плане, объяснить, что я делаю все ради него? Только я не уверена, что делаю это только ради него, и плана у меня никакого, по сути, нет.

Я немного расскажу Камалю о себе. Вот такой у меня на сегодня план. Расскажу правду. О своем желании иметь ребенка. И посмотрю, как он отреагирует: может, он чем-то себя выдаст или еще что. Посмотрим, что мне удастся узнать.

Однако ничего узнать мне не удалось.

Он начинает с вопроса, как я себя чувствую и когда пила в последний раз.

— В воскресенье, — отвечаю я.

— Замечательно. Это просто отлично. Вы хорошо выглядите, — говорит он и кладет руки на колени. Он улыбается, и на этот раз ничего жуткого в его улыбке я не вижу. А что же тогда я увидела в прошлый раз? Неужели все выдумала?

— В прошлый раз вы спросили, когда у меня начались проблемы со спиртным, — говорю я. — Мы пытались... я пыталась забеременеть. Но не смогла и впала в депрессию. Тогда все и началось.

Я снова расплакалась. Невозможно удержаться, если незнакомые люди проявляют такую доброту. Совершенно незнакомый человек смотрит на тебя и говорит: ничего страшного, что бы ты ни сделала, как бы ни поступила — ты страдала, тебе больно, и ты заслуживаешь прощения. Я доверяю ему свои тайны и снова забываю, зачем я здесь. Я не смотрю на его реакцию, не заглядываю в глаза, чтобы увидеть в них вину или подозрение. Я позволяю ему себя утешить.

Он добр и рассудителен. Он говорит о стратегии выживания, напоминает, что на моей стороне молодость.

Вот почему мне ничего так и не удалось узнать — я покидала его кабинет с чувством легкости и затеплившейся надежды. Он помог мне. Я сажусь на поезд и пытаюсь представить Камаля убийцей, но не могу. Не могу вообразить его человеком, способным поднять руку на женщину и проломить ей голову.

Мне в голову приходит крамольное сравнение: с одной стороны, Камаль с его тонкими, нервными пальцами, деликатностью и мягкой речью, а с другой — Скотт, огромный, сильный, вспыльчивый и доведенный от отчаяния. Мне приходится напоминать себе, каким он был до этих событий. А потом я понимаю, что совсем не знаю, каким он был раньше.

Пятница, 9 августа 2013 года

Вечер

Электричка останавливается на семафоре. Я делаю глоток из банки джина-тоника и смотрю на его дом и ее террасу. Я хорошо держалась все эти дни, но теперь мне надо выпить для храбрости. Я направляюсь к Скотту и рискую столкнуться на Бленхайм-роуд с Томом, Анной, полицией и журналистами. А еще этот подземный переход, обрывки воспоминаний о пережитом ужасе и крови. Но он просил меня приехать, и я не смогла отказать.

Вчера вечером нашли маленькую девочку. То, что от нее осталось. Она была похоронена возле фермы на побережье Восточной Англии. Кто-то подсказал, где ее искать. Вот что было в газетах сегодня утром:

Полиция начала расследование по факту смерти ребенка после обнаружения останков, захороненных в саду у дома в Холкхэме, на севере Норфолка. Полиция получила информацию о возможном убийстве и местонахождении останков в рамках следствия по делу о смерти Меган Хипвелл, проживавшей в Уитни, чье тело было найдено в Корли-Вуд на прошлой неделе.

Прочитав утром эту новость, я тут же позвонила Скотту. Он не ответил, поэтому я оставила сообщение с выражением сочувствия и поддержки. Он перезвонил после обеда.

— С вами все в порядке? — спросила я.

— Как сказать. — Он был пьян, и у него заплетался язык.

— Мне ужасно жаль... вам что-нибудь нужно?

— Мне нужен человек, который не будет все время повторять, что предупреждал.

— Простите?

— Утром ко мне заезжала мать. Судя по всему, она все знала заранее. «С этой девушкой что-то не так, у нее нет ни семьи, ни друзей, она появилась ниоткуда». Интересно только, почему я об этом слышу впервые. — Послышался звук разбившегося стакана и чертыханье.

— С вами все в порядке? — снова спрашиваю я.

— Вы можете сюда приехать?

— В дом?

— Да.

— Я... полиция, журналисты... не знаю...

— Пожалуйста. Мне нужен рядом кто-то, кто знал Меган, любил ее. Кто не верит всей этой...

Он был пьян, я это знала и все равно согласилась.

Теперь, сидя в поезде, я тоже пью и думаю над его словами. «Кто-то, кто знал Меган, любил ее». Я не знала ее и не уверена, что отношусь к ней по-прежнему хорошо. Я быстро допиваю содержимое банки и открываю новую.

Я выхожу в Уитни. Я — часть толпы, возвращающейся в пригород в пятницу вечером, такая же заложница заработной платы, как и вся эта масса распаренных усталых людей, спешащих домой, чтобы спокойно посидеть в саду с холодным пивом, поужинать с детьми и лечь спать пораньше. Наверное, это действует джин, но как же здорово быть снова подхваченной толпой, в которой все проверяют пропущенные вызовы на телефоне, ищут в карманах билеты, чтобы пройти через турникет. Я переношусь в прошлое, в наше первое лето на Бленхайм-роуд, когда я каждый вечер спешила домой, сбегала по ступенькам платформы вниз, а потом неслась со станции по улице почти бегом. Том тогда работал дома, и я едва успевала переступить порог, как он начинал меня раздевать. Даже сейчас, вспоминая об этом, я улыбаюсь и невольно предвкушаю то, что меня ожидало. Мои щеки пылали, пока я бежала, и я кусала губы, чтобы перестать глупо улыбаться. При мысли о нем и о том, что он тоже считает минуты, не в силах дождаться моего возвращения, у меня перехватывало дыхание.

Я настолько погружаюсь в воспоминания, что совершенно забываю о своих страхах встретить Тома или Анну, полицейских или журналистов. И вот я уже у дома Скотта и звоню в дверь. Она открывается, и я чувствую подъем, хотя и не должна. Но мне совсем не стыдно, потому что Меган оказалась не той, за кого я ее принимала. Она не была той чудесной и беззаботной девушкой на террасе. Не была любящей женой. Не была даже хорошим человеком. Она оказалась законченной лгуньей.

И убийцей.

Меган

Вечер

Я сижу с бокалом вина на диване у него в гостиной. В доме по-прежнему царит беспорядок. Интересно, он всегда живет, как подросток? Я вспоминаю, что он потерял семью как раз подростком, так что, наверное, да. Мне становится его жалко. Он возвращается с кухни и садится рядом. Если бы я могла, то приходила бы сюда каждый день на час или два. И просто сидела бы и пила вино, чувствуя, как он касается моей руки.

Но я не могу. Я дошла до самого сокровенного в своих признаниях, и он возвращает меня к ним.

— Хорошо, Меган, — говорит он. — Ты готова продолжать? Чтобы закончить то, о чем начала рассказывать?

Я слегка прижимаюсь к нему. Он теплый и не отстраняется. Я закрываю глаза, снова мысленно переношусь в ту ночь и оказываюсь в ванной. Это странно, учитывая, сколько сил у меня ушло, чтобы не вспоминать о тех днях и ночах. Сейчас же мне достаточно просто закрыть глаза, и я снова оказываюсь там, будто возвращаюсь в прерванный сон.

Вокруг темно и очень холодно. Я уже не в ванной.

— Я не знаю точно, что случилось. Помню, что просыпаюсь и понимаю, что произошло что-то жуткое и Мак уже дома. Он звал меня. Я слышала, как он звал меня снизу, но не могла пошевелиться. Я сидела на полу в ванной и держала ее на руках. По крыше барабанил дождь и яростно завывал ветер. Мне было ужасно холодно. Мак поднялся наверх, продолжая меня звать, показался в дверях и включил свет. Я зажмуриваюсь от нестерпимого жжения резкого жуткого света, заливающего ванную.

Я помню, как закричала, чтобы он выключил свет. Я не хотела смотреть, не хотела видеть ее такой. Не знаю, я не знаю, что было потом. Он кричал на меня, кричал мне в лицо. Я сунула ее ему и бросилась бежать. Я выскочила из дома прямо под дождь и бросилась к морю. Не помню, что было дальше. Он пришел за мной очень нескоро. Дождь продолжал идти. Мне кажется, я была в дюнах. Я хотела зайти в воду, но мне стало слишком страшно. В конце концов, он за мной пришел. И отвел домой.

Мы похоронили ее утром. Я завернула ее в простыню, а Мак выкопал могилу. Мы похоронили ее на самом краю участка возле брошенной железнодорожной ветки. И положили на могилу камни, чтобы отметить место. Мы не разговаривали об этом, мы вообще ни о чем не разговаривали и не смотрели друг на друга. В ту ночь Мак ушел. Сказал, что у него назначена встреча. Я подумала, что он, наверное, отправился в полицию. Я не знала, что делать. Я ждала его, ждала, что придет хоть кто-нибудь. Но он не вернулся. Он ушел навсегда.

Я сижу в теплой гостиной Камаля, прижимаюсь к его теплому телу и вся дрожу.

— Я по-прежнему это чувствую, — говорю я ему. — По ночам это чувство возвращается. Я боюсь, что снова останусь одна в доме, и не могу заснуть от страха. Тогда мне было страшно, слишком страшно, чтобы заснуть.

Я бродила по всем этим темным комнатам и слышала ее плач, я чувствовала ее запах. У меня начались галлюцинации. Я вдруг просыпалась ночью в полной уверенности, что в доме кроме меня есть еще кто-то. Или что-то. Мне казалось, что я схожу с ума. Что умираю. Что, наверное, лучше остаться здесь, и когда-нибудь мое тело обязательно найдут. По крайней мере тогда мы с ней не расстанемся.

Я всхлипываю и тянусь за бумажной салфеткой на столике. Рука Камаля соскальзывает вниз по моей спине, он ее не убирает.

— Но остаться там у меня не хватило духу. Я прождала, наверное, дней десять, а потом вся еда кончилась, не осталось даже фасоли в банках. Я собрала свои вещи и уехала.

— Ты потом еще виделась с Маком?

— Нет, никогда. Последний раз я видела его той ночью. Он не поцеловал меня и даже не попрощался. Просто сказал, что идет на встречу. — Я пожимаю плечами. — На этом все закончилось.

— А ты пыталась его разыскать?

Я покачала головой:

— Нет. Сначала мне было слишком страшно. Я не знала, как он поступит, если я его разыщу. И к тому же я понятия не имела, где он мог находиться, — у него даже мобильника не было. Я потеряла связь с людьми, с которыми он общался. Его друзья вечно кочевали, не задерживаясь надолго на одном месте. Хиппи, бродяги. Несколько месяцев назад, когда на одном из наших сеансов зашла речь о нем, я попыталась его разыскать по Интернету, но безуспешно. Странно все это...

— Что именно?

— В первое время он повсюду мне мерещился. На улице или в баре я вдруг видела человека, так на него похожего, что сердце начинало бешено колотиться. Я слышала его голос в толпе. Но это давно прекратилось. А теперь... мне кажется, что он умер.

— Почему?

— Не знаю. Я так чувствую.

Камаль выпрямляется, осторожно отодвигается и поворачивается ко мне:

— Я думаю, что это просто игра твоего воображения, Меган. Считать, что видишь дорогих тебе людей после расставания с ними, вполне нормальная и обычная вещь. Раньше мне все время казалось, что в толпе мелькают мои братья. Что же до «чувства, что он умер», то оно, возможно, является следствием его исчезновения из твоей жизни. В какой-то мере ты сама уже больше не воспринимаешь его как живого человека.

Он снова превратился в психотерапевта, и мы перестали быть друзьями, сидящими на диване. Мне хочется снова привлечь его к себе, но я боюсь переступить черту. Я думаю о том, как поцеловала его, когда уходила, и вспоминаю выражение его лица, на котором были написаны желание, обида и гнев.

— Мне кажется, что теперь, когда ты рассказала мне свою историю, тебе надо постараться разыскать Мака. Чтобы поставить на прошлом точку и перевернуть эту страницу.

Я предполагала, что он это предложит.

— Не могу, — говорю я. — Не могу.

— Просто подумай об этом.

— Не могу. А если он по-прежнему ненавидит меня? Что, если это вдруг оживит прошлое? Или он пойдет в полицию?

Что, если — я не могу произнести это вслух даже шепотом — он расскажет Скотту, какая я на самом деле?

Камаль качает головой:

— Возможно, он вовсе не ненавидит тебя, Меган. И никогда не испытывал ненависти. Возможно, он тоже испугался. И чувствует вину. Судя по тому, что ты мне рассказала, он мало похож на человека с чувством ответственности. Он взял очень юную и очень ранимую девушку и оставил ее одну, когда та нуждалась в поддержке. Возможно, он понимает, что ответственность за случившееся лежит на вас обоих. И сбежал именно от этого.

Не знаю, действительно ли он так считает, или просто говорит это, чтобы мне стало легче. Но только это неправда. Я не могу перекладывать свою вину на него. Она целиком и полностью лежит на мне.

— Я не хочу принуждать тебя делать то, чего ты сама не хочешь, — говорит Камаль. — Я просто предлагаю тебе подумать о том, что встреча с Маком может пойти тебе на пользу. И не потому, что ты ему что-то должна. Понимаешь? Я считаю, что это он должен тебе. Да, ты виновата, и это факт. Но он тебя оставил. Ты была одна, до смерти перепугана и вне себя от горя. Он оставил тебя в доме одну. Понятно, почему ты не можешь спать. Сама мысль о сне приводит тебя в ужас: ты уснула, и с тобой произошло нечто жуткое. И единственный человек, который мог тебе помочь, оставил тебя одну.

Камаль произносит эти слова, и они кажутся вполне разумными. Он говорит так убедительно, с такой теплотой и пониманием, что я почти ему верю. Я почти верю, что есть возможность оставить все это в прошлом, вернуться домой к Скотту и начать жить, как живут все нормальные люди, не оглядываясь назад и не желая сорваться с места в поисках лучшего. Ведь нормальные люди живут именно так?

— Ты подумаешь об этом? — спрашивает он, касаясь моей руки.

Я улыбаюсь ему в ответ и обещаю. Может, даже сама в это верю, не знаю. Он провожает меня до двери, приобняв за плечи. Я хочу повернуться и поцеловать его, но сдерживаюсь. Вместо этого спрашиваю:

— Это наша последняя встреча?

Он утвердительно кивает.

— Но разве нельзя...

— Нет, Меган, нельзя. Мы должны поступить правильно.

Я улыбаюсь в ответ:

— С этим у меня всегда было неважно.

— Но это в твоих силах. Ты сможешь. А сейчас иди домой. Иди домой к своему мужу.

Когда за мной закрывается дверь, я еще долго стою на тротуаре возле его дома. Мне стало легче, как-то свободней, но одновременно почему-то печальней и вдруг захотелось вернуться домой к Скотту.

Я уже поворачиваюсь, чтобы пойти на станцию, когда на тротуаре неожиданно возникает мужчина — он в наушниках, совершает пробежку, низко опустив голову. Он бежит прямо на меня, и я делаю шаг назад, чтобы не столкнуться с ним, оступаюсь на бордюре тротуара и падаю.

Мужчина продолжает бежать, даже не извинившись и не обернувшись, а я слишком напугана, чтобы закричать. Я поднимаюсь и, опираясь на машину, стараюсь прийти в себя. От внутреннего покоя, который я ощущала в доме Камаля, не осталось и следа.

Только дома я увидела, что, падая, порезала руку, а потом провела ею по губам. Мои губы измазаны кровью.

Рейчел

Утро

Я просыпаюсь рано. Слышен шум мусорной машины и мягкий стук капель дождя в окна. Жалюзи наполовину подняты — вчера ночью мы забыли их опустить. Я улыбаюсь своим мыслям. Я чувствую его сзади, теплого, сонного и с эрекцией. Я напрягаю бедра и прижимаюсь к нему. Совсем скоро он пошевелится, чтобы обнять меня и перевернуть на спину.

— Рейчел, — говорит он, — не надо.

Я холодею. Я не дома, это не мой дом. Ужас!

Поворачиваюсь. Скотт уже сидит на кровати, спиной ко мне и опустив ноги на пол. Я крепко зажмуриваюсь и пытаюсь вспомнить, но в голове опять сплошной туман. Когда я открою глаза, все встанет на свои места, потому что я просыпалась в этой комнате тысячу раз, а может, и больше: вот здесь стоит кровать, и если сесть, то будут видны верхушки дубов на другой стороне улицы; слева ванная, смежная со спальней, а справа встроенные шкафы. Эта комната точно такая же, как наша с Томом спальня.

— Рейчел, — произносит он, и я протягиваю руку, чтобы дотронуться до его спины, но он тут же вскакивает и поворачивается ко мне лицом.

Он выглядит таким же опустошенным, как в тот первый раз, когда я увидела его в полицейском участке — будто его выпотрошили и оставили одну оболочку. Это такая же спальня, какая была у нас с Томом, только это спальня Скотта и Меган. Их спальня, их постель.

— Я знаю, — говорю я. — Мне очень жаль. Это было неправильно.

— Да, неправильно, — соглашается он, пряча глаза, и уходит в ванную, закрывая за собою дверь.

Я снова ложусь и чувствую, как меня охватывает ужас и в животе образуется пустота. Что я наделала? Я помню, как много он говорил, когда я приехала, и никак не мог остановиться. Он был зол на весь мир. Зол на мать, которая никогда не любила Меган; зол на прессу, намекавшую в статьях, что Меган получила по заслугам; зол на полицию, которая так ничего и не выяснила и только опорочила их обоих. Мы сидели на кухне, пили пиво, и я его слушала, а когда допили пиво, перешли в сад, и там он успокоился. Мы пили и смотрели, как мимо проходили поезда, и говорили о всякой всячине: о телевидении, о работе, о том, в какой школе он учился, — совсем как обычные нормальные люди. Я забыла, что должна чувствовать, мы оба это забыли, потому что теперь я все вспомнила. Вспомнила, как он улыбался мне и касался моих волос.

Меня словно накрывает волной, лицо заливает краска стыда. Я сознавала, что делаю. И не только не сопротивлялась, а, наоборот, всячески подливала масла в огонь. Я хотела этого. Хотела быть с Джейсоном. Хотела почувствовать то же, что и Джесс, когда сидела с ним по вечерам с бокалом вина в руке. Я забыла, что должна была чувствовать при нынешних обстоятельствах. Меня не смущало, что Джесс в лучшем случае лишь плод моего воображения, а в худшем — что ее нет вообще, а есть только Меган — забитая до смерти и брошенная гнить в лесу. Хуже того, я ничего не забыла. Мне просто было не важно. Не важно потому, что я уже начинала верить всему, что о ней говорили. Разве я сама, пусть даже на самый краткий миг, не допускала, что она получила по заслугам?

Скотт выходит из ванной. Он принял душ и смыл с себя все, что могло напоминать обо мне. Выглядит он явно лучше, но, спрашивая, буду ли я пить кофе, по-прежнему прячет глаза. Я не хотела этого, это неправильно. Я не хочу этого делать. Не хочу больше терять голову.

Я быстро одеваюсь, иду в ванную и ополаскиваю лицо холодной водой. Тушь для ресниц потекла и чернеет в уголках глаз, губы тоже потемнели. Они искусаны. Лицо и шея красные от раздражения в тех местах, которые он натер щетиной. Перед глазами всплывает вчерашняя картина: его руки на моем теле. Меня начинает тошнить, и кружится голова. Я сажусь на край ванны. В ванной комнате неубрано: грязь вокруг раковины, на зеркале следы зубной пасты. В кружке только одна зубная щетка. Нет ни духов, ни увлажняющих кремов, ни косметики. Интересно, забрала она это с собой, когда уходила, или он просто выбросил все на помойку?

Вернувшись в спальню, я ищу следы ее пребывания — халат на двери, расческу на тумбочке, гигиеническую помаду, пару сережек, — но ничего не нахожу. Я прохожу через спальню и уже собираюсь открыть дверцу стенного шкафа, как снизу раздается крик, что кофе готов, и от неожиданности я вздрагиваю.

Он протягивает кружку, не глядя мне в лицо, а потом поворачивается спиной и смотрит вдаль: на железнодорожные пути или куда-то за ними. Я бросаю взгляд направо и вижу, что фотографии исчезли — все до одной. Чувствуя, что по коже у меня побежали мурашки, я отпиваю кофе и с трудом глотаю. Так не должно быть.

Может, все это дело рук его матери: она убрала все вещи и фотографии. Его мать не любила Меган, он постоянно об этом говорил. И все же разве можно поступать так, как поступил он прошлой ночью? Разве можно трахать незнакомую женщину в супружеской постели, когда после смерти жены не прошло и месяца? В этот момент он поворачивается, смотрит на меня и, мне кажется, читает мои мысли, потому что на его лице появляется странное выражение: то ли презрения, то ли неприязни. Он мне тоже противен, и я ставлю кружку на стол.

— Мне пора, — говорю я, и он не спорит.

Дождь прекратился. На улице ярко светит солнце, и я невольно щурюсь. К дому приближается мужчина и, когда я выхожу на улицу, едва на меня не налетает. Я закрываю лицо руками и поворачиваюсь вполоборота, чтобы пропустить его, как вдруг всего в нескольких метрах от себя замечаю Анну, которая стоит у своей машины, положив руки на бедрах, и смотрит на меня. Поймав мой взгляд, она качает головой, поворачивается и быстро, чуть ли не бегом, устремляется к своему дому. Я замираю на месте, провожая взглядом ее хрупкую фигурку в черных лосинах и красной футболке. Меня охватывает ощущение дежавю — я уже видела это раньше, видела, как она так бежала.

Это случилось вскоре после того, как я уехала из своего бывшего дома. Я зашла, чтобы повидаться с Томом и забрать какую-то забытую вещь. Не помню, что именно, но это не важно, потому что мне хотелось попасть в дом и увидеть его. Мне кажется, это было воскресенье, а съехала я в пятницу, так что прошло меньше двух суток. Я стояла и смотрела, как она переносит вещи из машины в дом. Она въехала меньше чем через два дня после меня, когда моя постель еще не успела остыть. О каком чувстве приличия тут можно говорить? Она поймала мой взгляд, и я направилась к ней. Я понятия не имею, что собиралась ей сказать, но что ничего умного — это точно. Я помню, что плакала. А она, как и сейчас, убежала. Тогда я еще не знала худшего — ее беременность не была заметна. И слава Богу! Думаю, что это убило бы меня.

Я стою на платформе, жду электричку и чувствую, что мне нехорошо. Сажусь на скамейку и говорю себе, что это просто похмелье: пять дней ничего не пила, а потом вдруг дорвалась, и вот результат. Но я знаю, что дело в другом. Дело в Анне — в том, что я ее встретила, и в том, какое чувство ощутила, когда смотрела, как она убегает. Страх.

Анна

Суббота, 10 августа 2013 года

Утро

Сегодня утром я съездила в спортзал на занятия, а на обратном пути заскочила в торговый центр и купила чудесное платьице фирмы «Макс Мара». (Том наверняка меня простит, когда увидит, как оно мне идет.) У меня было совершенно замечательное утро, но, паркуя машину, я заметила какое-то движение возле дома Хипвеллов — там теперь все время дежурят фотографы — и увидела ее. Опять! Я не поверила своим глазам. Рейчел решительно шагала от дома Скотта, едва не сбив фотографа. Не сомневаюсь, что она только что оттуда вышла.

Я даже не расстроилась. Я была ошарашена. А когда рассказала об этом Тому — спокойно и без нервов, — он изумился не меньше меня.

— Я поговорю с ней, — сказал он, — и выясню, что происходит.

— Ты уже пробовал, — мягко возразила я. — Но это ничего не изменило.

Я предложила обратиться к адвокату, чтобы через суд запретить ей к нам приближаться.

— Но сейчас она нас больше не донимает, верно? Телефонные звонки прекратились, к нам она не приближается, к дому тоже. Не волнуйся, милая. Я все улажу.

Насчет преследования он, конечно, прав. Но мне все равно. Она что-то задумала, и я этого так не оставлю.

Я устала выслушивать его советы не волноваться. Я устала выслушивать его обещания все уладить или поговорить с ней, и что она, в конце концов, оставит нас в покое. Если я увижу Рейчел еще раз, то сразу позвоню той женщине из полиции — инспектору Райли. Она показалась мне милой и понимающей. Я знаю, что Тому жалко Рейчел, но, если честно, с этой стервой уже давно пора разобраться раз и навсегда.

Рейчел

Утро

Мы находимся на стоянке у озера Уилтон. Мы приезжали сюда раньше в жаркие дни. Сейчас мы сидим рядом в машине Тома, стекла опущены, и дует свежий ветерок. Мне хочется запрокинуть голову, закрыть глаза и слушать пение птиц. Мне хочется держать его за руку и провести тут весь день.

Он позвонил вчера вечером и спросил, можем ли мы встретиться. Я поинтересовалась, связано ли это с тем, что Анна видела меня на Бленхайм-роуд. Я заверила Тома, что это не имело к ним никакого отношения и я была там вовсе не для того, чтобы устроить им сцену. Он мне поверил или сделал вид, что поверил, но все равно в его голосе слышалось беспокойство. Он сказал, что ему нужно со мной поговорить.

— Пожалуйста, Рейч, — произнес он, совсем как в прежние времена, и мне показалось, что у меня выскочит сердце. — Я заеду за тобой, ладно?

Я проснулась до рассвета и уже в пять часов варила себе на кухне кофе. Я вымыла голову, побрила ноги, наложила макияж и четыре раза переоделась. И еще мне было стыдно. Глупо, я понимаю, но при мысли о Скотте — о том, что мы делали и как это было, — я жалею о случившемся, потому что воспринимаю это как измену. Измену Тому. Человеку, который два года назад променял меня на другую женщину. Но поделать с собой ничего не могу.

Том приехал около девяти. Я спустилась вниз и увидела его возле машины — в джинсах и знакомой старой серой футболке. Я даже помню, какая она на ощупь, потому что часто клала голову ему на грудь и прижималась щекой.

— Я свободен до обеда, — сказал Том, увидев меня. — Подумал, что мы можем куда-нибудь съездить.

По дороге до озера мы говорили мало. Я поинтересовалась, как у него дела, а он сказал, что я хорошо выгляжу. Он не упоминал об Анне, пока мы не доехали до стоянки, и я уже начала подумывать, не взять ли его за руку.

— Да, Анна сказала, что видела тебя... и решила, что ты, наверное, выходила из дома Скотта Хипвелла. Это так? — Он повернулся ко мне лицом, но смотрел в сторону. Как будто стеснялся об этом спрашивать.

— Тебе не о чем волноваться, — ответила я. — Я встречалась со Скоттом... не в том смысле, что встречалась. Мы подружились. Вот и все. Это трудно объяснить. Мне просто хотелось его поддержать. Ты же знаешь — наверняка в курсе, — как ему сейчас нелегко.

Том кивает, но по-прежнему отводит взгляд. И грызет ноготь на левом указательном пальце — верный признак того, что он нервничает.

— Но, Рейч...

Я хочу, чтобы он перестал меня так называть, ведь от этого у меня поднимается настроение и хочется улыбнуться. Он уже так давно не обращался ко мне подобным образом, что во мне даже затеплилась надежда. Может, у них с Анной не все так хорошо, может, он вспоминает что-то хорошее из нашей общей жизни, а может, даже немного скучает по мне.

— Я просто... меня это тревожит...

Наконец его большие карие глаза встречаются с моими, и он делает движение, словно собираясь взять меня за руку, но потом передумывает и останавливается.

— Я в курсе... правда, знаю не так много, но Скотт... я понимаю, что он производит впечатление абсолютно нормального парня, но разве можно знать наверняка?

— Ты думаешь, это сделал он?

Он трясет головой и с трудом сглатывает:

— Нет, нет! Я этого не говорю. По словам Анны, они часто ругались. И Меган, похоже, его немного боялась.

— По словам Анны?

Мне очень не хочется принимать слова этой стервы всерьез, но я не могу избавиться от чувства, которое охватило меня в доме Скотта в субботу. Что-то там было не так. Неправильно.

Том кивает:

— Меган подрабатывала у нас няней, когда Эви была совсем маленькой. Господи, мне даже не хочется об этом думать после всего, что писали в газетах. Но это лишний раз доказывает, как сильно можно ошибиться в человеке: думаешь, что знаешь его, а потом... — Он тяжело вздыхает. — Я не хочу, чтобы случилось что-то нехорошее. С тобой. — Он улыбается и слегка пожимает плечами. — Ты мне все еще дорога, Рейч, — говорит он, и я отворачиваюсь, чтобы он не увидел слез в моих глазах.

Но он, конечно, и так все знает, потому что кладет мне руку на плечо и произносит:

— Мне очень жаль.

Какое-то время мы сидим молча. Я сильно кусаю губы, чтобы не расплакаться. Я не хочу делать ему еще больнее.

— Со мной все в порядке, Том. Я привыкаю. Честно.

— Рад это слышать. Ты не...

— Пью ли я? Меньше. С этим тоже лучше.

— Это здорово! Ты хорошо выглядишь. Выглядишь... хорошенькой.

Он улыбается, и я чувствую, что краснею. Он быстро отворачивается.

— А как ты... У тебя нормально с деньгами?

— Все в порядке.

— Честно? Это так, Рейчел? Потому что я не хочу...

— Со мной все хорошо.

— Слушай, возьми немного, а? Черт, не хочу выглядеть кретином, но очень тебя прошу. Так, вдруг понадобится?

— Я честно в порядке.

Он подается вперед, и у меня перехватывает дыхание — как же хочется до него дотронуться! Зарыться лицом ему в шею, в спину между лопатками, вдохнуть его запах. Он открывает бардачок.

— Я выпишу тебе чек, так, на всякий случай. Можешь его не обналичивать.

Я не могу удержаться от смеха.

— Ты держишь чековую книжку в бардачке?

Он тоже начинает смеяться.

— Кто знает, когда она может пригодиться, — поясняет он.

— Пригодится внести залог за свою сумасшедшую бывшую?

Он проводит большим пальцем по моей щеке. Я беру его руку и целую в ладонь.

— Обещай мне, — говорит он уже серьезно, — что будешь держаться от Скотта Хипвелла подальше. Обещай мне, Рейч.

— Обещаю, — говорю я и не лукавлю.

В душе у меня все поет, потому что я понимаю: он не просто волнуется за меня. Он ревнует.

Вторник 13 августа, 2013 года

Раннее утро

Я в электричке, смотрю на кучу тряпья возле путей. Темно-синяя ткань. Похоже, это платье с черным поясом. Я не могу себе представить, как оно там оказалось. Железнодорожники тут явно ни при чем. Мы движемся, но очень медленно, и я имею возможность хорошо его разглядеть. Мне кажется, что я уже видела это платье раньше, словно кто-то в нем ходил. Но когда — вспомнить не могу. Очень холодно. Слишком холодно, чтобы носить такое платье. Похоже, скоро выпадет снег.

Я с нетерпением жду, когда покажется дом Тома — мой дом. Я знаю, что он будет сидеть в саду. Знаю, что он будет один, и когда я буду проезжать, улыбнется и помашет рукой. Я все это знаю.

Но прежде мы останавливаемся около дома номер пятнадцать. Там на террасе сидят Джейсон и Джесс и пьют вино, что очень странно, потому что еще нет и половины девятого утра. На Джесс платье с красными цветами и маленькие серебряные сережки в форме птичек — я вижу, как они раскачиваются, когда она говорит. Джейсон стоит у нее за спиной, положив руки ей на плечи. Я улыбаюсь им. Мне хочется помахать им рукой, но я стесняюсь других пассажиров — они решат, что я ненормальная. Поэтому я просто смотрю и жалею, что не могу тоже выпить.

Мы стоим уже целую вечность, а электричка так и не трогается с места. Я нервничаю, потому что Том может не дождаться, и тогда я его не увижу. Теперь мне хорошо видно лицо Джесс — лучше, чем обычно, наверное, из-за света, необыкновенно яркого и бьющего ей прямо в лицо, как прожектор. Джейсон по-прежнему стоит сзади, но его руки уже не на ее плечах, а на шее, и видно, как ей плохо. Он душит ее. Я вижу, как побагровело ее лицо. Она плачет. Я вскакиваю на ноги, барабаню в стекло, кричу, чтобы он прекратил, но он меня не слышит. Кто-то хватает меня за руку — это рыжеволосый парень. Он заставляет меня сесть и говорит, что следующая остановка уже скоро.

— Но будет уже слишком поздно, — объясняю я.

— Уже и так слишком поздно, — говорит он.

Я оборачиваюсь, чтобы посмотреть на террасу, и вижу, как Джейсон наматывает на руку светлые волосы Джесс и собирается разбить ее голову о стену.

Утро

Я проснулась несколько часов назад, но до сих пор не могу прийти в себя и унять внутреннюю дрожь, даже сейчас, сидя в электричке. Я очнулась от кошмара, чувствуя страх, с ощущением, что все мои представления о Скотте и Меган оказались ложью, всего лишь плодом фантазии, а никак не отражением действительности. Но если во всем виновато воображение, то сну тогда тем более нельзя верить? Сказанное Томом наложилось на чувство вины за ночь, проведенную со Скоттом, а сон вполне мог явиться естественной реакцией мозга на отдельные вырванные из контекста факты.

И все-таки, когда электричка останавливается у семафора, чувство тревоги продолжает нарастать, и я со страхом устремляю взгляд на дом номер пятнадцать. Окна и двери закрыты, никого не видно. Дом кажется тихим и мирным. Или брошенным. Кресло Меган по-прежнему стоит на террасе. Сегодня тепло, но меня по-прежнему трясет.

Я не должна забывать, что все, рассказанное Томом о Скотте и Меган, он узнал от Анны, а мне ли не знать, что ей ни в чем нельзя верить?

Мне показалось, что доктор Абдик сегодня поздоровался не так приветливо, как обычно. Он будто ежится от внутренней боли, и рукопожатие у него вялое. Я помню слова Скотта, что полиция обещала не раскрывать информацию о беременности Меган, но вдруг Абдику сообщили и он думает о ее ребенке?

Мне хочется рассказать ему о своем сне, но я не знаю, как это сделать, не выдав себя, и спрашиваю, может ли гипноз помочь вспомнить.

— Ну, — говорит он, положив руки на стол и растопырив пальцы, — есть врачи, которые полагают, что с помощью гипноза можно вернуть утраченные воспоминания, но тут все далеко не так однозначно. Я сам это не практикую и своим пациентам не рекомендую. Я сомневаюсь, что это может пойти на пользу, но уверен, что в отдельных случаях может нанести большой вред. — Он смотрит на меня с легкой улыбкой. — Мне жаль. Я знаю, что вам хотелось бы услышать другое. Однако при проблемах с головой быстрых решений не бывает.

— А вы знаете специалистов, которые этим занимаются?

Он качает головой:

— Мне очень жаль, но никого порекомендовать я не могу. Вы должны понимать, что пациенты под гипнозом очень внушаемы. Воспоминания, которые «извлекаются из памяти», — он изобразил пальцами кавычки, — отнюдь не всегда достоверны и вовсе не являются реальными воспоминаниями.

На такой риск я пойти не могу. Я не могу допустить, чтобы в моей голове появились новые образы, которым нельзя доверять, а воспоминания бы сливались, трансформировались и вводили меня в заблуждение, выдавая воображаемое за действительное и заставляя видеть все под одним углом, хотя на самом деле смотреть надо под другим.

— Тогда что вы можете предложить? — спрашиваю я. — Есть какой-нибудь способ помочь мне вспомнить?

Он задумчиво проводит по губам длинными тонкими пальцами.

— Да, это возможно. Подробный рассказ о каком-то конкретном воспоминании поможет оживить память: нужно рассказать о деталях и подробностях в каком-то комфортном месте, где вы чувствуете себя в безопасности...

— Например, здесь?

Он улыбается:

— Например, здесь, если вам тут комфортно и вы чувствуете себя в безопасности.

Его голос становится громче, он задает вопрос, на который я не отвечаю. Его улыбка гаснет.

— Подключение других органов чувств помимо зрения тоже может оказаться весьма полезным. Звуки, осязание... особенно важную роль в оживлении воспоминаний играет запах. Большую помощь может оказать музыка. Если речь идет о каких-то конкретных обстоятельствах, конкретном дне, то можно восстановить события, проделав заново весь путь «на месте преступления», если такое сравнение допустимо.

Хотя это выражение встречается в речи довольно часто, услышав его сейчас, я буквально немею и чувствую, как волосы на голове встают дыбом.

— Вы хотите поговорить о каком-то конкретном событии, Рейчел?

Еще как хочу, но не могу, поэтому рассказываю, как набросилась на Тома с клюшкой для гольфа во время одного из скандалов.

Я помню, что в то утро проснулась с ощущением тревоги и тут же поняла: случилось нечто ужасное. Тома в постели рядом не было, и я даже обрадовалась. Я лежала на спине и прокручивала в голове все, что помнила. Я помнила, что горько плакала и повторяла ему, что очень его люблю. Он злился, говорил, чтобы я шла спать и что он больше ничего не хочет слушать.

Я пыталась вспомнить, что произошло до этого, из-за чего начался скандал. Мы так хорошо проводили время. Ели креветки, которые я приготовила на гриле с большим количеством перца и кориандра, и запивали их чудесным белым сухим вином, подаренным Тому благодарным клиентом. Мы ужинали во внутреннем дворике под музыку «The Killers and Kings of Leon», которую часто слушали вместе, когда только познакомились.

Я помню, как мы смеялись и целовались. Помню, что рассказала ему какую-то забавную историю, а он ничего смешного в ней не нашел. Помню, что это меня огорчило. А после этого мы уже кричали друг на друга. Я споткнулась на пороге, когда входила через раздвижные двери в дом, и разозлилась, что он не поспешил мне на помощь.

Но проблема была в другом.

— Наконец я встала и спустилась вниз. Но Том со мной не разговаривал и даже не смотрел в мою сторону. Я умоляла его рассказать, что я натворила, и все время просила прощения. Я жутко запаниковала. Не могу объяснить почему и понимаю, что это глупо, но когда не помнишь, что именно сделала, начинаешь заполнять пробел, представляя себе самые невероятные вещи...

Камаль кивает:

— Я понимаю. Продолжайте.

— В конце концов, только чтобы я отстала, Том рассказал. По его словам, я на что-то обиделась, стала к нему цепляться и никак не желала успокоиться. Он пытался меня утихомирить поцелуем, но ничего не помогало. Тогда он решил оставить меня одну и пошел наверх спать, и вот тут все и случилось. Я бросилась за ним вдогонку с клюшкой для гольфа и хотела проломить ему голову. К счастью, я промахнулась. Но в коридоре на втором этаже от удара отлетел кусок штукатурки.

Лицо Камаля по-прежнему невозмутимо. Он не шокирован. И просто кивает:

— Итак, вы знаете, что случилось, но не чувствуете этого, верно? Вы хотите сами все вспомнить, прочувствовать и пережить, чтобы — как вы выразились? — это стало частью ваших ощущений? И тогда вы сможете почувствовать свою вину в полной мере?

— Ну, — я пожимаю плечами, — в общем-то да. Но есть еще кое-что. И случилось это позже, намного позже, может, через несколько недель, а то и месяцев. Я постоянно думала о том вечере. Каждый раз, когда я проходила мимо выбоины в стене, я вспоминала о нем. Том сказал, что заделает ее, но ничего не сделал, а мне не хотелось ему напоминать. Так вот, однажды вечером я вышла из спальни и остановилась на том самом месте, потому что вдруг вспомнила. Я сидела на полу, прислонившись спиной к стене, и всхлипывала. Том стоял рядом и умолял меня успокоиться, а рядом лежала клюшка. И я почувствовала... Испытала страх, даже ужас. Реальность не соответствовала тому, что я вспомнила, потому что в моих воспоминаниях не было злости или бешенства. А вот страх был.

Вечер

Я поразмыслила над словами Камаля о возвращении на «место преступления» и вместо того, чтобы отравиться домой, поехала в Уитни и теперь не обхожу подземный переход стороной, а, наоборот, медленно и целенаправленно двигаюсь прямо к нему. Я кладу руки на холодные грубые кирпичи на входе, закрываю глаза и ощупываю их. Ничего не вспоминается. Я открываю глаза и оглядываюсь. На дороге пустынно: в нескольких сотнях ярдов навстречу мне идет женщина, и больше никого нет. Ни проезжающих автомобилей, ни крикливых детей, и только откуда-то издалека доносится едва слышный вой сирены. Солнце прячется за облако, я ощущаю холод и замираю на пороге тоннеля, не в силах в него спуститься. Я поворачиваюсь, чтобы уйти.

Женщина, на которую я только что смотрела, поворачивает за угол — на ней темно-синий плащ свободного покроя. Она проходит мимо, бросает на меня взгляд, и тут меня осеняет. Женщина... в синем... свет. Я вспоминаю: Анна! На ней было синее платье с черным поясом, и она шла от меня так же быстро, как на днях, только на этот раз она оглянулась, посмотрела через плечо, а потом остановилась. Рядом затормозила какая-то красная машина. Автомобиль Тома! Она наклонилась, поговорила с ним о чем-то через окно, потом открыла дверь, села в машину, и они уехали.

Я все это помню. В тот субботний вечер я стояла здесь, у входа в подземный переход, и видела, как Анна садится в машину к Тому. Только помнить это я не могу, потому что этого не могло быть. Том поехал на машине искать меня. Анны с ним в машине не было — она находилась дома. Так мне сказали в полиции. Опять все только запутывается, и я готова закричать от бессилия, незнания и бесполезности своих мозгов.

Я перехожу улицу и иду по левой стороне Бленхайм-роуд. Напротив дома номер двадцать три останавливаюсь в тени деревьев и разглядываю его. Они перекрасили входную дверь. Раньше она была темно-зеленой, а теперь черная. Не помню, чтобы замечала это раньше.

Мне больше нравилась зеленая. Интересно, а что изменилось внутри? Детская комната само собой, а вот спят ли они по-прежнему в нашей кровати? И ставит ли она губную помаду перед зеркалом, которое вешала я? Перекрасили ли они стены на кухне и заделали ли выбоину в штукатурке?

Мне хочется перейти на другую сторону и постучать в эту черную дверь. Хочется поговорить с Томом и спросить про тот вечер, когда пропала Меган. Хочется спросить про вчера: что он чувствовал, когда мы сидели в машине и я поцеловала ему руку? Но вместо этого я просто стояла, глядя на окно своей старой спальни, пока к глазам не подступили слезы, давая понять, что пора уходить.

Анна

Вторник, 13 августа 2013 года

Утро

Я наблюдала, как Том собирался сегодня на работу: надевал рубашку, завязывал галстук. Он казался погруженным в свои мысли, наверное, прокручивал в голове свое расписание на день: заседания, встречи, кто, что, где. Мне стало завидно. Впервые за все время я позавидовала тому, что у него есть роскошь одеться, выйти из дома и целый день мотаться по делам ради пополнения счета в банке.

Я скучаю не по работе — я была не каким-то нейрохирургом, а всего лишь агентом по недвижимости, о чем никто не мечтает в детстве, — но мне нравилось бродить по шикарным особнякам, когда их владельцев не было дома, проводить рукой по мраморной столешнице, заглянуть тайком в гардеробные. Я представляла себе, какой была бы моя жизнь, если бы я жила тут, каким я была бы человеком. Я отлично понимаю, что никакая работа не сравнится по важности с воспитанием ребенка, но проблема в том, что это не ценится. Во всяком случае, в финансовом плане, который для меня сейчас представляет особый интерес. Я хочу, чтобы у нас было больше денег и мы могли бы переехать в другой дом на другой улице. Вот и все, ничего больше.

А может, и нет. Когда Том уехал на работу, я устроилась на кухне с Эви, чтобы с боем накормить ее завтраком. Господи, еще пару месяцев назад она ела все, что ей давали. А теперь соглашается только на клубничный йогурт. Я знаю, что это нормально. Я постоянно напоминаю себе об этом, выковыривая из волос яичный желток или ползая по полу и подбирая ложки и перевернутые миски. Я постоянно напоминаю себе, что это нормально.

И все же, когда с завтраком наконец покончено и она играет сама с собой, я позволяю себе немного поплакать. Я плачу, только когда Тома нет дома, и всего несколько минут, чтобы просто снять стресс. Но когда я потом умываюсь и вижу в зеркале, какой уставшей, издерганной и замученной выгляжу, мне опять хочется нарядиться в платье и туфли на высоких каблуках, уложить волосы, сделать макияж и пройти по улице, чтобы мужчины смотрели мне вслед.

Мне не хватает не только работы, но и того, что значила для меня работа в тот последний и ставший судьбоносным год, когда я познакомилась с Томом. Я скучаю по ощущениям, которые испытывала, когда была его любовницей.

Мне нравилось быть любовницей. И даже очень. Я никогда не чувствовала за собой никакой вины. Делала вид, что чувствовала. Приходилось, при общении с замужними подружками, которые жили в страхе перед бойкими девушками-иностранками, помогавшими по дому, или хорошенькими веселыми сотрудницами, которые могли поддержать разговор о футболе и полжизни проводили в тренажерном зале. Мне приходилось заверять подружек, что, конечно же, я чувствую себя ужасно, что мне жалко его жену, что я никогда и не помышляла о чем-то подобном, но мы полюбили друг друга, и что мы могли поделать?

На самом деле мне никогда не было жалко Рейчел, даже до того, как я узнала, что она пьет, что она истеричка и превратила жизнь Тома в кошмар. Она не была для меня реальным человеком, и к тому же мне все это очень нравилось. Быть другой женщиной неимоверно возбуждает, и с этим ничего не поделаешь: ты так хороша, что он не может устоять и изменяет жене, которую любит. Настолько ты неотразима.

Я продавала дом. Номер тридцать четыре по Крэнхэм-стрит. С ним возникли проблемы, потому что последнему заинтересованному покупателю отказали в ипотечном кредите — не понравилось состояние дома. Тогда мы договорились о проведении независимой экспертизы и пригласили частного эксперта, чтобы снять все вопросы. Прежние владельцы уже съехали, в доме никто не жил, поэтому мне пришлось приехать, чтобы впустить эксперта в дом.

Едва я увидела его на пороге, как сразу поняла, что это произойдет. Такого со мной прежде никогда не случалось, я никогда ни о чем подобном даже не думала, но в его взгляде и улыбке было нечто особенное. Мы не смогли сдержаться, и все произошло прямо там, на кухне, на столешнице. Настоящее безумие, но мы оба действительно потеряли голову. Он часто мне повторял: «Если ты думаешь, что я сохраню рассудок, то ошибаешься. С тобой это невозможно».

Я забираю Эви, и мы идем в сад. Она толкает свою тележку и заливается смехом: от утренней истерики не осталось и следа. Каждый раз, когда она мне улыбается, я боюсь, что мое сердце лопнет от счастья. Как бы я ни скучала по работе, но по этому чувству я наверняка буду скучать намного больше. Но этого никогда не произойдет. Я ни за что больше не оставлю ее с няней, какой бы опытной та ни была и кто бы ее ни рекомендовал. После Меган я ни за что и ни с кем ее больше не оставлю.

Вечер

Том прислал эсэмэску, сообщил, что задержится — ему надо встретиться с клиентом в баре. Мы с Эви готовились к вечерней прогулке и были в нашей с Томом спальне, где я ее переодевала. Закат был просто потрясающий и заливал все вокруг оранжевым светом, а потом солнце зашло за облако, и все вдруг стало серо-голубым. Я подошла к окну раздвинуть шторы, которые до этого, наоборот, немного, сдвинула, чтобы в комнате не было слишком жарко, и увидела на другой стороне улице Рейчел, которая стояла в тени деревьев и смотрела на наш дом. А потом она пошла к станции.

Я сидела на кровати, и меня трясло от бешенства, а руки были сжаты в кулаки так крепко, что ногти больно впивались в ладони. Эви упала и лежала на полу, суча ножками, но я ее не подняла, боясь, что со злости могла сделать ей больно.

Он сказал, что все уладил. Сказал, что звонил ей в воскресенье и они поговорили. Она призналась, что вроде как подружилась со Скоттом Хипвеллом, но не собирается с ним встречаться и больше тут не появится. Том сказал, что она обещала ему, и он ей верит. По его словам, она была трезвой, не истерила, не угрожала и не умоляла вернуться к ней. Он считает, что она образумилась.

Я сделала несколько глубоких вдохов, подняла Эви и усадила к себе на колени, а потом уложила, держа ее ручки в своих ладонях.

— Думаю, что с меня довольно, правда, малышка?

Я так устала от Рейчел: каждый раз, когда я надеялась, что жизнь наладилась и она больше не будет создавать проблем, все повторялось. Иногда мне кажется, что она будет преследовать нас вечно.

Но в глубине души меня гложет сомнение. Каждый раз, когда Том заверяет, что все в порядке и Рейчел больше нас не потревожит, а она снова возникает, я задумываюсь: действительно ли он делает все, чтобы она отстала, или ему приятно, что она не может выкинуть его из головы?

Я спускаюсь вниз и ищу в ящике кухонного стола визитку, которую оставила сержант Райли, нахожу ее и, пока не передумала, быстро набираю номер.

Среда, 14 августа 2013 года

Утро

Мы лежим в постели: его руки у меня на бедрах, он горячо дышит мне в шею, а его кожа, как и у меня, влажная от пота.

— Мы слишком редко стали этим заниматься, — говорит он.

— Я знаю.

— Нам надо находить больше времени друг для друга.

— Согласна.

— Я соскучился по тебе, — говорит он. — Соскучился по этому. И хочу еще.

Я переворачиваюсь и целую его в губы, крепко зажмурив глаза и стараясь подавить чувство вины за то, что обратилась в полицию за его спиной.

— Я думаю, нам с тобой надо куда-нибудь съездить, — бормочет он. — Одним. Немного отвлечься.

Мне хочется спросить: а с кем же мы тогда оставим Эви? С твоими родителями, с которыми ты не разговариваешь? Или с моей матерью, которая так слаба, что и за собой ухаживать толком не может?

Но я ничего не говорю, а целую его снова, с большей страстью. Его рука скользит ниже к бедру и крепко его сжимает.

— Что скажешь? Куда бы тебе хотелось поехать? На Маврикий? Или Бали?

Я смеюсь.

— Я не шучу, — говорит он, отстраняясь и глядя мне в глаза. — Ты заслуживаешь этого, Анна. Заслуживаешь. Этот год был непростым, разве не так?

— Но…

— Что «но»? — Он смотрит на меня, и на его губах играет улыбка, перед которой невозможно устоять.

— Том, а деньги?

— Разберемся.

— Но… — Я не хочу поднимать эту тему, однако приходится: — У нас нет денег, чтобы даже подумать о переезде в другое место, а для отдыха на Маврикии или Бали есть?

Он надувает щеки, медленно выдыхает и откатывается в сторону. Мне не следовало поднимать этот вопрос. Радионяня дает о себе знать: Эви просыпается.

— Я займусь ею, — говорит он, встает и выходит из комнаты.

За завтраком Эви устраивает обычный концерт. Теперь для нее это превратилось в игру: она отказывается есть, мотает головкой, задирает подбородок, крепко сжав губки, и отталкивает миску маленькими кулачками. Терпение Тома быстро иссякает.

— У меня нет на это времени, — говорит он. — Придется тебе заняться этим самой. — Он поднимается и с недовольным видом протягивает мне ложку.

Я делаю глубокий вдох. Все в порядке, он просто устал и злится, что я не поддержала утром его мечты об отдыхе.

Однако на самом деле далеко не все в порядке, потому что я тоже устала и хочу поговорить о деньгах и сложившейся ситуации, которую его уход никак не разрешит. Понятно, что я об этом не говорю. Вместо этого я нарушаю данное себе обещание и рассказываю о Рейчел.

— Она снова здесь крутилась, — говорю я. — Похоже, твои увещевания ни к чему не привели.

Он внимательно на меня смотрит.

— Что значит «крутилась»?

— Она была здесь вчера вечером и стояла прямо напротив нашего дома.

— С кем-то?

— Нет. Одна. А почему ты об этом спрашиваешь?

— Твою мать! — говорит он, и лицо у него темнеет, что бывает, когда он злится всерьез. — Я же велел ей держаться подальше! Почему ты мне вчера ничего не сказала?

— Не хотела расстраивать, — мягко ответила я, уже жалея, что подняла эту тему.

— Господи! — говорит он и с грохотом швыряет кружку в раковину.

Громкий звук пугает Эви, и она начинает плакать. Но Тома это не останавливает.

— Не знаю, что сказать, правда не знаю. Когда я с ней говорил, она была вменяемой. Выслушала меня и обещала здесь не появляться. Выглядела хорошо. Вполне здоровой, практически нормальной...

— «Выглядела хорошо»? — переспрашиваю я и, прежде чем он успевает отвернуться, по выражению его лица вижу, что он проболтался. — Ты же говорил, что общался с ней по телефону?

Он тяжело вздыхает и поворачивается ко мне с виноватым видом:

— Да, милая, я так сказал, потому что знал, что ты расстроишься, если узнаешь о встрече. Поэтому признаю: я соврал. Из лучших побуждений.

— Ты что, издеваешься?

Он улыбается и, качая головой, подходит ко мне, сложив руки в жесте мольбы.

— Прости, прости меня. Она хотела поговорить лично, и я подумал, что так, может, даже лучше. Прости меня, ладно? Мы просто поговорили. Встретились в какой-то забегаловке в Эшбери и проговорили минут двадцать. Полчаса максимум. Поняла?

Он обнимает меня и прижимает к себе. Я пытаюсь сопротивляться, но он сильнее меня, мне нравится его запах, и я не хочу ссориться. Я хочу, чтобы мы были на одной стороне.

— Прости меня, — шепчет он мне в волосы.

— Все в порядке, — уступаю я.

Я отпускаю его на этом, потому что теперь занимаюсь этим сама. Вчера вечером я поговорила с сержантом Райли и сразу поняла, что поступила правильно, позвонив ей, потому что, когда я сказала, что несколько раз (небольшое преувеличение) видела, как Рейчел выходила из дома Скотта Хипвелла, она очень заинтересовалась. Она хотела знать даты и время (я сообщила ей подробности двух случаев, а про остальные говорила уклончиво), общались ли они до исчезновения Меган Хипвелл, считаю ли я, что у них сейчас роман. Должна сказать, что такое мне не приходило в голову: не могу представить, чтобы он после Меган сошелся с Рейчел. Тем более, когда только что похоронил жену.

На случай, если Райли забыла, я снова напомнила об инциденте с Эви — о попытке ее похищения.

— Она очень нестабильна, — сказала я. — Вы можете подумать, что я драматизирую, но я не могу рисковать, если дело касается благополучия моей семьи.

— Нет, нет, — заверила Райли. — Спасибо, что связались со мной. Если вдруг заметите что-то подозрительное, пожалуйста, дайте мне знать.

Я понятия не имею, как они отреагируют — может, проведут с ней беседу и предупредят об ответственности? В любом случае стоит подумать о получении решения суда, запрещающего ей к нам приближаться. Надеюсь, ради блага Тома, что до этого не дойдет.

После отъезда Тома на работу мы с Эви отправляемся в парк, где качаемся на качелях и маленьких деревянных лошадках, а когда я сажаю ее в прогулочную коляску, она почти сразу засыпает, предоставляя мне возможность пройтись по магазинам. Мы идем немного окольным путем по тихим задним улочкам, где почти не ездят машины, и будем проходить мимо дома номер тридцать четыре по Крэнхэм-стрит.

Даже сейчас мне достаточно одного взгляда на этот дом, чтобы почувствовать волнение и легкую дрожь, мои губы невольно расплываются в улыбку, а на щеках появляется румянец. Я помню, как мы торопливо поднимались по ступенькам на крыльцо, надеясь, что никто из соседей нас не заметит, как я входила первой и бежала в ванную, где на скорую руку душилась и надевала нижнее белье, которое легко снималось. Потом приходила эсэмэска, что он стоит у двери, и мы проводили час или два в спальне наверху.

Рейчел он говорил, что был на встрече с клиентом или зашел в паб с друзьями выпить пива.

— А ты не боишься, что она может что-то заподозрить и проверит? — спрашивала я, и он отрицательно качал головой.

— Я отлично умею врать, — однажды признался он мне с улыбкой.

А в другой раз сказал:

— Даже если Рейчел и проверит, это не страшно, потому что на следующий день она все равно ничего не вспомнит.

Вот тогда я стала понимать, как плохи у него дела дома.

При мысли об этих разговорах я перестаю улыбаться. Я вспоминаю, как Том заговорщицки смеялся, проводя пальцем по моему животу, и заверял, что отлично умеет врать. Он действительно это делает мастерски и очень убедительно. Я не раз в этом убеждалась. Например, когда при регистрации в гостинице он выдавал нас за молодоженов или когда отказывался задержаться на работе под предлогом, что дома у него что-то случилось. Конечно, все часто врут на эти темы, но Тому верили безоговорочно.

Я думаю об утреннем завтраке — но дело в том, что я поймала его на лжи, и он тут же признался. Мне не из-за чего волноваться. Он не встречается с Рейчел за моей спиной! Это просто смешно! В свое время, когда они только познакомились, она, возможно, и была привлекательной, и даже весьма эффектной. Я видела фотографии — огромные темные глаза, роскошная фигура, все на месте, — но с тех пор она сильно растолстела. И в любом случае он никогда к ней не вернется после всей той нервотрепки, которую она устраивала ему, устраивала нам. Все эти выслеживания, ночные телефонные звонки, истерики, эсэмэски.

Я стою в отделе консервов. Эви еще милостиво спит в коляске, и я вспоминаю о тех телефонных звонках и как я однажды проснулась — а может, такое было не раз? — и увидела, что в ванной горит свет. Я слышала его голос за закрытой дверью — низкий и мягкий. Он успокаивал ее, я это знала. Он рассказывал мне, что иногда Рейчел была просто невменяемой, грозилась заявиться к нам домой, к нему на работу, броситься под поезд. Может, он и умеет отлично врать, но я знаю, когда он говорит правду. Меня ему не провести.

Вечер

С другой стороны, если подумать, ему удалось меня обмануть, разве нет? Когда он сказал, что поговорил с Рейчел по телефону, что она разговаривала нормально и была почти довольна жизнью, я всему безоговорочно поверила. Когда в понедельник вечером он пришел домой, я спросила, как прошел день, и он рассказал об утомительном заседании, на котором был вынужден просидеть все утро. Я ему посочувствовала, ничуть не усомнившись в правдивости его слов, хотя на самом деле никакого заседания не было, а утро он провел в кофейной в Эшбери в обществе своей бывшей жены.

Вот о чем я думаю, осторожно загружая посудомоечную машину, чтобы стук приборов не разбудил задремавшую Эви. Он обманывает меня. Я знаю, что он не всегда абсолютно честен со мной. Я вспоминаю его рассказ о родителях — как он пригласил их на свадьбу, а они отказались прийти, потому что не могли простить ему уход от Рейчел. Мне всегда казалось это странным, потому что оба раза, когда я общалась с его матерью, та была рада меня слышать. Я это чувствовала: она говорила очень доброжелательно, с искренним интересом ко мне и к Эви.

— Надеюсь, что мы скоро ее увидим, — сказала она, прощаясь.

Я рассказала об этом Тому, но он махнул рукой.

— Она просто старается заставить меня пригласить их, — объяснил он, — чтобы демонстративно отказаться. Играет во власть.

Слышать это было странно, потому что мне так не показалось, но настаивать я не стала. Пытаться разобраться во взаимоотношениях в чужих семьях дело неблагодарное. У Тома наверняка есть причины держать родителей на расстоянии, и я уверена, что им движет стремление защитить нас с Эви.

Тогда почему я сомневаюсь в правдивости его слов? Все дело в этом доме, в сложившейся ситуации, в событиях, которые произошли в последнее время. Это они заставляют меня испытывать сомнения. Если я не возьму себя в руки, то сойду с ума и закончу так же, как она. Как Рейчел.

Я сижу и жду, когда можно будет достать простыни из сушильного барабана. Может, стоит включить телевизор — вдруг там показывают серию «Друзей», которую я еще не видела триста раз? Или позаниматься йогой? Или почитать роман, который лежит на тумбочке у кровати и из которого я за две недели осилила всего двенадцать страниц? Я вспоминаю о ноутбуке Тома, который стоит на журнальном столике в гостиной.

А потом я делаю то, чего никак от себя не ожидала: достаю бутылку красного вина, которую мы открыли вчера на ужин, и наливаю себе бокал. Затем включаю ноутбук и пробую подобрать пароль.

Я делаю абсолютно то же, что и она: пью в одиночку и шпионю за ним. Она это делала, и он это ненавидел. Но недавно — не далее как сегодня утром — все изменилось. Если он мне врет, то я буду за ним шпионить.

Разве это не справедливо? Мне кажется, я заслуживаю немного справедливости. Вот почему я пытаюсь взломать пароль. Я пробую имена в разных комбинациях: мое и его, его и Эви, мое и Эви, наши три имени в разном порядке. Наши дни рождения в разном порядке. Годовщины: когда мы познакомились, когда занимались сексом в первый раз. Номер тридцать четыре по Крэнхэм-роуд, номер двадцать три — наш дом. Я стараюсь расширить круг вариантов — многие мужчины используют в качестве пароля название любимой футбольной команды, но Том не увлекается футболом. Ему нравится крикет, и я пробую имена ведущих игроков и название турнира. Молодых спортсменов я не знаю. Я допиваю бокал и наливаю еще половину. Мне даже нравится решать эту головоломку. Я вспоминаю группы, которые ему нравятся, фильмы, актрис. Пробую само слово «пароль», набираю «1234».

За окном слышится отвратительный, будто ножом по сковородке, скрежет: это электричка останавливается перед семафором. Я стискиваю зубы, делаю большой глоток вина и только сейчас замечаю, что время почти семь часов. Господи Иисусе! Эви еще спит, а он вот-вот должен вернуться. И тут я слышу, как в замке поворачивается ключ, и сердце у меня останавливается.

Я захлопываю крышку ноутбука и вскакиваю, с грохотом опрокидывая стул. Эви просыпается и начинает плакать. Я успеваю вернуть компьютер на место до его появления, но он что-то замечает и спрашивает:

— Что происходит?

— Ничего, я просто нечаянно задела стул, и он упал.

Он достает Эви из кроватки, чтобы успокоить, а я бросаю взгляд в зеркало и вижу, что я бледная как полотно, а на губах у меня следы красного вина.

Рейчел

Утро

Кэти договорилась для меня о собеседовании по поводу работы. Ее подруга открыла свою фирму по связям с общественностью, и ей нужна помощница. По сути, это должность секретарши, только со звучным названием, да и зарплата скорее символическая, но мне это не важно. Та женщина согласилась со мной поговорить без всяких рекомендаций — Кэти ей рассказала, что у меня был срыв, но сейчас все позади, и я в полном порядке. Собеседование должно состояться завтра после обеда дома у этой женщины — она оборудовала себе офис в пристройке в саду, — а живет она в Уитни. Поэтому я собиралась заняться подготовкой к встрече, освежить в памяти свой профессиональный путь и восстановить навыки подачи себя с лучшей стороны. Собиралась, но тут позвонил Скотт.

— Я надеялся, что мы сможем поговорить, — сказал он.

— Нам... я хочу сказать, что тебе не нужно ничего объяснять. Это была... Мы оба знаем, что совершили ошибку.

— Я знаю, — согласился он и произнес это так удрученно, что совсем не походил на Скотта из моих ночных кошмаров.

Он, скорее, снова стал тем убитым горем человеком, который сидел у меня на кровати и рассказывал о своем нерожденном ребенке.

— Но мне очень надо поговорить с тобой.

— Конечно, — сказала я. — Конечно, давай поговорим.

— Мы можем встретиться?

— Ну... — замялась я, решив ни за что не возвращаться в тот дом, — извини, но сегодня я никак не могу.

— Пожалуйста, Рейчел. Это очень важно.

Он говорил с такой болью, что мне невольно стало его жаль. Пока я раздумывала, под каким предлогом лучше отказаться, он снова попросил:

— Пожалуйста!

Я нехотя согласилась и в ту же секунду пожалела об этом.

В газетах написали о ребенке Меган — ее первом мертвом ребенке. Вернее, об отце того ребенка. Его разыскали. Его звали Крейг Маккензи, и он умер в Испании четыре года назад от передозировки героина. Таким образом, он исключался из списка подозреваемых. Мне всегда казалось, что этот мотив притянут за уши — если бы кто-то и захотел наказать ее за прошлое, то сделал бы это много лет назад.

И кто же тогда остается? Обычный набор подозреваемых: муж и любовник. Скотт и Камаль. Или это какой-то маньяк, напавший на нее на улице, серийный убийца, начавший отсчет своих жертв? Стала ли Меган первой в его серии — Виломеной Маккен* или Полин

___

* Виломена Маккен — первая жертва серийного убийцы Питера Сатклиффа (р. 1946).

Рид*? И кто сказал, что убийцей был мужчина? Меган Хипвелл была маленькой, хрупкой женщиной. Чтобы лишить ее жизни, особой силы не требовалось.

Вторая половина дня

Первое, что я замечаю, когда он открывает дверь, — это запах. Запах пота и пива, горький и кислый, к которому примешивается еще что-то неприятное. Запах гниения. На Скотте спортивные брюки и покрытая пятнами серая футболка, волосы сальные, кожа блестит от испарины.

— С тобой все в порядке? — спрашиваю я, и он ухмыляется в ответ. Он пьян.

— Да, проходи.

Мне не хочется это делать, но я все же вхожу.

Занавески на окнах, выходящих на улицу, задернуты, и комната залита красноватым светом, вполне соответствующим жаре и запаху.

Скотт, пошатываясь, направляется на кухню, открывает холодильник и достает пиво.

— Проходи и садись, — говорит он. — Угощайся. — Ухмылка на его лице кажется застывшей и угрюмой. В выражении его лица есть что-то недоброе. Неприязнь, которую я заметила в нем в субботу утром после проведенной вместе ночи, никуда не делась.

— Я ненадолго, — говорю я. — У меня завтра собеседование насчет работы, и мне надо подготовиться.

— Правда? — Он поднимает брови, садится и ногой пододвигает мне стул. — Садись и угощайся!

---

* Полин Рид — первая жертва серийных убийц Йена Брэйди и Майры Хиндли, совершивших убийства в 1963–1965 гг. в графстве Большой Манчестер.

Он не предлагает, а приказывает.

Я сажусь напротив, и он пододвигает мне бутылку. Я беру и делаю глоток. С улицы доносятся крики детей, играющих где-то неподалеку, сквозь них прорывается негромкий и такой знакомый стук колес.

— Вчера пришли анализы ДНК, — сообщает Скотт. — И вечером ко мне приезжала сержант Райли. — Он ждет, что я как-то отреагирую, но я боюсь сказать что-то не то и молчу.

— Ребенок не мой. Он не был моим. И самое смешное, что и не Камаля тоже. — Он смеется. — Значит, она крутила с кем-то еще. Представляешь? — С его лица не сходит эта ужасная ухмылка. — Ты об этом не знала, верно? О другом ухажере? Она тебе ничего про него не говорила, так?

Он больше не ухмыляется, и у меня появляется нехорошее предчувствие. Очень нехорошее. Я поднимаюсь и делаю шаг в сторону двери, но он встает у меня на пути, хватает за руки и силой усаживает обратно на стул.

— Сядь на место, черт тебя возьми! — Он срывает у меня с плеча сумку и швыряет ее в угол комнаты.

— Скотт, я не понимаю, что происходит...

— Да ну?! — кричит он, нависая надо мной. — Вы же с Меган такие хорошие подруги! Ты же знаешь всех ее любовников!

Он знает. Не успела я об этом подумать, как он наверняка увидел это по моему лицу, потому что склоняется надо мной еще ниже и говорит, обдавая меня тяжелым дыханием:

— Ну же, Рейчел, рассказывай!

Я мотаю головой, и он машет рукой, задевая бутылку, которая скатывается со стола и разбивается о плитку на полу.

— Вы даже ни хрена не были знакомы! — ревет он. — Все, что ты рассказывала, сплошное вранье!

Я мотаю головой и вскакиваю, бормоча:

— Прости, прости.

Я пытаюсь обогнуть стол, чтобы забрать сумку и телефон, но он снова хватает меня за руку.

— Зачем ты это сделала? — спрашивает он. — Зачем? Чего тебе надо?

Он смотрит мне прямо в глаза, и я чувствую ужас, но при этом понимаю, что его вопрос вполне резонен. Он имеет право знать. Поэтому я не пытаюсь выдернуть руку, чувствуя, как он сжимает ее, словно клещами, и отвечаю спокойно и четко. Я стараюсь не плакать и не паниковать.

— Я хотела, чтобы ты узнал о Камале, — говорю я ему. — Я видела их вместе, как и рассказывала, но ты бы мне не поверил, если бы я оказалась просто пассажиркой поезда. Мне было нужно...

— Тебе было нужно! — Он отпускает меня и отворачивается. — Ты говоришь, что тебе было нужно... — Он уже не кричит и немного успокаивается.

Я глубоко дышу, стараясь унять сердцебиение.

— Я хотела тебе помочь, — продолжаю я. — Знаю, что полиция всегда подозревает мужа, и хотела, чтобы ты знал, что был кто-то еще...

— И ты придумала историю, что знаешь мою жену? Ты сама понимаешь, как дико это звучит?

— Понимаю. — Я прохожу к столешнице, беру кухонное полотенце, опускаюсь на четвереньки и начинаю вытирать с пола пиво.

Скотт садится и, свесив голову, упирается локтями в колени.

— Она была не той, за кого я ее принимал, — говорит он. — Я понятия не имею, какой она была.

Я выжимаю полотенце над раковиной и пускаю холодную воду, чтобы ополоснуть руки. Моя сумка лежит в углу в паре футов от меня. Я делаю движение в ее сторону, но Скотт поднимает на меня глаза, и я замираю на месте. Я стою, опираясь о столешницу, вцепившись руками в ее край для уверенности. И спокойствия.

— Сержант Райли мне все рассказала, — говорит Скотт. — И спрашивала про тебя. Был ли у меня роман с тобой. — Он засмеялся. — Роман с тобой! Господи! Я спросил, знает ли она, как выглядела моя жена. Я не мог опуститься так быстро.

Мое лицо пылает. Под мышками и на пояснице выступает холодный пот.

— Судя по всему, на тебя нажаловалась Анна. Она видела, как ты тут крутилась. Так все и вышло наружу. Я сказал, что никаких отношений у нас нет, что ты просто подруга Меган и поддерживаешь меня...

Он снова рассмеялся, тихо и горько.

— Она сказала, что ты не была знакома с Меган, что ты просто жалкая маленькая лгунья с неудавшейся жизнью.

Улыбка сходит с его лица.

— Вы все только и делаете, что врете. Все до единой.

Звонит мой телефон. Я делаю шаг к сумке, но Скотт меня опережает.

— Подожди минутку, — говорит он. — Мы еще не закончили.

Он вытряхивает содержимое сумки на стол: телефон, кошелек, ключи, губная помада, тампоны, чеки из магазинов.

— Я хочу знать, что из того, что ты наговорила, полная чушь? — Скотт нарочито медленно берет телефон и смотрит на экран. Потом поднимает глаза на меня, и я вижу в них лед. Он читает вслух: — «Напоминаем, что на 16.30 в понедельник 19 августа вы записаны на сеанс к доктору Абдику. Если у вас изменились планы, то перенести сеанс на другое время можно не позднее, чем за 24 часа».

— Скотт...

— Что, черт возьми, это значит?! — спрашивает он хрипло. — Что ты творишь? Что ты ему говорила?

— Я ничего ему не говорила...

Он бросает телефон на стол и приближается ко мне, сжав кулаки. Я пячусь назад, пока не упираюсь в угол между стеной и стеклянной дверью.

— Я хотела выяснить... Хотела помочь.

Он поднимает руку, и я съеживаюсь, втягиваю голову в плечи и жду боли. И тут до меня доходит, что я уже проделывала абсолютно то же самое и испытывала те же самые чувства, но не могу вспомнить когда. И подумать об этом тоже не могу, потому что хоть он и не наносит удар, но хватает меня за плечи и сжимает, упираясь большими пальцами в ключицы с такой силой, что я кричу от боли.

— Все это время, — цедит он сквозь стиснутые зубы, — все это время я считал, что мы по одну сторону, а ты действовала против меня. И снабжала его информацией, верно? Рассказывала обо мне, о Мег. И полицию на меня натравила ты. Это ты...

— Нет! Пожалуйста, не надо! Все было не так. Я хотела тебе помочь.

Он собирает мои волосы в кулак и выкручивает их.

— Скотт, пожалуйста! Прекрати! Мне больно! Пожалуйста!

Он тащит меня к выходу. Я чувствую, как мне сразу становится легче. Он хочет просто выбросить меня на улицу. Слава Богу!

Однако он не собирается выбросить меня на улицу. Он продолжает меня тащить, плюясь и изрыгая проклятия. Он тащит меня наверх, я упираюсь, но он настоль-

ко силен, что все мои усилия тщетны. Я всхлипываю
и продолжаю умолять:

— Пожалуйста, не надо! Пожалуйста! — Я понимаю,
что скоро случится что-то ужасное, пытаюсь закричать,
но не могу выдавить из себя ни звука.

Я ничего не вижу от слез и ужаса. Он толкает меня
в комнату и захлопывает за мной дверь. В замке поворачивается ключ. Горячая желчь подступает к горлу, и меня
вырывает прямо на ковер. Я жду и слушаю. Ничего не
происходит, и никто не приходит.

Я в свободной комнате. В нашем доме Том устроил
в ней свой кабинет. Сейчас они переделали ее в детскую
со светло-розовыми занавесками. Тут ее превратили в кладовку, в которой держали коробки с бумагами и папками,
сложенную беговую дорожку и древний компьютер. Одна
коробка заполнена бумагами с цифрами — какие-то счета, наверное, связанные с бизнесом Скотта. В другой —
старые открытки: чистые, со следами офисного пласти-
лина, будто когда-то висели на стене. На них — крыши
Парижа; дети, катающиеся на скейтбордах в переулке;
старые, покрытые мхом шпалы; вид на море из пещеры.
Я копаюсь в открытках. Не знаю, что я надеюсь найти —
наверное, мне просто хочется переключить внимание
и перестать паниковать. Я пытаюсь не думать о репорта-
же, в котором тело Меган вытаскивали из грязи. Пытаюсь
не думать о ее ранах и о том, какой ужас она испытала,
поняв, что ее ждет.

Я копаюсь в открытках, и вдруг меня что-то колет
в указательный палец. Я с визгом вскакиваю на ноги. На
кончике пальца порез, и кровь капает на джинсы. Я вытираю кровь краем футболки и начинаю разгребать открытки уже осторожнее. Причина пореза обнаружива-
ется сразу: разбитое стекло в рамке, острый осколок которого испачкан моей кровью.

Эту фотографию я видела раньше. На ней Скотт и Меган, их лица сняты крупным планом. Она смеется, а он смотрит на нее с обожанием. Или с ревностью? Стекло разбито как раз у кончика глаза Скотта, и оттуда лучами расходятся трещины, так что понять его выражение трудно. Я вспоминаю о тарелках, разбитых во время наших с Томом скандалов, и о выбоине в штукатурке в коридоре наверху.

По другую сторону запертой двери я слышу, как смеется Скотт, и покрываюсь холодным потом. Я вскакиваю на ноги, бегу к окну, открываю его, высовываюсь как можно дальше и, едва не падая, зову на помощь. Я зову Тома. Но это бесполезно и бессмысленно. Даже если бы он по какой-то случайности и оказался у себя в саду, то все равно бы меня не услышал — расстояние слишком велико. Я смотрю вниз, теряю равновесие и едва не срываюсь. Потом с трудом втягиваю себя обратно в комнату, чувствуя, как внутри все дрожит, а горло перехватывает от рыданий.

— Пожалуйста, Скотт, — молю я, — пожалуйста...

Я ненавижу себя за заискивающие, угодливые нотки в голосе. Я опускаю глаза на заляпанную кровью футболку, и тут до меня доходит, что кое-какие варианты у меня все же имеются. Я беру рамку, высыпаю остатки разбитого стекла на ковер, выбираю самый длинный осколок и осторожно засовываю его в задний карман.

На лестнице слышны шаги. Я отступаю к дальней от двери стене. В замке поворачивается ключ.

У Скотта в одной руке моя сумка, которую он бросает мне под ноги, а в другой — клочок бумаги.

— Ни дать ни взять Нэнси Дрю*! — произносит он с ухмылкой и читает писклявым голосом: — «Она сбе-

---

* Нэнси Дрю — известный литературный и киноперсонаж девушки-детектива, созданный Эдвардом Стратемаэром. Произведения о ней переведены на 45 языков мира.

жала с любовником, который дальше у меня будет значиться как «В». — Он хохотнул. — «В» сделал с ней что-то плохое... Скотт сделал с ней что-то плохое...» — Он комкает листок и бросает к ногам. — Господи, ты и вправду убогая!

Потом оглядывает комнату и замечает лужу рвоты на ковре и кровь на футболке.

— Твою мать! Чем ты тут занималась? Пыталась свести счеты с жизнью? И сделать за меня мою работу? — Он снова смеется. — Надо бы свернуть тебе шею, но не хочется пачкаться. — Он отступает в сторону. — Убирайся вон из моего дома!

Я хватаю сумку и направляюсь к двери, но у самого порога Скотт ловким боксерским движением буквально выныривает передо мной, и я боюсь, что он остановит меня и снова схватит. Наверное, в моих глазах написан такой ужас, что он начинает хохотать. Я все еще слышу его смех, когда захлопываю за собой входную дверь.

Пятница, 16 августа 2013 года

Утро

Я практически не спала. Я выпила полторы бутылки вина, пытаясь уснуть, унять дрожь в руках и успокоить нервы, но это не помогло. Стоило мне начать погружаться в дремоту, как я тут же в испуге вскакивала. Мне казалось, я чувствую его присутствие в комнате. Я включила свет и сидела, прислушиваясь к звукам, доносившимся с улицы, к шагам прохожих. Я смогла заснуть только под утро, когда уже начало светать. Мне снова приснилось, что я в лесу. Рядом находился Том, но мне все равно было страшно.

Вчера я оставила Тому записку. Выбежав из дома Скотта, я домчалась до дома номер двадцать три и принялась барабанить в дверь. Я была в ужасе, и меня не смущало, что Анна может оказаться дома и мой визит ее наверняка не обрадует. Дверь никто не открыл, я нацарапала записку и сунула ее в их почтовый ящик. Мне все равно, что ее может увидеть Анна — мне даже хочется, чтобы она ее увидела. Текст был довольно туманный — я написала, что нам надо поговорить об одном дне. Я не стала упоминать Скотта, потому что не хотела, чтобы Том отправился к нему разбираться — кто знает, чем это может закончиться?

Едва оказавшись дома, я сразу позвонила в полицию. Сначала, правда, выпила пару бокалов вина, чтобы немного успокоиться. Я попросила соединить меня с инспектором Гаскиллом, но его не было на месте, так что пришлось разговаривать с Райли. Это был не лучший вариант — Гаскилл отнесся бы ко мне с большим пониманием и добротой.

— Он силой удерживал меня в доме, — сказала я ей. — И угрожал.

Она поинтересовалась, как долго меня «удерживали силой». Эти кавычки буквально звучали в ее вопросе.

— Не знаю, — сказала я. — Может, минут тридцать. Повисло долгое молчание.

— И он угрожал вам. Расскажите, в чем именно заключалась угроза?

— Он сказал, что свернет мне шею. Сказал... что надо бы свернуть мне шею.

— Надо бы свернуть вам шею?

— Сказал, что свернул бы, но не хочет пачкаться. Она помолчала, потом спросила:

— Он ударил вас?

— Нет. Схватил.

Она снова помолчала и наконец поинтересовалась:

— Миссис Уотсон, а что вы делали в доме Скотта Хипвелла?

— Он просил меня прийти. Сказал, что ему нужно со мной поговорить.

Райли глубоко вздохнула:

— Вас предупреждали, чтобы вы держались от этого дела подальше. Вы лгали ему, говорили, что были подругой его жены, рассказывали всякие небылицы человеку, — позвольте мне закончить, — который в лучшем случае пережил сильнейшее потрясение. Это в лучшем случае. А в худшем — он может быть опасен.

— Он опасен! Именно это я и пытаюсь вам втолковать, неужели непонятно?

— Вы нам все усложняете — появляетесь там, лжете ему, провоцируете его. Мы расследуем убийство. Вы должны это понять. И вы мешаете продвижению расследования, вы можете...

— Какому продвижению? — взорвалась я. — Вы ни черта не продвинулись! Говорю вам, он убил свою жену! Там есть фотография, на которой они сняты вместе, — и рамка разбита! Он в бешенстве, не контролирует себя...

— Да, мы видели фотографию. Мы обыскали весь дом. Но рамку нельзя считать уликой.

— Так вы не собираетесь его арестовывать?

Она снова тяжело вздохнула:

— Приезжайте завтра в участок. Напишите заявление. А дальше посмотрим. И знаете что, миссис Уотсон? Держитесь от Скотта Хипвелла подальше.

Кэти пришла домой, увидела, что я пью, и расстроилась. А что я могла сказать в оправдание? Как все объяснить? Я просто сказала, что мне жаль, что так вышло, и ушла наверх, как обиженный подросток. Там я легла и стала ждать звонка от Тома. Но он не позвонил.

Я проснулась рано, проверила телефон (ни одного звонка), вымыла голову и стала готовиться к собеседованию: руки у меня трясутся, и комок в животе не рассасывается. Я вышла из дома раньше, потому что мне надо зайти в полицейский участок и написать заявление. Не думаю, что от этого будет толк. Они никогда не воспринимали меня всерьез и вряд ли станут делать это теперь. Интересно, что должно произойти, чтобы они перестали считать меня фантазеркой?

По дороге на станцию я постоянно оглядываюсь назад и, услышав неожиданный вой полицейской сирены, буквально подпрыгиваю от страха. В участке я поднимаюсь по ступенькам, держась как можно ближе к металлическим перилам, чтобы успеть за них ухватиться, если вдруг в этом возникнет необходимость. Я понимаю, как это глупо, но сейчас, когда я узнала, каков Скотт на самом деле, я чувствую себя абсолютно беззащитной. Теперь я не питаю на его счет никаких иллюзий.

Вторая половина дня

Мне следует выкинуть это из головы. Все время мне казалось, что я должна что-то вспомнить, потому что это важно. Но я ошибалась. Я не видела ничего важного или ужасного. Я просто оказалась на той же самой улице. Теперь я знаю это точно, благодаря любезности, проявленной рыжеволосым мужчиной. И все-таки что-то не дает мне покоя.

В участке не было ни Гаскилла, ни Райли — я написала заявление, которое со скучающим видом принял полицейский в форме. Теперь, наверное, его положат в папку и напрочь о нем забудут, если только не найдут меня мертвой в какой-нибудь канаве. Мое собеседование должно состояться в другой части города, но я взяла такси прямо у полицейского участка. Я не собираюсь рисковать. Интервью прошло вполне благополучно — сама работа, конечно, на порядок ниже моей квалификации, но за последний год или два я перестала походить на себя прежнюю. Надо начинать все с чистого листа. Самым большим минусом этой работы (если не считать, конечно, мизерность зарплаты и примитивность обязанностей) будет необходимость каждый день приезжать в Уитни и ходить по этим улицам, боясь натолкнуться на Тома, Анну и ее ребенка. Но постоянно встречать знакомые лица в этих местах уже давно стало для меня привычным. Мне нравилось это чувство, присущее жителям лондонских пригородов. Можно не знать всех встречных лично, но лица их кажутся знакомыми.

Я уже приближаюсь к станции и прохожу мимо паба, когда кто-то касается моей руки, и я резко дергаюсь, оступаюсь и оказываюсь на проезжей части.

— Эй, эй, прошу прощения, извини.

Это снова он, рыжеволосый мужчина. В одной руке у него кружка с пивом, другая поднята в извиняющемся жесте.

— Тебя легко напугать, верно? — улыбается он.

Наверное, у меня действительно испуганный вид, потому что улыбка сползает с его лица.

— С тобой все в порядке? Я не хотел тебя напугать.

Он сегодня рано освободился и приглашает меня с ним выпить. Сначала я отказываюсь, но потом передумываю.

— Я должна перед тобой извиниться за свое поведение, — говорю я, когда он (как выяснилось, его зовут Энди) приносит мне джин-тоник. — Я имею в виду тогда, в поезде. У меня был трудный день.

— Все в порядке, — заверяет меня Энди. Он улыбается медленно и лениво: судя по всему, это не первая его кружка. Мы сидим друг напротив друга в садике, разбитом на заднем дворе паба, — здесь мне кажется безопаснее, чем со стороны улицы. Может, это чувство безопасности и придало мне смелости. Я решаю воспользоваться моментом.

— Я хотела спросить, что тогда случилось, — говорю я. — В тот вечер, когда мы встретились. Когда Мег... когда пропала женщина.

— А-а. Ладно. А что? Ты о чем?

Я делаю глубокий вдох. И чувствую, что краснею. Мне уже много раз приходилось это признавать, но я всегда чувствую нсловкость и говорю заискивающе:

— В тот вечер я здорово перебрала и ничего не помню. Мне надо кое-что прояснить для себя. Я хочу узнать, что ты видел, может, я с кем-то разговаривала или еще что... — Я опускаю глаза, чувствуя стыд.

Он пихает меня ногой:

— Все в порядке, ты не сделала ничего плохого.

Я поднимаю глаза, и он улыбается:

— Я и сам тогда был под мухой. Мы маленько поговорили в поезде, не помню о чем. Потом оба сошли здесь, в Уитни, и ты не очень уверенно держалась на ногах. Оступилась на ступеньках. Помнишь? Я помог тебе подняться, и ты сильно засмущалась, покраснела, прям как сейчас. — Он смеется. — Мы пошли вместе, и я предложил заглянуть в паб. Но ты отказалась, сказала, что тебе надо идти повидать мужа.

— И все?

— Нет. Ты правда не помнишь? Позже — не знаю, может, через полчаса — мне позвонил приятель и сказал, что сидит в баре с другой стороны от путей, и я пошел туда по подземному переходу. Ты там лежала. Надо сказать, была не в лучшей форме. Где-то порезалась. Я даже запереживал, предложил проводить тебя домой, но ты наотрез отказалась. Ты была... ну очень расстроена. Думаю, что у тебя вышел скандал с твоим парнем. Он уходил по улице, и я сказал, что могу догнать его, если ты хочешь, но ты сказала, что не надо. Он потом уехал куда-то на машине. Он был... ну... не один.

— С женщиной?

Энди кивает:

— Да, они вместе сели в машину. Я решил, что скандал вышел из-за этого. А потом ты ушла. Ты была... типа сбита с толку, или вроде того, и ушла. Все время твердила, что помощь тебе не нужна. Как я уже говорил, я и сам был под градусом, поэтому тоже ушел. Перешел на другую сторону и отыскал друга в пабе. Вот и все.

Я поднимаюсь по лестнице в квартиру, вижу наверху тени и слышу шаги. На площадке меня точно ждут. Естественно, там никого не оказывается, и в квартире тоже никого нет. Хотя отсутствие людей ощущается даже по запаху, это не мешает мне все проверить, осмотреть каждую комнату, заглянуть под кровать — и мою, и Кэти, — во все шкафы и в кладовку на кухне, где не спрятаться даже ребенку.

Наконец, совершив примерно три обхода, я останавливаюсь. Иду наверх, сажусь на кровать и думаю о разговоре с Энди и о том, что он подтвердил мои собственные воспоминания. Тут нет ничего неожиданного: мы с Томом поругались на улице, я поскользнулась и поранилась, он психанул и уехал на машине с Анной. Потом вернулся, искал меня, но я уже ушла. Наверное, взяла такси или вернулась на электричке.

Я сижу на кровати, смотрю в окно и не могу понять, почему мне не становится легче. Может, потому, что ответа у меня все равно нет. А может, потому, что, хотя мои воспоминания и подтверждаются рассказом другого человека, что-то все равно не сходится. И вдруг до меня доходит: Анна! И дело не в том, что Том не рассказал, как уехал с ней, а в том, что я видела, как она идет к машине, садится в нее, и ребенка с ней нет. И где же была Эви, когда все это происходило?

Суббота, 17 августа 2013 года

Вечер

Мне надо поговорить с Томом и все понять наконец, потому что чем больше я об этом думаю, тем сомнительнее все выглядит, и я не могу избавиться от этих мыслей. Меня тревожит, что прошло уже два дня, как я написала записку, а он так и не позвонил. Он не ответил на мой звонок вчера вечером, и сегодня я пыталась весь день с ним связаться. Что-то не так, и я не могу избавиться от мысли, что это связано с Анной.

Я знаю, что он и сам захочет со мной поговорить, когда узнает об истории со Скоттом. Знаю, что захочет помочь. Я не могу перестать думать, каким он был тогда в машине и как нам хорошо было вместе. Вот почему я беру телефон, набираю его номер и с волнением жду, когда в трубке раздастся его голос. Так было раньше, и за эти годы ничего не изменилось.

— Да?

— Том, это я.

— Да.

Анна наверняка где-то рядом, и он не хочет называть меня по имени. Я жду, давая ему возможность перейти в другую комнату подальше от нее.

Наконец в трубке раздается его вздох:

— Что случилось?

— Я хотела поговорить с тобой... Я написала в записке...

— Ты о чем? — Он явно раздражен.

— Пару дней назад я оставила тебе записку. Нам надо поговорить...

— Я не видел никакой записки. — Еще один вздох, уже тяжелый. — Черт, так вот чего она так бесится!

Судя по всему, Анна взяла записку и не передала ему.

— Чего ты хочешь?

Я хочу повесить трубку, набрать номер еще раз и начать разговор заново. Сказать, как рада была встретиться с ним в понедельник и как чудесно мы съездили на озеро.

— Я хотела тебя кое о чем спросить.

— О чем еще? — Он явно злится.

— У тебя все в порядке?

— Чего тебе от меня надо, Рейчел?

От его нежности, которую я чувствовала неделю назад, не осталось и следа. Я проклинаю себя за то, что оставила ту записку и навлекла на него неприятности.

— Я хотела спросить про тот вечер, когда пропала Меган.

— О Господи! Мы уже говорили об этом — неужели ли ты опять все забыла?

— Я просто...

— Ты была пьяна, — говорит он громко и резко. — Я сказал, чтобы ты шла домой. Но ты меня не послушала. И ушла. Я потом ездил тебя искать, но не нашел.

— А где была Анна?

— Дома.

— С ребенком?

— Да, с Эви.

— И в машине с тобой ее не было?

— Нет.

— Но...

— Господи Боже! Она собиралась встретиться с подружкой, и с ребенком должен был сидеть я. А потом возник вопрос с тобой, и ей пришлось сидеть дома, а я потратил несколько часов своей жизни, пытаясь тебя разыскать.

Я жалею, что позвонила. Только начать питать надежду и тут же ее лишиться — это все равно что получить удар ножом в живот.

— Понятно, — говорю я. — Просто я помню это иначе... Том, а когда ты меня увидел, у меня была рана? Я... у меня была разбита голова?

Еще один тяжелый вздох.

— Я вообще удивляюсь, как ты что-то помнишь, Рейчел. Ты была в стельку пьяной, грязной и вонючей. Едва держалась на ногах.

Я слышу эти слова и начинаю задыхаться. Он и раньше говорил подобные вещи, но это было в самые ужасные дни, когда я его окончательно доставала, вызывала отвращение и он уже не мог сдерживаться.

Он устало продолжает:

— Ты упала на улице, плакала, была в полном дерьме. А почему ты спрашиваешь?

Я слишком долго не могу подобрать слов, чтобы ответить, и он продолжает:

— Послушай, мне надо идти. Пожалуйста, не звони мне больше. Мы уже через все это проходили. Сколько можно тебя просить? Не звони, не оставляй записок, не приходи сюда. Это расстраивает Анну. Ты поняла? — Он вешает трубку.

Воскресенье, 18 августа 2013 года

Раннее утро

Я просидела всю ночь в гостиной с включенным для компании телевизором, чувствуя, как страх то накатывается волной, то отпускает. И силы тоже — то оставляют, то вновь появляются. Мне кажется, будто я перенеслась во времени и оказалась в прошлом, и рана, нанесенная им, вновь открылась и болит. Это глупо, я знаю. Глупо было рассчитывать, что у нас с ним снова появился шанс, на основании одной-единственной беседы и нескольких мгновений, которые я приняла за нежность, в то время как они скорее всего были лишь проявлением сентиментальности и чувства вины. Но мне все равно больно. И я позволяю этой боли ныть, потому что, если буду загонять ее вглубь, она никогда не пройдет.

И так же глупо было воображать, что у нас со Скоттом появилось нечто общее, что я могла ему помочь. Вот и выходит, что я круглая дура. Но это не новость. Однако больше я не хочу ею быть. Я провела тут всю ночь и дала себе слово, что возьмусь за ум. Я уеду отсюда, уеду далеко. Найду новую работу. Верну себе девичью фамилию, порву все связи с Томом, сделаю так, чтобы меня было трудно найти. Если, конечно, этого кому-то захочется.

Я мало спала. Я лежала на диване и строила планы, и каждый раз, когда начинала засыпать, слышала голос Тома, причем совсем близко, будто он говорил мне прямо в ухо: «Ты была в стельку пьяной, грязной и вонючей». Сон снимало как рукой, и меня охватывал стыд. Но помимо стыда меня не покидало ощущение дежавю, потому что я слышала эти слова раньше — в точности эти слова.

И я не могла не начать вспоминать, как тогда проснулась и увидела на подушке кровь, как изнутри болела щека, точно я ее прикусила, какими грязными были у меня ногти, как раскалывалась голова, как из ванной появился Том с выражением обиды и злости на лице и как меня захлестнула волна страха.

— Что случилось?

Том показал мне синяки от моих ударов у себя на руках и груди.

— Этого не может быть, Том. Я бы не смогла поднять на тебя руку. Я в жизни никогда никого не била.

— Ты была в стельку пьяной, Рейчел. Ты хоть что-нибудь помнишь о вчерашнем вечере?

А когда он мне все рассказал, я никак не могла поверить, потому что это было совсем на меня не похоже. И выбоина в штукатурке, оставленная клюшкой от гольфа и похожая на выколотый глаз, смотревший на меня каждый раз, когда я проходила мимо, никак не вязалась с насилием, о котором он говорил, и страхом, который я помнила.

Или мне казалось, что помнила. Через какое-то время я перестала задавать вопросы о том, что сделала, или спорить, когда он об этом рассказывал, потому что не хотела знать подробностей, не хотела слышать самого худшего, узнать, что сказала и натворила, когда была той самой грязной, вонючей пьяницей. Иногда он грозился записать наш скандал, а потом дать мне послушать. Однако до этого так и не дошло. Он проявил милосердие.

Позже, просыпаясь в подобных ситуациях, я научилась не спрашивать о том, что случилось, а сразу извинялась и просила прощения за все, что натворила, и за то, что я такая никудышная, и клятвенно обещала, что больше подобного никогда не повторится.

И теперь это действительно так. И за это я должна благодарить Скотта: мне слишком страшно выйти на улицу ночью, чтобы купить спиртное. Слишком страшно, что я могу оступиться, потому что в этот момент становлюсь совсем беззащитной.

Я собираюсь стать сильной, а больше ничего и не требуется.

Веки наливаются тяжестью, и я клюю носом. Я почти полностью убираю звук телевизора, ложусь лицом к спинке дивана, устраиваюсь поудобнее, накрываюсь пледом и чувствую, что начинаю засыпать. И вдруг — бах! — меня поражает словно молнией, и я резко вскакиваю: перед глазами все плывет, и от шока я не могу дышать. Я вспомнила! Вспомнила!

Я была в подземном переходе, он подошел ко мне, залепил с размаху пощечину и попал по губам, а потом поднял руку с зажатыми в ней ключами. Я вспомнила жгучую боль от удара по голове, сдирающего кожу зазубринами бороздок.

Анна

Вечер

Я ненавижу себя за слезы, они делают меня жалкой. Но я чувствую, что силы мои на исходе, а последние несколько недель дались мне очень тяжело. И у нас Томом случился еще один скандал — естественно, из-за Рейчел.

Наверное, он назревал. Я вся извелась из-за записки, из-за того, что он солгал мне, скрыв их встречу. Я постоянно говорю себе, что это полная чушь, но не могу избавиться от чувства, что между ними что-то есть. Я постоянно себя спрашиваю: как он мог, после всего, что она ему устраивала, устраивала нам? Как он мог даже подумать о том, чтобы снова быть с ней? Я хочу сказать, что если поставить нас рядом, то ни один мужчина на свете не выберет ее. Не говоря уже обо всех остальных ее «достоинствах».

Но потом я понимаю, что такое иногда случается. Люди, с которыми вас связывает общее прошлое, не отпускают вас, и, как бы человек ни старался, он не может освободиться от этой зависимости и стать по-настоящему свободным. И через какое-то время может перестать сопротивляться.

Она заявилась в четверг, барабанила в дверь и звала Тома. Я была в ярости, но открыть не решилась. Если у человека есть ребенок, то он — его слабое место, заставляющее действовать с оглядкой. Будь я одна, я бы сумела дать ей отпор и поставить на место. Но с Эви я не могла рисковать. Я понятия не имею, на что способна Рейчел.

Я знаю, зачем она приходила. Она разозлилась, что я о ней говорила с полицией. Не сомневаюсь, что она хотела, чтобы Том запретил мне на нее жаловаться. Она оставила записку: «Нам надо поговорить, пожалуйста, перезвони мне при первой возможности. Это очень важно». Слово «очень» подчеркнуто три раза. Я ее сразу выбросила в мусорное ведро, но потом, подумав, достала и положила в ящик тумбочки вместе с распечаткой того злобного электронного письма и тетрадкой, куда я заносила все ее телефонные звонки и визиты. Журнал преследования. Улики, которые могут мне пригодиться. Я позвонила сержанту уголовной полиции Райли и оставила ей сообщение, что Рейчел опять приходила. Но Райли пока так и не перезвонила.

Я должна была сказать про записку Тому, знаю, но я не хотела, чтобы он злился, что я обратилась в полицию, поэтому просто убрала записку в ящик, надеясь, что Рейчел про нее не вспомнит. Но она, конечно, не забыла. И позвонила ему вечером. Поговорив с ней, он жутко разозлился.

— Что еще, черт возьми, за история с запиской? — рявкнул он.

Я сказала, что выкинула ее.

— Я не предполагала, что тебе захочется ее читать, — ответила я. — Мне казалось, что ты, как и я, желаешь, чтобы она оставила нас в покое.

Он закатил глаза.

— Дело совсем не в этом, ты же знаешь! Конечно, я хочу, чтобы Рейчел оставила нас в покое. Но чего я не хочу, так это чтобы ты начала подслушивать мои телефонные разговоры и читать мою почту. Ты…

— Что я?

— Ничего. Просто ты становишься похожей на нее.

Это был удар под дых. Я разревелась и убежала наверх в ванную. Я сидела там и ждала, что он придет меня успокоить и поцеловать, как это обычно бывало, но примерно через полчаса он крикнул снизу, что поехал на пару часов в тренажерный зал, и я не успела ответить, как хлопнула входная дверь.

И вот теперь я веду себя точь-в-точь как она: допиваю полбутылки красного, оставшегося от ужина, и копаюсь в его компьютере. Ее поведение становится понятней, когда я чувствую себя как сейчас. Нет ничего больнее и разрушительнее подозрения.

Я все-таки подобрала пароль: это «Бленхайм». Безобидное и немудреное название улицы, на которой мы живем. Я не нашла в почте никакого компромата: ни грязных фоток, ни страстных писем. Я полчаса читаю его переписку по электронной почте, и она такая безумно скучная, что о поводах для ревности и речи быть не может. Я захлопываю крышку компьютера и убираю его. Вино и нудная переписка Тома здорово поднимают мне настроение. Я убедилась в беспочвенности своих подозрений и в том, что вела себя глупо.

Я иду наверх почистить зубы — не хочу, чтобы он знал, что я снова пила, — и потом решаю постелить чистые простыни, капнуть на подушки духами и надеть черные шелковые трусики, которые он подарил мне в прошлом году. А когда он придет, я сумею загладить вину.

Стаскивая с постели старые простыни, я натыкаюсь ногой на черную сумку, засунутую под кровать: с этой сумкой он ездит в тренажерный зал. Он забыл ее. Уехал час назад и не вернулся за ней. Внутри у меня все опускается. Может, он просто плюнул на зал и решил зайти в паб? А может, у него есть запасной комплект одежды в его шкафчике в зале? Или он сейчас с ней в постели?

Чувствуя тошноту, я опускаюсь на колени и проверяю содержимое сумки. Все его вещи здесь, чистые и готовые к занятиям. Его спортивные брюки — он бегает только в них. И еще я нахожу мобильник. Мобильник, которого никогда не видела раньше.

Я сажусь на кровать, сжимая его в руке, — сердце у меня вот-вот выскочит из груди. Я хочу включить его, зная, что не удержусь от искушения, и понимая, что наверняка об этом пожалею, потому что ничего хорошего я точно не узнаю. Никто не держит второй телефон в сумке для тренировок, если не хочет ничего скрывать. Голос разума призывает меня вернуть его на место и забыть о нем, но я не могу. Я нажимаю кнопку включения и жду, когда загорится экран. Жду и жду. Но он так и не включается — аккумулятор разряжен. Я чувствую, как по телу растекается облегчение, будто в него ввели морфий.

Мне легче не только оттого, что я не знаю, но и оттого, что разряженный аккумулятор означает: телефоном не пользуются, он не нужен. У мужчины, переживающего бурный роман, такого быть не может. Он будет постоянно носить его с собой. Не исключено, что это его старый аппарат, который бог знает сколько лежал в шкафчике в зале, а у него все не доходили руки его выкинуть. Может, это даже не его телефон — он нашел его в зале, собирался отдать служащему на регистрации и забыл.

Я оставляю постель наполовину разобранной и спускаюсь в гостиную. В нижней части журнального столика есть пара ящичков, куда мы складываем разную мелочевку: рулоны скотча, переходники для розеток, рулетки, дорожные наборы иголок, старые зарядные устройства для мобильных телефонов. Я нахожу три зарядных устройства и проверяю их. Второе подходит. Я подключаю его и телефон за тумбочкой со своей стороны кровати и жду.

В эсэмэсках в основном время и даты. Даже не даты, а дни. «В 3 в понедельник?» «Пятница, 4.30». Иногда отказ. «Завтра не могу». «Не в среду». Никаких объяснений в любви, никаких явных предложений. Просто эсэмэски, примерно с дюжину, и все с неопределяемого номера. В адресной книге никаких контактов, а журнал вызовов очищен от записей.

Все даты телефон регистрировал автоматически. Встречи продолжались много месяцев. Почти год. Когда я понимаю это и вижу, что первая эсэмэска датирована сентябрем прошлого года, мне ставится нехорошо. Сентябрь! Эви тогда было шесть месяцев. Я была еще толстой, некрасивой, измотанной, и мне было не до секса. Но тут меня разбирает смех, потому что это просто глупо и не может быть правдой. В сентябре мы были на седьмом небе от счастья, от любви друг к другу и к нашей малютке. Он не мог крутить роман, никак не мог видеться с ней все это время. Я бы узнала. Это не может быть правдой. Телефон не его.

И все же. Я достаю тетрадку со своими уликами преследования и сравниваю звонки со временем встреч, организованных по телефону. Некоторые совпадают. Какие-то были за день-два до встречи, какие-то — через день-два после нее. Некоторые вообще никак не связаны.

Мог ли он все это время с ней встречаться, а мне рассказывать, что она не дает ему прохода и преследует, мог крутить с ней роман за моей спиной? Но зачем звонить ей по городскому, если для связи у них имелся этот номер? Как-то не стыкуется. Если, конечно, она не звонила нарочно, чтобы я узнала. И чтобы наши отношения испортились.

Тома нет уже почти два часа, и скоро он вернется. Я заправляю постель, убираю свой журнал и его телефон в тумбочку, спускаюсь вниз, выливаю остатки вина в бокал и быстро выпиваю. Я могла бы ей позвонить. И устроить скандал. Но что я ей скажу? С моральной точки зрения особых прав на это у меня нет. К тому же я не уверена, что смогу выдержать, когда она с удовольствием сообщит, что все это время меня водили за нос. Если раньше он проделывал это на пару с тобой, будь готова оказаться в роли обманутой жены сама.

Я слышу шаги за дверью и знаю, что это он: я узнаю его походку. Ставлю бокал в раковину и, опираясь на столешницу, жду, когда он войдет. В ушах стучит кровь.

— Привет! — говорит он. У него виноватый вид, и язык слега заплетается.

— В тренажерном зале стали подавать пиво?

Он улыбается:

— Я забыл сумку с вещами. И заглянул в паб.

Как я и думала. Или он считал, что я так подумаю? Том подходит ближе.

— А чем занималась ты? — интересуется он, продолжая улыбаться. — У тебя виноватый вид. — Он обнимает меня за талию и притягивает к себе. Я чувствую запах пива у него изо рта. — Чем-то нехорошим?

— Том…

— Тсс, — говорит он, целуя меня в губы, и начинает расстегивать на мне джинсы.

Он разворачивает меня к себе спиной. Я не хочу, но не знаю, как об этом сказать, закрываю глаза и стараюсь не думать о том, что он был с ней. Я пытаюсь оживить в памяти первые дни нашего знакомства, когда мы оба рвались в пустующий дом на Крэнхэм-стрит, изголодавшиеся друг по другу и ненасытные.

Воскресенье, 18 августа 2013 года

Раннее утро

Я просыпаюсь от испуга. За окном еще темно, и мне кажется, что Эви плачет. Я иду проверить и вижу, что она крепко спит, вцепившись кулачками в одеяло. Я возвращаюсь в постель, но сон не идет. Я не могу перестать думать о телефоне в тумбочке. Бросаю взгляд на Тома: он лежит, откинув левую руку и повернув голову. По его дыханию понятно, что сон глубокий. Я выскальзываю из постели, открываю ящик тумбочки и достаю телефон.

Я спускаюсь вниз, прохожу на кухню и кручу телефон в руках, собираясь с силами. Я хочу и в то же время не хочу знать. Хочу знать наверняка, но одновременно мне так хочется ошибаться.

Включаю телефон. Потом нажимаю единицу, удерживаю ее и слышу уведомление голосовой почты. Новых сообщений не поступало, сохраненных сообщений нет. Желаю ли я изменить свое персональное приветствие в голосовой почте? Я нажимаю отбой, а потом вдруг меня охватывает абсолютно иррациональный страх, что телефон может зазвонить и разбудить Тома наверху. Я открываю раздвижные стеклянные двери и выхожу во двор.

Трава под ногами влажная, воздух прохладный и напоен тяжелым ароматом дождя и роз. Слышится тихий стук колес приближающегося поезда — он еще далеко. Я дохожу почти до конца сада и снова включаю голосовую почту. Желаю ли я изменить свое персональное приветствие? Да, желаю. Слышится звуковой сигнал, и после паузы раздается ее голос. Ее, а не его!

«Привет, это я, оставьте сообщение».

Мое сердце перестает биться.

Это не его телефон, а ее!

Я снова прокручиваю запись:

«Привет, это я, оставьте сообщение».

Это ее голос!

Не могу пошевелиться, не могу дышать. Я прокручиваю запись снова и снова. В горле стоит ком, я чувствую, что вот-вот лишусь чувств, и в это время наверху зажигается свет.

Рейчел

Раннее утро

Одно воспоминание потянуло за собой другое. Словно я сутками, неделями и месяцами бродила в кромешной тьме и наконец что-то нащупала. Словно вела рукой по стене, чтобы перебраться из одной комнаты в другую. Тени перестали расползаться, глаза привыкли к темноте, и я смогла различать предметы.

Не сразу, конечно. Сначала воспоминания казались мне обрывками снов. Я сидела на диване, не в силах пошевелиться от шока, и говорила себе, что память наверняка снова сыграла со мной злую шутку, как уже бывало не раз, когда действительность оказывалась вовсе не такой, какой мне представлялась.

Как, например, когда мы ходили на вечеринку, устроенную коллегой Тома. Я там здорово напилась, но время мы провели отлично. Помню, перед уходом мы расцеловались с Кларой. Она была женой того самого коллеги — чудесная женщина, добрая и славная. Помню, как она говорила, что нам надо продолжить знакомство, как держала мою руку в своей.

Тогда я помнила это очень ясно, а в действительности все оказалось совсем не так. Я узнала об этом на следующее утро, когда Том не захотел со мной разговаривать. Он и рассказал, как все было на самом деле: он не знал, куда деться от стыда, когда я закатила истерику и устроила скандал, обвинив Клару во флирте с моим мужем.

Я закрывала глаза и ясно чувствовала тепло ее руки, когда мы прощались, но на самом деле этого не было. А было другое: Тому пришлось практически силой выволакивать меня оттуда, причем я сопротивлялась и продолжала выкрикивать оскорбления в адрес Клары, а та была вынуждена спрятаться на кухне.

Вот почему, когда я закрыла глаза и начала погружаться в полудрему, когда вдруг снова ощутила холодный спертый воздух подземного перехода и его противный запах, когда увидела подходившего ко мне разъяренного мужчину с поднятым кулаком, это не было правдой. И ужас, охвативший меня, не был настоящим. И когда тот мужчина ударил меня и бросил лежать на земле всю в слезах и крови, это тоже не могло быть правдой.

Только это оказалось правдой! И я все это видела! Все это настолько невероятно, что просто не укладывается в голове. Я смотрю в окно на восходящее солнце, и туман в голове рассеивается.

Все, что он мне говорил, ложь! Я не выдумала, что ударил меня именно он. Я это помню. Как помню и прощание с Кларой после вечеринки, когда она держала мою руку в своей. Как помню страх, который чувствовала, сидя на полу рядом с клюшкой для гольфа. Теперь я знаю, точно знаю, что удар нанесла не я.

Я не представляю, что дальше делать. Бегу наверх, натягиваю джинсы, сую ноги в кроссовки и спускаюсь вниз. Набираю их номер — городской, — но через пару гудков вешаю трубку. Я не знаю, что делать. Я варю кофе, жду, пока он немного остынет, набираю номер сержанта Райли и сразу вешаю трубку. Она мне не поверит. Наверняка не поверит.

Я иду на станцию. Сегодня воскресенье, и первая электричка будет только через полчаса, так что мне остается ждать на скамейке и прокручивать в голове все снова и снова, то отказываясь этому верить, то впадая в отчаяние.

Все — ложь! Мне не привиделось, что ударил меня именно он. Не померещилось, что он быстро уходил, сжав кулаки. Я видела, как он обернулся и что-то крикнул. Видела, как он шел по дороге с женщиной и они вместе садились в машину. Мне все это не показалось и не привиделось. И я понимаю, как на самом деле все оказывается просто. Я помню все правильно, только наложила одно воспоминание на другое. Я видела, как Анна удалялась от меня и на ней было синее платье, и вставила эту картинку в другое воспоминание, в котором Том садился в машину с женщиной. На той женщине были джинсы и красная футболка, а не синее платье. И той женщиной была Меган.

Анна

Воскресенье, 18 августа 2013 года

Раннее утро

Я со всей силы швыряю телефон за забор, и он приземляется где-то на щебенке возле путей. Мне кажется, я слышу, как он скатывается вниз, и из него до сих пор доносится ее голос: «Привет, это я, оставьте сообщение». Наверное, эти слова будут звучать у меня в ушах еще очень долго.

Когда я возвращаюсь в дом, он уже спустился по лестнице и, не до конца проснувшись, смотрит на меня, сонно моргая.

— Что происходит?

— Ничего, — отвечаю я и слышу, как у меня дрожит голос.

— Что ты там делала?

— Мне показалось, там кто-то ходит. Я отчего-то проснулась и не могла заснуть.

— Звонил телефон, — сообщает он, потирая глаза.

Я с силой сцепляю пальцы, чтобы унять их дрожь.

— Что? Какой телефон?

— Наш телефон. — Он смотрит на меня, как на ненормальную. — Звонил наш телефон. Кто-то набрал наш номер, а потом повесил трубку.

— А-а. Не знаю. Я не знаю, кто звонил.

Он смеется.

— Конечно, не знаешь. С тобой все в порядке? Ты какая-то странная.

Он подходит ближе, обнимает меня за талию и прижимает мою голову к своей груди.

— Тебе надо было разбудить меня, если что-то услышала. И не следовало туда отправляться одной. Это — мое дело.

— Все в порядке, — говорю я, стискивая зубы, чтобы они перестали стучать.

Он целует меня в губы, проталкивая язык мне в рот.

— Пойдем в постель, — говорит он.

— Думаю, что сначала выпью кофе, — говорю я, стараясь освободиться.

Но он меня не отпускает и крепко прижимает к себе, придерживая одной рукой за талию, а другой за шею.

— Пойдем со мной, — повторяет он. — Никаких отказов я не принимаю.

Рейчел

Утро

Я не знаю, как лучше поступить, поэтому просто звоню в дверь. Наверное, следовало сначала позвонить по телефону. Не очень-то вежливо заявляться нежданно-негаданно с утра пораньше в воскресенье. Я начинаю хихикать. Это наверняка от нервов. Я не знаю, что делаю.

Дверь никто не открывает. Чувствуя, как нарастает напряжение, я прохожу по боковому проходу. И снова испытываю сильнейшее ощущение дежавю. В то утро, когда я проникла к ним в дом и забрала малышку, я точно не хотела сделать ей ничего плохого. Теперь у меня нет никаких сомнений.

Я иду вдоль стены дома в прохладной тени, слышу голос Анны и думаю, не мерещится ли мне. Но нет, Анна действительно сидит во внутреннем дворике. Я окликаю ее по имени и приподнимаюсь на цыпочках, чтобы заглянуть через забор. Она смотрит на меня. Я ожидаю увидеть на ее лице выражение шока, но она, похоже, даже не удивлена.

— Привет, Рейчел, — говорит она, поднимаясь, берет девочку на руки и прижимает к себе. Она смотрит на меня спокойно и серьезно. Глаза красные, на бледном чистом лице ни следа макияжа.

— Чего тебе надо?

— Я звонила в дверь, — отвечаю я.

— Я не слышала. — Она устраивает ребенка у себя на боку и отворачивается, будто собирается войти в дом, но на пороге останавливается.

Я не понимаю, почему она не кричит на меня.

— Где Том, Анна?

— Его нет. Он ушел на встречу со своими армейскими приятелями.

— Нам надо уходить, Анна, — говорю я, и она начинает смеяться.

Анна

Воскресенье, 18 августа 2013 года

Утро

По какой-то причине меня вдруг разбирает смех. Бедная толстая Рейчел стоит в саду, красная и потная, и говорит, что нам надо уходить. Именно «нам».

— И куда мы пойдем? — спрашиваю я, когда приступ смеха проходит. Она смотрит меня потерянным взглядом, не зная, что сказать. — Я никуда с тобой не пойду.

Эви ерзает и капризничает, и я спускаю ее на землю. Кожа у меня все еще горит после утреннего душа, когда я нещадно ее скребла, а рот, щеки и язык болят, как от укусов.

— Когда он вернется? — спрашивает она.

— Думаю, не скоро.

На самом деле я понятия не имею. Иногда он может провести целый день, карабкаясь по стенке для скалолазания, — или я считала, что он проводит там весь день. Теперь я не знаю.

Я знаю лишь, что он забрал с собой сумку с вещами для тренажерного зала и скоро выяснит, что телефона в ней нет.

Я подумывала, не переехать ли нам с Эви на какое-то время к сестре, но меня смущает телефон. Что, если его найдут? Там постоянно крутятся ремонтники, телефон могут найти и передать в полицию. А на нем мои отпечатки.

Потом я подумала, что смогу отыскать его сама, но для этого надо дождаться вечера, когда меня никто не увидит.

Наконец до меня доходит, что Рейчел продолжает говорить и задает мне вопросы. Я не слушала ее. Я так устала.

— Анна, — говорит она, подходя ближе и пытаясь поймать мой взгляд своими большими черными глазами, — ты когда-нибудь встречалась хоть с одним из них?

— С кем?

— С его армейскими приятелями. Тебя знакомили хоть с кем-то из них?

Я качаю головой.

— Тебе не кажется это странным?

Вообще-то я только сейчас понимаю, насколько странно ее появление у нас в саду в такой ранний воскресный час.

— Да нет, — отвечаю я. — Они — часть его другой жизни. Одной из его жизней. Как и ты. Какой должна была стать и ты, но мы никак не можем от тебя избавиться.

Она вздрагивает от обиды.

— Что ты здесь делаешь, Рейчел?

— Ты знаешь, почему я здесь, — отвечает она. — Ты знаешь... чувствуешь, что происходит нечто странное...

Она смотрит так серьезно и с таким пониманием, будто действительно за меня переживает. При других обстоятельствах это было бы даже трогательно.

— Хочешь кофе? — спрашиваю я, и она кивает.

Я варю нам кофе, и мы молча сидим в саду, и наше молчание совсем не враждебное.

— Что ты имеешь в виду? — спрашиваю я. — Что армейских приятелей Тома не существует? Что он их выдумал? А сам сейчас с другой женщиной?

— Я не знаю, — отвечает она.

— Рейчел?

Она поднимает на меня взгляд, и я вижу в ее глазах страх.

— Ты хочешь мне что-то рассказать?

— Ты встречалась с родными Тома? — спрашивает она. — С его родителями?

— Нет. Они не разговаривают. Они перестали разговаривать с Томом, когда он ушел ко мне.

Она качает головой:

— Это неправда. Я их тоже никогда не видела. Они даже не знакомы со мной, так с чего им меня жалеть?

У меня в голове, где-то у затылка, прячется черный ком. Он образовался, когда я услышала по телефону ее голос. Я пыталась упрятать этот ком подальше, но сейчас он начинает разбухать и разрастаться.

— Я тебе не верю, — говорю я. — Зачем ему это придумывать?

— Потому что он постоянно лжет.

Я встаю, собираюсь уйти. Мне неприятно, что она это говорит. И я злюсь на себя, потому что, похоже, ей верю. Мне кажется, я всегда знала, что Том лжет. Просто раньше его ложь меня вполне устраивала.

— Он умеет лгать, — соглашаюсь я. — Ты понятия не имела про нас, верно? Мы столько месяцев встречались, трахались как заведенные в доме на Крэнхэм-стрит, а ты ни о чем и не догадывалась.

Она с трудом сглатывает и кусает губу.

— Меган, — говорит она. — Как насчет Меган?

— Я знаю. Они были любовниками.

Мне странно, как звучат эти слова, которые я впервые произнесла вслух. Он изменил мне. Изменил мне!

— Не сомневаюсь, что тебе это приятно слышать, — говорю я, — но теперь ее нет, так что это не важно.

— Анна...

Черный ком уже разросся так, что ему тесно в черепе, он обволакивает глаза, и я с трудом различаю предметы.

— Они были любовниками. И это все! Больше ничего! Это совсем не означает...

— Что он убил ее?

— Не смей так говорить! — кричу я вне себя. — Не смей так говорить при моем ребенке!

Я усаживаю Эви за второй завтрак, который она послушно начинает есть без всякого скандала впервые за многие недели. Она как будто понимает, что сейчас меня тревожат другие заботы, и я обожаю ее за это. Я чувствую себя гораздо спокойнее, когда мы выходим в сад, хотя Рейчел по-прежнему там — стоит в самом конце у забора, провожая взглядом уходящий поезд. Немного погодя она замечает, что мы вернулись, и подходит ближе.

— Тебе они нравятся, верно? — говорю я. — Поезда? А я их ненавижу! На дух не переношу!

На ее губах появляется полуулыбка. Я замечаю, что на левой щеке у нее образуется глубокая ямочка. Я никогда ее раньше не видела. Наверное, потому, что редко видела, как она улыбается. А точнее, не видела никогда.

— Вот и еще одна ложь, — говорит она. — Он рассказывал, что ты обожаешь этот дом, обожаешь в нем все, даже поезда. Он говорил, что ты даже думать не хочешь о том, чтобы сменить жилище, что настаивала на переезде сюда, к нему, несмотря на то, что раньше здесь хозяйничала я.

Я качаю головой:

— Зачем ему такое говорить?! Это полная чушь! Я два года уговариваю его переехать в другое место.

Она пожимает плечами:

— Потому что он постоянно лжет, Анна. Во всем.

Темнота в голове сгущается. Я сажаю Эви на колени, и та послушно устраивается поудобней — на солнце ее разморило, глазки закрываются.

— Значит, все эти телефонные звонки...

Теперь, похоже, все встает на свои места

— Значит, это звонила не ты? То есть я знаю, что были звонки и от тебя, но...

— В основном от Меган? Думаю, да.

Удивительно, но и теперь, когда я знаю, что ненавидела не ту женщину, мое отношение к Рейчел ничуть не меняется. Сейчас, когда она такая спокойная, уверенная в себе и трезвая, я начинаю понимать, какой Рейчел была раньше. И меня это бесит, потому что теперь мне понятно, что он в ней в свое время нашел. И за что любил.

Я смотрю на часы. Чуть больше одиннадцати. Он уехал, по-моему, около восьми, может, даже раньше. Про телефон ему уже наверняка известно. Причем уже некоторое время. Может, он подумал, что где-то случайно его выронил? И захочет посмотреть под кроватью?

— Как давно ты знаешь? — спрашиваю я. — Про их роман?

— Я не знала. В смысле, узнала только сегодня. Не имею понятия, как и что там было. Я только знаю...

Она не заканчивает фразу, и я ей благодарна. Не знаю, как бы я выдержала ее рассказ о неверности Тома. Сама мысль о том, что я теперь в одинаковом положении с ней — толстой неудачницей Рейчел, — сводит меня с ума.

— Думаешь, ребенок был от него? — спрашивает она. — Ее ребенок?

Я смотрю на нее и ничего не вижу — глаза застилает черная пелена, а в ушах стоит рев, как бывает во время шторма или когда над головой низко пролетает реактивный самолет.

— Что ты сказала?

— Я… извини. — Она смущается и краснеет. — Мне не следовало… Она была беременна, когда умерла. Я имею в виду Меган. Мне ужасно жаль.

Я уверена, что ей вовсе не жаль, но я не собираюсь перед ней расклеиваться и впадать в истерику. Я опускаю глаза, вижу Эви и чувствую такую невыразимую боль, какой не могла даже представить. Я не могу больше дышать. Братик Эви или ее сестренка. Их больше нет. Рейчел садится рядом и обнимает меня за плечи.

— Мне очень жаль, — снова повторяет она, и мне хочется ее ударить. От ее прикосновения по коже у меня бегут мурашки. Я хочу оттолкнуть ее, накричать, но не могу. Она дает мне немного поплакать, а потом говорит спокойно и твердо:

— Анна, я думаю, нам лучше уйти. Тебе надо взять кое-какие вещи для себя и Эви, а потом мы уйдем. Вы можете пока остановиться у меня. Пока… пока все не разрешится.

Я вытираю глаза и отстраняюсь.

— Я никуда от него не уйду, Рейчел. У него был роман, он… Это же не в первый раз, верно? — Я начинаю смеяться, и Эви смеется вместе со мной.

Рейчел вздыхает и поднимается.

— Ты сама знаешь, что дело не просто в романе, Анна. Я уверена, что ты знаешь.

— Мы ничего не знаем, — возражаю я, но произношу это едва слышно.

— Она села с ним в машину. В тот вечер. Я ее видела. Я не знала, потому что сначала приняла ее за тебя. Но теперь я все вспомнила.

— Нет!

Эви маленьким липким пальчиком закрывает мне рот.

— Мы должны сообщить в полицию. — Она делает шаг в мою сторону. — Пожалуйста! Ты не можешь с ним оставаться.

Несмотря на жаркое солнце, я вся дрожу. Я пытаюсь вспомнить последнее появление Меган в нашем доме, когда она сказала, что нашла другую работу. Я пытаюсь вспомнить, как он это воспринял: был доволен или разочарован? Но в голове роятся другие, незваные воспоминания: о том, чему я была свидетельницей в один из первых ее визитов в качестве няни. Я должна была поехать на встречу с подругами, но почувствовала себя слишком уставшей и поднялась наверх, чтобы немного поспать. Том, должно быть, пришел, когда я была в спальне, потому что, спустившись вниз, я увидела их вместе. Она стояла, опираясь на стол, а он находился рядом, причем ближе, чем позволяли приличия. Эви сидела на высоком стульчике и плакала, но никто из них не обращал на нее внимания.

Меня бьет озноб. Знала ли я, что он хотел ее? Меган была очень и очень привлекательной блондинкой, похожей на меня. Поэтому да, я понимала, что он ее хочет, как понимаю по взглядам мужчин, проходящих мимо меня с женами и с детьми на руках, что они думают об этом. Так что, наверное, я знала. Он хотел ее и взял ее. Но не это! На такое он не способен!

Только не Том. Любовник, а затем и муж, отец. Хороший отец и надежный глава семьи.

— Ты любила его, — напоминаю я ей. — И любишь до сих пор, ведь так?

Она качает головой, но не очень убедительно.

— Любишь. И сама знаешь... что этого просто не может быть!

Я встаю с Эви в руках и подхожу к ней ближе.

— Он не мог, Рейчел. Ты знаешь, что он не мог этого сделать. Ты же не смогла бы любить человека, способного на такое!

— Но любила! — возражает она. — Мы обе любили.

По ее щекам текут слезы. Рейчел вытирает их, и вдруг выражение ее лица меняется, и она смертельно бледнеет. Она смотрит не на меня, а куда-то мне за плечо. Я поворачиваюсь, желая проследить за ее взглядом, и вижу, что из окна на нас смотрит Том.

Меган

Утро

Она вынуждает меня. А может быть, он. Но я почему-то уверена, что это она. Может, сердце подсказывает, не знаю. Я чувствую ее совсем как раньше, когда сворачивалась калачиком: семя внутри стручка, только это семя улыбается. Ждет своего часа. Я не могу ее ненавидеть. И не могу от нее избавиться. Просто не могу. Раньше мне казалось, что смогу, что с легкостью позволю ее вычистить из своего чрева. Но когда я думаю о ней, я вижу личико Либби, ее темные глазки. Я чувствую запах ее кожи. Чувствую, какой холодной она была в конце. Я не могу избавиться от нее. Не хочу. Я хочу любить ее.

Я не могу ее ненавидеть, но она пугает меня. Я боюсь того, что она может сделать со мной или я могу сделать с ней. Этот страх разбудил меня сегодня в пять утра, и я проснулась вся в поту, хотя окна открыты и я лежу в кровати одна. Скотт уехал на конференцию в Хартфордшир, или в Эссекс, или еще куда-то. Он возвращается сегодня вечером.

Что со мной происходит? Почему мне так хочется остаться одной, когда он здесь, а когда его нет, мне еще хуже? Я не выношу тишины. Мне приходится разговаривать самой с собой, лишь бы прогнать ее. Утром в постели я думала: а что, если все повторится сначала? Что случится, если я снова останусь с ней одна? Что произойдет, если Скотт от меня откажется? Откажется от нас? Что будет, если он догадается, что ребенок не от него?

Конечно, ребенок может быть и от него, но я чувствую, что это не так. Чувствую так же, как и то, что это девочка. Но даже если она и не его, как он узнает? Он не узнает. Не сможет узнать. Я глупая. Он будет вне себя от счастья. Он с ума сойдет от радости, когда я ему скажу. Мысль, что ребенок может быть не его, ему и в голову не придет. А если ему сказать, то это разобьет ему сердце, а я не хочу делать ему больно. Я никогда не хотела причинять Скотту боль.

Я не могу себя изменить.

— Но ты можешь изменить свои поступки, — говорит Камаль.

Я позвонила Камалю вчера вечером сразу после шести. Я не могла больше выносить тишину и начала паниковать. Я хотела позвонить Таре — она бы точно сразу примчалась, — но, представив, какой навязчиво заботливой и назойливой она будет, сразу передумала. Обратиться я могла только к Камалю. Я позвонила ему домой. Сказала, что у меня неприятности, я не знаю, что делать, и что схожу с ума. Он приехал быстро. Не без колебаний, но все же приехал. Наверное, я нарисовала более страшную картину, чем на самом деле, и он испугался, что я могу сделать с собой что-то нехорошее.

Мы сидим на кухне. Еще рано — чуть больше половины восьмого. Скоро ему надо уезжать, чтобы успеть на первый сеанс. Я смотрю, как он сидит напротив меня за нашим кухонным столом: руки аккуратно сложены, взгляд темных печальных глаз устремлен на меня. Я чувствую, что испытываю к нему любовь. Правда. Он был так добр ко мне, несмотря на мое мерзкое поведение.

Он мне простил все, что было раньше, как я и надеялась. Он очистил меня от всех моих грехов. Сказал, что я должна сама себя простить, если хочу положить всему этому конец и больше никуда не бегать. А я и не могу больше никуда бегать. Потому что теперь есть она.

— Мне страшно, — говорю я ему. — А что, если я опять все испорчу? Что, если во мне есть какая-то червоточина? Что, если со Скоттом не сложится? И я опять останусь одна? Я не знаю, смогу ли справиться, я так боюсь снова оказаться одна... В смысле, одна с ребенком...

Он наклоняется вперед и накрывает мою руку своей.

— Ты ничего не испортишь. Ничего. Ты уже не та потерянная и убитая горем девочка. Ты сейчас совсем другая. Ты стала сильнее. Ты уже взрослая. Ты не должна бояться остаться одна. Это не самое страшное, верно?

Я ничего не отвечаю, но думаю об этом, потому что стоит мне закрыть глаза, как я с легкостью ощущаю то чувство, которое заставляет меня вскакивать при погружении в дремоту. Это чувство одиночества в большом темном доме, когда я вслушиваюсь в тишину, надеясь услышать ее плач и шаги Мака по деревянному полу внизу, и знаю, что никогда их больше не услышу.

— Я не могу тебе ничего посоветовать относительно Скотта. Ваши отношения... Я высказал тебе свои сомнения, но решать тебе. Ты сама должна решить, можешь ли ему доверять, хочешь ли, чтобы он позаботился о тебе и твоем ребенке. Это решение должно быть твоим. Ты можешь доверять себе, Меган. Можешь доверять себе в том, что решение, которое ты примешь, будет правильным.

Он приносит мне кофе в сад. Я ставлю кружку, обнимаю его и прижимаю к себе. Сзади нас со скрежетом останавливается на семафоре электричка. Этот шум будто стеной отгораживает нас от всего остального мира, и мне кажется, что в нем, кроме нас, никого больше нет. Он обнимает меня и целует.

— Спасибо, — говорю я. — Спасибо, что приехал, что побыл со мной.

Он улыбается и, отстраняясь, проводит большим пальцем по моей щеке.

— У тебя все будет хорошо, Меган.

— А я не могу сбежать с тобой? Мы с тобой... мы не можем сбежать вместе?

Он смеется:

— Я тебе не нужен. И тебе не нужно никуда бежать. С тобой все будет в порядке. С тобой и твоим ребенком все будет хорошо.

Суббота, 13 июля 2013 года

Утро

Я знаю, что мне нужно сделать. Я думала над этим весь вчерашний день и сегодня ночью. Мне кажется, я вообще не спала. Скотт вернулся домой в жутком настроении: он хотел лишь поесть, трахнуться и тут же завалиться спать. Явно не лучший момент для такого разговора.

Я почти всю ночь пролежала с открытыми глазами возле его горячего и неспокойного тела и приняла решение. Я поступлю правильно. Я все сделаю правильно. Если я все сделаю правильно, то все будет хорошо. А если не будет, то не по моей вине. Я буду любить этого ребенка и выращу его, зная, что с самого начала поступила правильно. Ладно, пусть не с самого начала, но с момента, когда узнала, что это случится. Это мой долг перед малюткой и перед Либби. Это мой долг перед ней — на этот раз сделать все по-другому.

Я лежала и думала над словами моего наставника и над тем, кем я была: ребенком, мятежным подростком, беглянкой, шлюхой, любовницей, плохой матерью, плохой женой. Я не уверена, что смогу переделать себя в хорошую жену, но в хорошую мать — должна попытаться.

Разговор предстоит тяжелый. Наверное, это будет самым трудным, что мне приходилось делать в жизни, но я собираюсь сказать правду. Больше никакой лжи, никаких тайн, никаких побегов, ничего такого. Я собираюсь рассказать все начистоту, а там увидим. Если после этого он сможет меня любить, значит, так тому и быть.

Вечер

Я изо всех сил упираюсь рукой ему в грудь, но не могу дышать, и он намного сильнее меня. Он давит мне рукой на трахею, в глазах все плывет, в висках стучит кровь. Я прижата к стене, пытаюсь закричать, но не могу. Я судорожно цепляюсь за его футболку и сжимаю ее в кулаке. Он меня отпускает и отворачивается. Я соскальзываю по стене на пол кухни.

Я кашляю и отплевываюсь, по лицу текут слезы. Он стоит в нескольких футах от меня, и когда поворачивается, моя рука инстинктивно тянется к горлу, чтобы защитить его. Я вижу, как его лицо искажается от стыда, и хочу сказать, что все нормально. Я в порядке. Я открываю рот, но не могу произнести ни слова, и только бьюсь в новом приступе кашля. Боль просто невообразимая. Он что-то говорит, но я не слышу, как будто мы под водой: звуки глухие и смазанные и доносятся волнами. Я ничего не понимаю. Я думаю, что он просит прощения.

Я с трудом поднимаюсь на ноги, протискиваюсь мимо него, иду наверх в спальню и закрываюсь в ней на ключ. Я сажусь на кровать и жду, что он придет, но он не приходит. Тогда я поднимаюсь, вытаскиваю из-под кровати свой небольшой чемодан, подхожу к шкафу, чтобы собрать кое-какие вещи, и вижу себя в зеркале. Я подношу руку к лицу: она выглядит удивительно белой на фоне пунцовой кожи, багровых губ и налитых кровью глаз.

Я не могу прийти в себя от шока, потому что никогда раньше он так себя не вел. Однако считать это полной неожиданностью тоже нельзя. В глубине души я допускала, что такое возможно и что к этому все шло. Что я вела к этому. Я медленно вытаскиваю из ящиков вещи — нижнее белье, пару футболок — и засовываю их в чемодан.

Я ему толком и не успела ничего сказать. Только начала. Хотела сначала рассказать о плохом, а потом перейти к хорошему. Я не могла сказать ему про ребенка, а потом добавить, что он может быть не от него. Это было бы слишком жестоко.

Мы сидели в саду. Он рассказывал о работе, а потом заметил, что я не слушаю.

— Тебе это неинтересно? — спросил он.

— Интересно, но не в данный момент.

Он не улыбнулся.

— Просто сейчас мои мысли заняты другим. Мне надо тебе кое о чем рассказать. Что-то может тебе не понравиться, а что-то…

— Что мне может не понравиться?

Я должна была сообразить, что момент для разговора сейчас неудачный, потому что настроение у него моментально испортилось. Он тут же стал подозрительным и не сводил с меня испытующего взгляда. Я должна была понять, что сама идея поговорить с ним была ошибкой.

Мне кажется, я это поняла, но отступать было уже слишком поздно. В любом случае я приняла решение. Поступить правильно.

Я села рядом с ним на бордюр и вложила свою руку в его.

— Что мне не понравится? — спросил он, но моей руки не выпустил.

Я сказала, что очень сильно его люблю, и почувствовала, как он внутренне сразу напрягся, как будто знал, что за этим последует, и готовился. Так всегда бывает, когда человеку в подобных обстоятельствах говорят, что любят его. Я тебя люблю, правда люблю, но... Но!

Я сказала ему, что совершила ошибку, и он выпустил мою руку. Он поднялся, сделал несколько шагов в сторону путей, а потом повернулся ко мне.

— Какую ошибку?

Он произнес это ровным голосом, но я видела, с каким трудом ему это далось.

— Подойди ко мне и сядь рядом, — сказала я. — Пожалуйста.

Он покачал головой.

— Какую ошибку, Меган? — повторил он, на этот раз громче.

— У меня... сейчас уже все закончено... был роман. Я смотрела вниз и боялась поднять на него глаза.

Он процедил что-то сквозь стиснутые зубы, но что именно, я не разобрала. Я взглянула на него, но он снова отвернулся и смотрел на пути, прижав руки к вискам. Я поднялась, подошла к нему, положила руки ему на бедра, но он отскочил от меня. А потом повернулся, чтобы уйти в дом, и, не глядя на меня, прошипел:

— Не смей до меня дотрагиваться, шлюха!

Мне не следовало за ним идти, надо было дать ему время прийти в себя, но мне хотелось поскорее покончить с плохой частью и перейти к хорошей, поэтому я направилась следом.

— Скотт, пожалуйста, просто выслушай, все не так плохо, как тебе кажется. Все кончено. Совсем. Пожалуйста, послушай...

Он схватил фотографию, где мы сняты вместе и которая ему особенно нравилась — я вставила ее в рамку и подарила ему на вторую годовщину нашей свадьбы, — и запустил в меня со всей силы. Она с треском ударилась о стену, и он подскочил ко мне, схватил за плечи, протащил через всю комнату и швырнул к противоположной стене. Голова у меня дернулась, я стукнулась затылком. Он наклонился надо мной, прижал руку к моей шее и, не произнося ни слова, принялся давить на нее. Все сильнее и сильнее. Глаза он закрыл, чтобы не видеть, как я задыхаюсь.

Когда чемодан был собран, я начала все из него вытаскивать и раскладывать обратно по ящикам. Если я пойду с чемоданом, он меня не выпустит. Мне надо взять с собой только обычную сумку и телефон. Потом я опять передумываю и начинаю паковать чемодан заново. Я не знаю, куда пойду, но здесь мне оставаться нельзя. Я закрываю глаза и чувствую на горле его руки.

Я помню свое решение больше не убегать и не прятаться, но оставаться сегодня здесь мне нельзя. Я слышу шаги на лестнице — медленные и тяжелые. Кажется, на подъем у него уходит целая вечность. Обычно он перешагивает через несколько ступенек, но сегодня похож на человека, который поднимается на эшафот. Правда, я не знаю, в качестве кого: осужденного или палача.

— Меган?

Он не пытается открыть дверь.

— Меган, прости, что я сделал тебе больно. Мне так жаль, что я причинил тебе боль.

Я слышу в его голосе слезы. И прихожу в ярость. Мне хочется выскочить из комнаты и расцарапать ему лицо. Да как он смеет плакать после всего, что натворил! Я вне себя от бешенства, мне хочется наорать на него, велеть убраться от двери, убраться от меня, но я сдерживаюсь, потому что я не так глупа. У него есть причины выйти из себя. И мне надо сохранить здравомыслие и ясность ума. Теперь я думаю не только о себе, но и о ребенке. Этот скандал придал мне сил и решимости. Я слышу, как он молит о прощении по ту сторону двери, но мне сейчас не до этого. Сейчас я должна заняться другим.

В самом конце платяного шкафа, в нижней части трех рядов обувных коробок с аккуратными надписями есть темно-серая коробка с надписью «Красные полусапожки», и в ней лежит старый мобильный телефон с номером без абонентской платы, который я купила несколько лет назад и сохранила на всякий случай. В последнее время я им не пользовалась, но сегодня особый день. Я собираюсь быть честной. Я не буду больше ничего скрывать. Больше никакой лжи, никакого обмана. Настало время папочке понести ответственность.

Я сажусь на кровать, включаю телефон и молю Бога, чтобы он не разрядился. Экран загорается, и я чувствую, как адреналин разгоняет кровь: у меня слегка кружится голова, чуть подташнивает, впечатление такое, будто я под кайфом. Мне начинает нравиться происходящее, я предвкушаю, как вытащу все наружу, как брошу ему — им всем! — вызов, расставлю все по своим местам и покажу, чем это закончится. К концу дня каждый будет знать уготованное ему место.

Я набираю его номер. Как и следовало ожидать, звонок переключается на голосовую почту. Я набираю эсэмэску: «Перезвони мне. Это СРОЧНО!» Затем начинаю ждать.

Я проверяю журнал вызовов. Последний раз я звонила в апреле. В конце марта и начале апреля я звонила много раз, но все звонки остались без ответа. Я звонила, звонила и звонила, а он просто не реагировал, не реагировал даже на угрозы, что я заявлюсь к нему домой и все расскажу жене. Думаю, сейчас ему придется меня выслушать. Теперь я заставлю его себя выслушать.

Наши отношения начинались как игра. Как безобидное развлечение. Мы изредка сталкивались с ним на улице, и время от времени он заглядывал в галерею, улыбался и флиртовал. Но потом галерея закрылась, и я все время проводила дома, не находя себе места от скуки. Мне хотелось хоть какого-то разнообразия. И однажды, когда Скотта не было в городе, я случайно натолкнулась на него в городе и пригласила выпить кофе. По его глазам я понимала, что за мысли крутились у него в голове, и это случилось. А потом еще раз, но я не имела на него какие-то виды. Мне просто нравилось чувствовать себя желанной, нравилось ощущение власти. Вот так все было — без затей и глупо. Мне не нужно было, чтобы он уходил от жены, мне хотелось, чтобы он этого желал. Чтобы дорожил мною так сильно.

Я уже не помню, когда начала верить, что наши отношения — это нечто большее, что мы нечто большее и что очень подходим друг другу. Но как только мне начало так казаться, я почувствовала, что он начал отдаляться. Он перестал присылать эсэмэски, отвечать на мои звонки, и я никогда не чувствовала себя такой ненужной, как тогда. Я ненавидела это ощущение. И оно переросло в навязчивую идею. Теперь я это понимаю. В конце концов, я действительно думала, что смогу смириться с этим, пусть даже и не без переживаний. Но сейчас все изменилось.

Скотт по-прежнему находится за дверью. Я не слышу его, но чувствую. Я иду в ванную и опять набираю номер. Звонок снова переключается на голосовую почту, и я набираю номер еще и еще раз. Потом я шепотом оставляю сообщение. «Возьми трубку, или я приеду. На этот раз я не шучу. Мне надо с тобой поговорить. Ты не можешь меня не выслушать».

Какое-то время я стою в ванной, положив телефон на край раковины. Я жду, что он зазвонит. Но экран упорно не желает загораться и поблескивает серым. Я расчесываю волосы, чищу зубы и накладываю немного косметики. Кожа на лице постепенно принимает обычный цвет. Глаза по-прежнему красные и горло болит, но выгляжу я прилично. Я начинаю считать. Если я досчитаю до пятидесяти, а телефон так и будет молчать, я поеду к нему и постучусь в дверь. Телефон не звонит.

Я засовываю телефон в карман джинсов, быстро прохожу через спальню и открываю дверь. Скотт сидит на лестнице, обхватив руками колени и опустив голову. Он не смотрит на меня, и я быстро прохожу мимо него и бегу по ступенькам вниз, едва дыша. Я боюсь, что он схватит меня сзади и толкнет. Я слышу, как он поднимается и кричит вдогонку:

— Меган? Ты куда? Ты идешь к нему?

Внизу я оборачиваюсь и говорю:

— Никакого «его» больше нет, понятно? Все кончено.

— Пожалуйста, подожди, Меган. Не уходи!

Я не хочу слышать, как он юлит, не хочу слышать мольбу в его голосе и жалость к себе. У меня для этого слишком болит горло, будто кто-то влил в него кислоту.

— Не ходи за мной, — хрипло отвечаю я. — Если ты за мной пойдешь, то больше никогда меня не увидишь. Это понятно? Если я обернусь и увижу тебя, ты больше никогда меня не увидишь!

Захлопывая входную дверь, я слышу, как он зовет меня.

Какое-то время я жду на тротуаре, чтобы убедиться, что он не пошел за мной, потом иду по Бленхайм-роуд, постепенно замедляя шаг. Я дохожу до дома номер двадцать три, и тут решимость меня покидает. Я не готова вот так с ходу начать разговор. Мне нужна минутка, чтобы собраться с силами. Несколько минут. Я прохожу мимо дома, мимо подземного перехода, мимо станции. Добираюсь до парка и там набираю его номер еще раз.

Я говорю ему, что нахожусь в парке и буду его тут ждать, а если он не придет, то мне придется самой прийти к ним домой. Это его последний шанс.

Вечер просто потрясающий: время чуть позже семи, но еще тепло и светло. На качелях и горке играют детишки, а их родители стоят в сторонке и оживленно болтают. Тут все кажется таким спокойным и чудесным, что, глядя на них, мне невольно становится больно, что мы со Скоттом не будем приводить сюда свою дочурку. Я не могу представить, что мы способны быть такими же счастливыми и довольными жизнью. Теперь уже не могу. После того, что я сделала.

Утром я не сомневалась, что рассказать обо всем было лучшим решением, вернее, не лучшим, а единственным. Больше никакой лжи, никаких тайн. А потом он поднял на меня руку, что только подтвердило мою правоту. Но теперь, когда я сижу здесь одна, а Скотт дома, взбешенный и с разбитым сердцем, мне уже не кажется, что я поступила правильно. Я проявила не силу, а безрассудность, и только сделала всем хуже.

Возможно, смелость нужна мне вовсе не для того, чтобы сказать правду, а исключительно для того, чтобы уйти. И это связано не с внутренним стремлением все изменить, тут дело в другом. Для нашего же с ней блага сейчас самое время уйти, уйти от них обоих, от всего этого. Может, сбежать куда-то и укрыться там и есть для меня наилучший выход.

Я поднимаюсь и обхожу парк. Мне хочется, чтобы телефон зазвонил, и я боюсь этого звонка. В конце концов, я даже рада, что он не звонит. Я принимаю это за знак и иду к выходу, в сторону дома.

Я как раз миновала станцию, когда увидела его. Он шел быстрым шагом от подземного перехода, сгорбившись и сжав кулаки. Я окликнула его, даже не успев подумать.

Он поворачивается.

— Меган! Какого черта... — На его лице злость, но он машет рукой, чтобы я подошла. — Пошли, — говорит он, когда я приближаюсь. — Мы не можем тут разговаривать. У меня там машина.

— Я просто хотела...

— Мы не можем тут разговаривать! — чеканит он. — Пошли! — Он тащит меня за руку и добавляет уже мягче: — Мы куда-нибудь отъедем, ладно? Туда, где сможем поговорить.

Я сажусь в машину, оборачиваюсь и смотрю в ту сторону, откуда он появился. Подземный переход не освещен, но мне кажется, что там, в темноте, кто-то есть и этот кто-то провожает нас взглядом.

Рейчел

Вторая половина дня

Заметив его, Анна в ту же секунду поворачивается и бежит в дом. Я медленно иду за ней, слыша, как громко стучит сердце, и останавливаюсь перед стеклянной дверью. Они стоят в объятиях друг друга, он прижимает ее к себе, а Эви находится между ними. Голова Анны опущена, плечи вздрагивают. Губы Тома прижаты к макушке Анны, но смотрит он на меня.

— И что у нас здесь происходит? — спрашивает он, едва заметно улыбаясь. — Должен признаться, что никак не ожидал увидеть вас обеих, мирно сплетничающих у меня в саду.

Он говорит вполне миролюбиво и спокойно, но меня ему не провести. Больше у него это не выйдст. Я открываю рот, чтобы ответить, но не нахожу слов. Я не знаю, с чего начать.

— Рейчел? Так ты скажешь мне, что происходит? — Он выпускает Анну из объятий и делает шаг мне навстречу.

Я отступаю на шаг, и он смеется.

— Да что с тобой такое? Ты выпила? — спрашивает он, но по его глазам я вижу, что он знает: я не пила, — и в кои-то веки он об этом жалеет.

Я лезу в задний карман джинсов и нащупываю в нем телефон — его твердая гладкая поверхность действует успокаивающе, жаль только, что я не догадалась сделать звонок раньше. Не важно, поверили бы мне или нет, если бы я сказала, что нахожусь в доме Анны, но полиция бы приехала обязательно.

Том находится от меня всего в паре футов, только он стоит с одной стороны двери, а я — с другой.

— Я тебя видела, — наконец произношу я и чувствую, как от этих слов, произнесенных вслух, меня охватывает эйфория — пусть ненадолго, но все же. — Ты думаешь, что я ничего не помню, но я помню! Я видела тебя. После того, как ты ударил меня и бросил в подземном переходе…

Он начинает смеяться, но теперь я вижу его насквозь и не понимаю, что мешало мне делать это раньше. В его глазах мелькает страх. Он бросает взгляд на Анну, но та отворачивается.

— Ты о чем?

— В подземном переходе. В тот вечер, когда пропала Меган Хипвелл.

— Что за чушь! — говорит он, отмахиваясь. — Я не бил тебя. Ты сама упала.

Он берет Анну за руку и притягивает к себе.

— Милая, ты поэтому так расстроена? Не слушай ее, она несет полную чушь! Я не бил ее. Я никогда не поднимал на нее руку. Если, конечно, не считать такого. — Он обнимает Анну за плечи и прижимает к себе. — Ну же, я ведь рассказывал тебе о ней. Она ничего не помнит, когда пьет, и начинает придумывать…

— Ты сел с ней в машину. Я видела, как вы уехали вместе.

Он по-прежнему улыбается, но уже не так уверенно. И может, мне кажется, но он побледнел. Он снова убирает руку с плеча Анны. Она садится за стол спиной к мужу и сажает к себе на колени дочку.

Том проводит рукой по губам и присаживается на стол, скрещивая руки на груди.

— Ты видела, что я садился в машину с кем?

— С Меган.

— А-а, понятно. — Он снова разражается громким деланным смехом. — Когда мы говорили об этом в прошлый раз, ты утверждала, что в машину садилась Анна. Кто будет на следующей неделе? Принцесса Диана?

Анна смотрит на меня. Я вижу, как на ее лице отражается сомнение, а потом оно загорается надеждой.

— Ты не уверена? — спрашивает она.

Том опускается рядом с ней на колени.

— Конечно, она не уверена. Она все придумывает — она всегда все придумывает. Милая, пожалуйста. Наверное, тебе лучше подняться ненадолго наверх, ладно? А я поговорю обо всем с Рейчел. И на этот раз, — он бросает на меня красноречивый взгляд, — я обещаю, что больше она нас никогда не потревожит.

Анна колеблется. Я вижу это по тому, как она на него смотрит, пытаясь понять по лицу, кто из нас прав. Он тоже не сводит с нее глаз.

— Анна! — зову я, чтобы переключить ее внимание на себя. — Ты знаешь! Ты знаешь, что он лжет. Ты знаешь, что он с ней спал.

В комнате повисает тишина. Анна переводит взгляд с Тома на меня и обратно, открывает рот, чтобы что-то сказать, но не произносит ни слова.

— Анна! Что она говорит? Между нами... Между мной и Меган ничего не было!

— Я нашла ее телефон, Том, — произносит она чуть слышно. — Пожалуйста, не надо. Не надо играть. Не надо мне лгать.

Эви начинает хныкать. Том очень осторожно забирает ее у Анны, подходит к окну, качая малышку, и что-то тихо ей говорит. Мне не слышно что. Анна сидит, склонив голову, и слезы капают с ее подбородка на стол.

— Где он? — спрашивает Том, поворачиваясь к нам и уже не улыбаясь. — Телефон, Анна! Ты отдала его ей? — Он кивает головой в мою сторону. — Он у тебя?

— Я ничего не знаю о телефоне, — говорю я, жалея, что Анна не сказала о нем раньше.

Том не обращает на меня внимания.

— Анна! Ты отдала его ей?

Та качает головой.

— Где он?!

— Я его выбросила. Через забор. В сторону путей.

— Хорошая девочка, молодец, — рассеянно произносит он, стараясь решить, что делать дальше.

Он смотрит на меня, потом поворачивается к Анне. Видно, что он растерян.

— Ты все время была очень уставшей, — говорит он. — И ничего не хотела. Тебя интересовал только ребенок. Разве не так? Только ребенок и ничего больше!

Он снова овладел ситуацией, оживился, начал корчить рожицы дочке и щекотать ей животик, заставляя смеяться.

— А Меган... она была доступной. Сначала все происходило у нее дома, но она очень боялась, что Скотт узнает. И тогда мы стали встречаться в «Лебеде». Это было... Ты же помнишь, как это было, разве не так, Анна? В самом начале, когда мы виделись в том доме на Крэнхэм-стрит. Ну, ты понимаешь. — Он смотрит на меня через плечо и подмигивает. — Мы с Анной там встречались в старые добрые времена.

Он перекладывает дочь в другую руку, и теперь ее головка лежит у него на плече.

— Ты думаешь, что я бессердечный, но это не так. Я просто говорю правду. Ты же этого хотела, Анна? Ты сама просила меня не лгать.

Анна не поднимает глаз. Она сидит не шевелясь, крепко вцепившись руками в край стола.

Том громко вздыхает.

— Как же приятно, что можно быть честным, — произносит он, обращаясь ко мне и глядя на меня. — Ты понятия не имеешь, сколько сил отнимает общение с такими людьми, как ты. И, черт возьми, я пытался. Я изо всех сил пытался помочь тебе. Помочь вам обеим. Вы обе... я хочу сказать, что любил вас обеих, но вы обе бываете такими слабыми.

— Да пошел ты, Том! — произносит Анна, вставая из-за стола. — Не смей ставить меня с ней на одну доску!

Я смотрю на нее и только сейчас понимаю, насколько они с Томом подходят друг другу. Она для него достойная пара, гораздо лучше меня, потому что сравнение со мной задевает ее куда больше, чем то, что ее муж оказался лжецом и убийцей.

Том подходит к ней и примирительно произносит:

— Прости меня, милая, я был неправ.

Она недовольно отворачивается, а он смотрит на меня.

— Ты знаешь, что я старался. Я был тебе хорошим мужем, Рейч. Я многое сносил — и твое пьянство, и депрессию. Я очень долго терпел, прежде чем сдался.

— Ты лгал мне! — говорю я, и он удивленно ко мне поворачивается. — Ты говорил, что во всем виновата только я. Ты заставил меня поверить в собственную ничтожность. Ты видел, как я мучаюсь, ты...

Он пожимает плечами:

— Ты представляешь, какой ты стала неинтересной, Рейчел? Какой некрасивой? Слишком расстроенной, чтобы вылезти из кровати утром, слишком уставшей, чтобы принять душ или вымыть свои гребаные волосы. Господи! Неудивительно, что я потерял терпение, разве нет? Неудивительно, что я стал искать утешения на стороне. Ты сама во всем виновата, и никто другой.

Он поворачивается к Анне, и выражение его лица меняется.

— Анна, с тобой все было по-другому, клянусь! Та интрижка с Меган была... просто маленьким развлечением. И ничем больше. Признаю, что гордиться тут нечем, но мне просто нужна была разрядка. Вот и все. Там не было и не могло быть ничего серьезного. Та связь никак не должна была отразиться на нас и нашей семье. Пожалуйста, пойми это.

— Ты... — произносит Анна, но не находит слов.

Том кладет ей руку на плечо.

— Что, милая?

— Ты привел ее ухаживать за Эви! — цедит она сквозь зубы. — Ты трахал ее, когда она была здесь? Когда она присматривала за нашей малышкой?

Он убирает руку, и на его лице появляется выражение глубокого раскаяния и стыда.

— Это было ужасно. Я думал... я думал, что... Если честно, я не знаю, что думал. Наверное, вообще не думал. Это было неправильно. Я очень виноват.

Потом маска на его лице снова меняется, и теперь оно выражает простодушную наивность и мольбу.

— Я тогда ничего не знал, Анна. Ты должна мне поверить, что я понятия не имел, кто она на самом деле.

Я ничего не знал о ребенке, которого она убила. Я бы ни за что и близко не подпустил ее к Эви, если бы знал. Ты должна мне поверить.

Анна вдруг вскакивает так резко, что опрокидывает стул, на котором сидела, он с грохотом падает и будит малютку.

— Дай ее мне! — говорит Анна, протягивая руки.

Том пятится назад.

— Ну же, Том! Дай ее мне! Дай ее мне!

Но он не отдает и отходит в сторону, качая ребенка и что-то ей нашептывая, и Эви в конце концов успокаивается. Но тут с Анной случается истерика. Она переходит на крик, и сначала еще можно разобрать требования дать ей ребенка, а потом слышится только вой, полный боли и муки. Эви тоже зашлась в крике. Том старается успокоить ребенка и не обращает внимания на Анну, поэтому заняться ею приходится мне.

Я выволакиваю ее в сад и произношу ей на ухо быстро и настойчиво:

— Ты должна успокоиться, Анна. Ты меня понимаешь? Мне надо, чтобы ты успокоилась. Ты должна заговорить с ним, отвлечь его на минутку, пока я позвоню в полицию. Это понятно?

Она мотает головой и не может остановиться. Потом хватает меня за руку, больно впиваясь в нее ногтями.

— Как он мог?!

— Анна! Послушай! Ты должна его отвлечь на минутку.

Наконец ее взгляд становится осмысленным, и она кивает:

— Хорошо.

— Просто… ну, не знаю. Сделай так, чтобы он отошел от двери и не смотрел сюда.

Она возвращается в дом. Я делаю глубокий вдох и отхожу от двери в глубь сада. Недалеко, на лужайку. Потом оборачиваюсь посмотреть. Они все еще на кухне. Я иду чуть дальше. Начинает дуть ветерок — скоро станет жарко. Над землей парят стрижи, в воздухе чувствуется запах приближающейся грозы. Я люблю этот запах.

Я лезу в задний карман и достаю телефон. Руки у меня дрожат, и мне никак не удается разблокировать клавиатуру — я нажимаю на нужные кнопки только с третьей попытки. Я решаю позвонить сержанту Райли, которая меня знает. Прокручиваю список телефонов, но никак не могу ее найти, поэтому сдаюсь и просто набираю три девятки. Я как раз нажимаю на вторую девятку, когда вдруг удар ногой в поясницу опрокидывает меня на траву. Я задыхаюсь, телефон вылетает у меня из рук, и он забирает его, прежде чем я успеваю подняться на колени.

— Ну же, Рейч, — говорит он и, подхватив меня под руку, легко поднимает на ноги. — Давай не будем делать глупостей.

Он ведет меня в дом, и я не сопротивляюсь, понимая, что это бесполезно и сбежать от него тут некуда. Он заталкивает меня в дом, закрывает стеклянную дверь и запирает ее. Ключи бросает на стол. Анна стоит рядом и смотрит на меня с едва заметной улыбкой. Я спрашиваю себя, не она ли сообщила Тому, что я собираюсь звонить в полицию.

Анна готовит обед для дочери и ставит чайник, чтобы напоить всех нас чаем. Столь причудливая пародия на заурядность происходящего выглядит настолько убедительно, что мне кажется, будто я могу просто вежливо попрощаться, пройти через комнату и оказаться в безопасности улицы. Это так заманчиво, что я действительно делаю несколько шагов к двери, но на пути у меня возникает Том. Он кладет руку мне на плечо, сдвигает ее к шее и слегка сжимает пальцы.

— И что мне с тобой делать, Рейч?

Меган

Вечер

Только оказавшись в машине, я замечаю, что рука у него в крови.

— Ты поранился, — говорю я.

Он не отвечает, вцепившись в руль с такой силой, что побелели костяшки.

— Том, ты должен меня выслушать, — продолжаю я, стараясь говорить примирительным тоном и вести себя как взрослый человек, хотя, наверное, время для этого уже прошло. — Извини, что я тебе досаждаю, но действительно! Ты же просто исчез! Ты...

— Все нормально, — говорит он мягко. — Я не... меня вывело из себя другое. Ты тут ни при чем.

Он поворачивается ко мне и пытается улыбнуться, но улыбка не получается.

— Проблемы с моей бывшей, — объясняет он. — Сама знаешь, как это бывает.

— А что у тебя с рукой? — спрашиваю я.

— Проблемы с моей бывшей, — снова повторяет он, но уже со злостью. Оставшийся путь до Корли-Вуд мы проделали молча.

Мы заехали на стоянку и припарковались в самом конце. Мы тут бывали раньше. Вечерами сюда редко кто заглядывает — иногда можно встретить подростков с пивом, вот, пожалуй, и все. Сегодня мы здесь одни.

Том выключает двигатель и поворачивается ко мне.

— Ладно. Так о чем ты хотела поговорить?

Он еще не остыл, но уже начинает успокаиваться и не кипит от злости. И все же мне не очень хочется находиться в замкнутом пространстве с рассерженным мужчиной, и я предлагаю прогуляться. Он закатывает глаза и тяжело вздыхает, но соглашается.

На улице по-прежнему тепло. Под деревьями роятся мошки, сквозь листву пробиваются солнечные лучи, заливая тропинку каким-то подземным светом. Над головами о чем-то сердито кричат сороки.

Мы молча идем по тропинке: я впереди, Том в нескольких шагах позади. Я думаю, как сказать об этом, какие слова подобрать. Я не хочу осложнять все еще больше. Мне приходится постоянно себе напоминать, что я хочу поступить правильно.

Я останавливаюсь и поворачиваюсь к нему — Том стоит совсем близко. Он кладет руки мне на бедра.

— Здесь? — спрашивает он. — Ты этого хочешь? — На его лице равнодушие.

— Нет, — говорю я, отстраняясь. — Не этого.

Тропинка здесь спускается вниз. Я немного замедляю шаг, он тоже.

— Тогда чего?

Я делаю глубокий вздох. Горло все еще болит.

— Я беременна.

Никакой реакции. На его лице не отразилось абсолютно ничего. Как будто я сказала, что по пути домой мне надо заскочить в магазин или что записалась к дантисту.

— Поздравляю, — наконец произносит он.

Еще один глубокий вздох.

— Я говорю об этом потому... потому, что не исключено, что этот ребенок твой.

Он долго смотрит на меня, а потом начинает смеяться.

Правда? Какой же я счастливчик! И что теперь? Мы должны сбежать? Втроем? Ты, я и малютка? И куда же? В Испанию?

— Я считала, что ты должен знать, потому что...

— Сделай аборт, — говорит он. — Я хочу сказать, что если ребенок от мужа, то поступай как знаешь. Но если он от меня, избавься от него. Серьезно, давай не будем делать глупостей. Мне не нужен еще один ребенок. — Он проводит рукой по моему лицу. — И потом, извини, но мне кажется, что на роль матери ты не очень годишься, разве не так, Мег?

— Я тебя ни к чему не принуждаю...

— Ты слышала, что я сказал? — резко и раздраженно спрашивает он, поворачиваясь ко мне спиной и направляясь к машине. — Какая из тебя мать, Меган?! Даже не думай! Избавься от него!

Я иду за ним, сначала просто быстро, а потом бегом, догоняю и толкаю в спину. Я кричу и визжу на него, пытаюсь расцарапать в кровь его гребаное самодовольное лицо, а он только смеется и легко от меня отбивается. Я начинаю его оскорблять самыми последними словами, издеваться над тем, какой он слабак в постели, какая у него никчемная жена и какой уродливый приплод.

Я даже не знаю, отчего пришла в такое бешенство. Какой реакции я ожидала? Гнева, может, тревоги или огорчения. Но не этого. Он не просто расстается со мной — он прогоняет меня и моего ребенка и больше не хочет о нас ничего знать. Вот почему я кричу на него и не собираюсь ставить точку.

— Я заставлю тебя за все заплатить! Всю свою проклятую жизнь ты будешь за это расплачиваться!

Он больше не смеется.

Он подходит ко мне. И у него что-то в руках.

Я упала. Наверное, поскользнулась. И ударилась головой. Мне кажется, что меня сейчас вырвет. Все кругом красное. Я не могу подняться.

Совсем как в старой считалочке: первый — печальный; второй — смешной; третий — девчачий… Дальше я считать не могу. В голове все гудит, а рот полон крови. Третий — девчачий. Я слышу, как насмешливо и хрипло кричат сороки. Они издеваются надо мной. Их целая стая. И они предвещают беду. Я вижу, как они застилают свет черным пятном. Нет, это не они, а человек. Он подходит ближе и обращается ко мне:

— Видишь, что ты наделала? Ты сама не оставила мне выбора!

Рейчел

Вторая половина дня

Мы сидим в гостиной маленьким треугольником: на диване Том — любящий отец и примерный муж — с дочкой на коленях, рядом с ним Анна, а напротив расположилась бывшая жена с чашкой чая. Все очень цивилизованно. Я сижу в кожаном кресле, которое мы купили сразу после свадьбы. Это был первый предмет мебели, приобретенный нами как супружеской парой — мягкая кожа светло-коричневого цвета, дорогая, роскошная вещь. Я помню, как была взволнованна, когда это кресло привезли. Помню, как тут же в нем устроилась, поджав под себя ноги, и чувствовала себя защищенной и счастливой. Тогда я еще подумала, что оно совсем как брак, который дает человеку ощущение тепла, уюта и безопасности.

Том смотрит на меня, нахмурив брови. Видимо, размышляет, как поступить, чтобы исправить положение. Его тревожит не Анна, это ясно. Проблему представляю я.

— Она чем-то походила на тебя, — вдруг произносит он. Потом откидывается на спинку дивана и поудобнее устраивает дочку на коленях. — Была похожа на тебя

и в то же время другая. В ней была... какая-то неприка-
янность. А перед этим я не могу устоять, — улыбаясь,
говорит он. — Я как рыцарь в сверкающих доспехах.

— Никакой ты не рыцарь, — тихо возражаю я.

— Брось, Рейч, не надо. Неужели ты не помнишь?
Ты так переживала после смерти отца, так хотела иметь
рядом близкого человека, к которому могла бы приходить
и который бы тебя любил. Я дал тебе все это. Со мной
ты чувствовала себя защищенной. А потом решила спу-
стить все это в унитаз, но моей вины в этом нет.

— Я тоже много чего могу поставить тебе в вину,
Том.

— Нет-нет, — он протестующе грозит пальцем, —
давай не будем переписывать историю. Я был тебе хорошим мужем. Иногда... что ж, иногда ты меня доставала.
Но мужем я был хорошим. И заботился о тебе.

Я только сейчас поняла, что он врет себе точно так
же, как и мне. Он искренне верит в то, что обращался
со мной хорошо.

Эви вдруг громко заплакала, и Анна резко встала.

— Мне надо ее переодеть, — говорит она.

— Не сейчас.

— Она же мокрая, Том. Ее надо переодеть. Не будь
жестоким.

Он внимательно смотрит на Анну, но все-таки передает ей ребенка. Я стараюсь поймать ее взгляд, но она
нарочно отводит глаза. Когда она поворачивается, чтобы
пойти наверх, во мне загорается надежда, которая тут же
гаснет, потому что Том сразу поднимается и удерживает
ее за руку.

— Сделай это здесь, — говорит он. — Ты можешь
переодеть ее здесь.

Анна проходит на кухню и меняет ребенку подгузник
на столе. От запаха кала меня начинает сильно тошнить.

— Так ты скажешь нам почему? — спрашиваю я его.

Анна замирает на месте и смотрит на нас. На кухне становится тихо, слышен только лепет ребенка.

Том качает головой, будто сам не может поверить в то, что говорит:

— Она была очень на тебя похожа, Рейч. Никак не могла успокоиться. Не могла смириться, что осталась в прошлом. Она просто... ничего не хотела слышать. Помнишь, как ты всегда со мной спорила? Как всегда последнее слово должно было остаться за тобой? С Меган та же история. Она отказывалась слушать.

Он меняет позу и подается вперед, положив локти на колени, словно рассказывая мне какую-то историю.

— Когда все началось, это было просто развлечение, просто постель. Она заставила меня поверить, что ничего другого ей не нужно. Но потом она передумала. Почему — я не знаю. Она не давала мне прохода. Стоило ей повздорить со Скоттом или просто захандрить, как тут же начинались разговоры, что мы должны вместе куда-то сорваться и уехать, что мне надо оставить Анну и Эви. Как будто я собирался! И если я не являлся по первому ее зову, она приходила в ярость, названивала сюда, угрожала, что придет и все расскажет Анне.

Но потом это прекратилось. Какое же облегчение я испытал! Я решил, что до нее наконец дошло, что она меня больше не интересует. Но в тот вечер она снова позвонила и сказала, что ей нужно поговорить, что она должна сказать мне нечто важное. Я отказался, тогда она снова стала угрожать, что заявится к нам домой, и все такое. Сначала я не особенно волновался, потому что Анна должна была уйти. Помнишь, милая? Ты должна была встретиться с подругами и поужинать с ними, а я — присмотреть за Эви. Я подумал, что, наверное, так даже лучше — она придет, и я ей все объясню. Заставлю понять. Но потом появилась ты, Рейчел, и все испортила.

Том откидывается на спинку дивана и широко расставляет ноги — он крупный мужчина, и кажется, что занимает все пространство гостиной.

— Это ты во всем виновата, Рейчел. Только ты одна. Анна не поехала на встречу с подругами — она вернулась через пять минут, расстроенная и рассерженная, потому что возле станции натолкнулась на тебя. Ты была в компании какого-то парня и, как обычно, под мухой. Анна испугалась, что ты заявишься сюда. Стала волноваться за Эви. Так что вместо того, чтобы разобраться с Меган, я был вынужден идти разбираться с тобой.

Он презрительно вытягивает губы.

— Господи, в каком же ты была состоянии! Опустившаяся, провонявшая спиртным! И все норовила меня поцеловать, помнишь?

Он изображает, как его рвет от отвращения, а потом начинает смеяться. Анна тоже смеется, но я не могу понять, то ли ей действительно смешно, то ли она старается ему угодить.

— Мне было нужно заставить тебя понять, что я не хочу, чтобы ты приближалась ко мне или к моей семье. Поэтому я отвел тебя в подземный переход, чтобы ты не устраивала сцен у всех на виду. И велел тебе держаться от нас подальше. Ты плакала и скулила, и я дал тебе затрещину, чтобы заставить замолчать, но ты разошлась еще сильнее.

Он говорит сквозь стиснутые зубы. Я вижу, как на скулах у него ходят желваки.

— Я ужасно разозлился, я хотел только, чтобы вы — ты и Меган — исчезли из моей жизни и оставили нас в покое. У меня есть семья. Я доволен своей жизнью.

Он бросает взгляд на Анну, которая усаживает Эви на высокий детский стульчик. На ее лице никаких эмоций.

— Я смог наладить свою жизнь и сделать ее счастливой, несмотря на тебя, несмотря на Меган, несмотря ни на что.

А потом появилась Меган. Она шла по Бленхайм-роуд. Я не мог допустить, чтобы она пришла к нам домой. Я не мог допустить, чтобы она разговаривала с Анной, разве не так? Я сказал ей, что мы куда-нибудь отъедем и поговорим, и это была правда — никаких других мыслей у меня не было. Поэтому мы сели в машину и поехали в Корли, в лес. Мы туда иногда заезжали, если не находили другого места. Делали это в машине.

Со своего места в кресле мне видно, как при этих словах Анну передернуло.

— Анна, ты должна мне поверить, я ничего такого не планировал. — Том смотрит на нее, а потом, сгорбившись, переводит взгляд на свои ладони. — Она стала говорить о ребенке — она не знала, чей он, мой или его. Она хотела, чтобы все вышло наружу, и если ребенок мой, то я должен... Я ей ответил, что мне нет дела до ее ребенка, что меня это не касается. — Он замолкает, качая головой, потом продолжает: — Она разозлилась, а когда Меган злилась... это не то, что Рейчел. Это не слезы и скулеж. Она кричала на меня, проклинала, молола всякую чушь, грозилась пойти прямо к Анне, говорила, что не позволит вытирать о себя ноги, что ее ребенок не будет обделен... Господи, она никак не могла остановиться! Так что... Я не знаю, я просто хотел, чтобы она замолчала. Так что я взял камень... — он опускает взгляд на свою правую руку, будто этот камень все еще в ней, — и я просто...

Он закрывает глаза и глубоко вздыхает.

— Я ударил ее всего один раз, но она... — Он надувает щеки и медленно выдыхает. — Я не хотел этого. Я просто хотел, чтобы она замолчала. Но она была вся в крови, плакала и громко кричала. Пыталась отползти от меня. У меня не оставалось выбора. И мне пришлось закончить начатое.

Солнце садится, и на кухне становится темно. Слышно только хриплое и частое дыхание Тома. С улицы не доносится никаких звуков. Я не могу вспомнить, когда в последний раз слышала шум проходившего поезда.

— Я положил ее в багажник машины, — продолжает он. — Проехал подальше в лес, в сторону от дороги. Поблизости никого не было. Мне пришлось вырыть, — его дыхание участилось еще больше, — яму голыми руками. Мне было страшно.

Он смотрит на меня, и я вижу, как расширились у него зрачки.

— Я боялся, что кто-нибудь меня увидит. И разрывать землю ногтями было больно. Это заняло много времени. Я остановился только для того, чтобы позвонить Анне и сказать, что поехал искать тебя. — Он откашливается. — Земля была мягкой, но все равно я не мог выкопать яму нужной глубины. И я боялся, что рядом кто-нибудь появится. Я думал, что у меня потом будет возможность вернуться, когда все уляжется. И перенести тело в другое место... получше. Но потом пошли дожди, и возможности у меня так и не появилось.

Он смотрит на меня, нахмурившись.

— Я почти не сомневался, что полиция будет подозревать Скотта. Она рассказывала, как ужасно он ее ревновал, боялся, что она трахается на стороне, как он читал ее электронную почту, перезванивал с проверками. Я думал... я собирался при случае подбросить ему в дом ее телефон. Не знаю. Например, зайти по-соседски, выпить вместе пива или еще что. Не знаю. У меня не было плана. Я ничего не продумывал заранее. Это было не чем-то предумышленным, а просто ужасным несчастным случаем.

Но затем он снова меняется. Его поведение похоже на облака, плывущие по небу: то темные, то светлые. Он встает и медленно идет на кухню, где Анна теперь уже сидит за столом и кормит Эви. Он целует ее в макушку, а затем вытаскивает дочь из стульчика.

— Том... — начинает протестовать Анна.

— Все в порядке. — Он улыбается жене. — Я просто хочу ее подержать. Правда, малышка? — Он идет к холодильнику с дочерью на руках и достает пиво. Потом переводит взгляд на меня: — Составишь компанию?

Я качаю головой:

— Думаю, что воздержусь. — Я его не слушаю. Мои мысли заняты другим: я прикидываю, смогу ли добраться до входной двери, прежде чем он меня догонит. Если дверь закрыта на задвижку, то шанс у меня есть. Если заперта на ключ, то дела мои плохи.

Я бросаюсь вперед и бегу. Добираюсь до прихожей и уже тянусь к дверной ручке, но тут в затылок мне врезается бутылка, в глазах все меркнет, и я от боли падаю на колени. Он хватает меня за волосы и, притащив в гостиную, отпускает. Он стоит прямо надо мной, широко расставив ноги. Дочь по-прежнему у него на руках, а Анна уже возле него и тянет ее к себе.

— Отдай ее мне, Том, пожалуйста. Ты сделаешь ей больно. Пожалуйста, отдай.

Он передает хнычущую Эви Анне.

Я слышу, как Том говорит, но мне кажется, что это очень далеко, как будто я нахожусь под водой. Я разбираю слова, но мне почему-то кажется, что они не имеют никакого отношения ни ко мне, ни к тому, что со мной происходит. Как будто я наблюдаю за всем со стороны.

— Ступай наверх, Анна, — говорит он. — Ступай в спальню и запри дверь. Ты никому не должна звонить, это понятно? Я не шучу, Анна. Не смей никому звонить. Тут у нас Эви. Нам же не нужны никакие эксцессы?!

Анна не смотрит на меня. Она прижимает ребенка к груди, перешагивает через меня и поспешно удаляется.

Том наклоняется, просовывает руку под ремень моих джинсов и перетаскивает за него на кухню. Я брыкаюсь, сопротивляюсь и пытаюсь за что-нибудь уцепиться, но все бесполезно. Я почти ничего не вижу — глаза заливают слезы, и все расплывается. Пока меня тащат, голова бьется о пол, и каждый удар сопровождается взрывом боли, меня мутит. Потом острая боль вдруг пронзает висок, и больше я ничего не чувствую.

Анна

Воскресенье, 18 августа 2013 года

Вечер

Она лежит на кухне на полу. Она вся в крови, но не думаю, что рана была серьезной. Он не закончил начатое. Не знаю, чего он ждет. Наверное, ему непросто пойти на это, ведь он ее когда-то любил.

Я была наверху, укладывала Эви и размышляла: разве не этого мне хотелось? Чтобы Рейчел исчезла навсегда и никогда больше не появлялась в нашей жизни? Я так мечтала об этом. Понятно, что я думала не о том, что происходит сейчас, но я хотела, чтобы ее больше не было. Я мечтала о жизни без Рейчел, и теперь моя мечта может осуществиться. И останемся только мы втроем — я, Том и Эви, — как и должно быть.

На мгновение я позволяю себе насладиться этой фантазией, но потом опускаю глаза на спящую дочь и понимаю, что это всего лишь фантазия. И ничего больше. Я целую свой палец, прикладываю его к чудесным губкам моей малютки и знаю, что мы никогда не будем в безопасности. Я никогда не буду в безопасности, потому что я буду знать, а он не будет во мне уверен. И кто сказал, что не может появиться другая Меган? Или — что еще хуже — другая Анна, другая я?

Я вернулась вниз. Он сидел за кухонным столом и пил пиво. Сначала я ее не увидела, но потом заметила ее ногу и решила, что все кончено, но он сказал, что она жива.

— Просто слегка пристукнул ее, — объяснил он.

На этот раз он не сможет сказать, что все вышло случайно.

Мы сидели и ждали. Я тоже достала себе пиво, и мы пили вместе. Он сказал, что действительно очень сожалеет, что завел роман с Меган и все так вышло. Потом поцеловал меня, обещал загладить вину, сказал, что все у нас будет хорошо.

— Мы уедем отсюда, как ты всегда хотела. Поедем туда, куда скажешь. В любое место.

Он спросил, смогу ли я простить его, и я ответила, что со временем, наверное, да, и он мне поверил. Мне кажется, что он поверил.

Как и обещали, началась гроза. От раската грома Рейчел очнулась — было слышно, как она корчится на полу.

— Тебе лучше уйти, — говорит он мне. — Ступай наверх.

Я целую его в губы и ухожу, но наверх иду не сразу. Беру в прихожей телефон, сажусь на нижнюю ступеньку с трубкой в руках и жду подходящего момента.

Я слышу, как он разговаривает с ней, тихо и мягко. Потом слышу ее. Мне кажется, она плачет.

Рейчел

Вечер

Я слышу какой-то шелестящий звук. Потом сверкает молния, и я понимаю: идет дождь. На улице темно, и гремит гром. Я не помню, когда вдруг стемнело. Боль в голове возвращает меня к реальности, и сердце уходит в пятки. Я лежу на полу. На кухне. Мне с трудом удается поднять голову и чуть приподняться на локте. Он сидит за кухонным столом с бутылкой пива в руках и смотрит в окно. Там гроза.

— Что мне делать, Рейч? — спрашивает он, заметив, что я подняла голову. — Я сижу здесь... уже почти полчаса и задаю себе этот вопрос. Что мне с тобой делать? Какой ты мне оставляешь выбор?

Он делает большой глоток и задумчиво меня разглядывает. Я с трудом принимаю сидячее положение и опираюсь спиной о кухонный шкаф. В голове все плывет, рот полон слюны. Меня тошнит и вот-вот вырвет. Я кусаю губу и впиваюсь ногтями в ладони. Мне нужно вывести себя из ступора, я не могу позволить себе слабость. Надеяться мне не на кого. Я это знаю. Анна не собирается звонить в полицию. Она не станет подвергать риску свою дочь ради меня.

— Ты должна признать, — говорит Том, — что виновата во всем сама. Подумай: если бы ты оставила нас в покое, то никогда бы не оказалась в таком положении. И я бы не оказался в таком положении. И никто из нас. Если бы ты не появилась здесь в тот вечер и если бы Анна не прибежала домой, увидев тебя, я бы, наверное, смог все утрясти с Меган. И не был бы... так выведен из себя. Не потерял бы самообладания. И не сделал бы ей ничего плохого. И ничего тогда бы не случилось.

Я чувствую, как в горле у меня встает ком и что я вот-вот разревусь, но мне удается подавить рыдание. Он в своей стихии, он мастер преподносить все так, будто это моя вина, и заставить меня почувствовать себя виноватой и никчемной.

Том допивает пиво и катит пустую бутылку по столу. Потом печально кивает, поднимется, подходит ко мне и протягивает руки.

— Пошли, — говорит он. — Хватайся за руки! Пошли, Рейч, поднимайся.

Я позволяю ему поднять себя с пола и стою, прислонившись спиной к шкафу. Он стоит напротив меня и прижимается ко мне бедрами. Потом поднимает руку к моему лицу и вытирает большим пальцем слезы со щек.

— Ну что мне с тобой делать, Рейч? Как, по-твоему, я должен поступить?

— Тебе ничего не надо делать, — отвечаю я, стараясь выдавить из себя улыбку. — Ты знаешь, что я тебя люблю. И продолжаю любить. Ты знаешь, что я никому не скажу... Я не смогла бы так поступить с тобой...

Он улыбается, на его лице та же широкая и открытая улыбка, при виде которой я всегда таяла, и я начинаю плакать. Я не могу поверить, что это происходит на самом деле, что самое большое счастье, которое у меня было — моя жизнь с ним, — оказалось иллюзией.

Он дает мне немного поплакать, но вскоре это ему надоедает, и на месте открытой улыбки появляется ухмылка.

— Ладно, Рейч, довольно! — говорит он. — Хватит распускать нюни!

Он отходит к столу, вытаскивает из ящика упаковку бумажных салфеток и протягивает мне несколько штук.

— Высморкайся! — говорит он, и я подчиняюсь.

Он презрительно разглядывает мое лицо.

— В тот день, когда мы ездили к озеру, — говорит он, — ты подумала, что у тебя есть шанс, ведь так? — Он начинает смеяться. — Ведь ты так подумала, разве нет? Смотрела на меня так преданно и с такой мольбой... Я бы запросто мог тебя там поиметь, правда? Ты такая предсказуемая.

Я сильно кусаю губу. Он подходит ко мне ближе.

— Ты — как ненужная собачонка, которую шпыняют всю жизнь. Ее бьют и бьют, а она все равно угодливо подползает, виляя хвостом. Заискивает. Надеется, что на этот раз все будет по-другому, что на этот раз она сделает что-то правильно и ее полюбят. Ведь ты такая же, правда, Рейч? Ты — собачонка!

Он обнимает меня за талию. Я пускаю его язык к себе в рот и прижимаюсь к его бедрам. Я чувствую, как он возбуждается.

Не знаю, остались ли вещи на своих старых местах после переезда сюда Анны. Не знаю, переставила ли Анна шкафы, хранит ли теперь спагетти в другой банке, переложила ли весы с нижней левой полки на нижнюю правую. Не знаю. Я просто надеюсь, что нет, и незаметно просовываю руку в ящик за спиной.

— Знаешь, а ты, наверное, прав, — говорю я, когда он отстраняется. Я поднимаю голову и смотрю на него. —

Если бы я в тот вечер не оказалась на Бленхайм-роуд, Меган была бы жива.

Он кивает, и моя правая рука нащупывает знакомый предмет. Я улыбаюсь и наклоняюсь к нему все ближе и ближе, обвиваю левой рукой его талию и шепчу в ухо:

— Неужели ты всерьез считаешь, будто это я виновата в том, что ты проломил ей голову?

Он отшатывается от меня, и я бросаюсь на него и толкаю изо всех сил. Он теряет равновесие и налетает спиной на кухонный стол. Я поднимаю ногу и с силой опускаю пятку на его стопу. От боли он подается вперед, я хватаю его за волосы сзади и с размаху бью коленом в лицо. Я слышу, как хрустит хрящ, слышу его крик. Я отпихиваю его, хватаю со стола ключи и выскакиваю через раздвижные двери в сад, прежде чем он успевает подняться на колени.

Я бегу к забору, но скольжу по грязи и падаю, а подняться не успеваю — он уже навалился сверху, хватает меня за волосы и тащит обратно в дом, царапая мне лицо и с кровью выплевывая проклятия:

— Ах ты, тупая сука! Чего ты к нам привязалась?! Чего не оставила нас в покое?!

Мне снова удается вырваться, но бежать некуда. Я не смогу пробраться через дом и не перелезу через забор. Я кричу, но никто меня не услышит из-за дождя, раскатов грома и грохота приближающегося поезда. Я бегу к задней части сада, в сторону путей. Здесь тупик. Я стою на том же месте, где год с лишним назад стояла с его ребенком в руках. Я поворачиваюсь спиной к забору и смотрю, как он приближается. Он вытирает рот рукой и сплевывает кровь. Я чувствую, как земля под ногами начинает вибрировать — поезд совсем рядом, и звук его движения похож на крик. Губы Тома шевелятся, он что-то говорит, но мне его не слышно. Я не шевелюсь и смотрю, как он подходит, а когда он оказывается совсем близко, с размаху втыкаю отвертку ему в шею и поворачиваю.

Его глаза расширяются, и он падает, не издав ни звука. Подносит руку к шее и смотрит мне прямо в глаза. Мнс кажется, он плачет. Я выдерживаю его взгляд, сколько хватает сил, а потом поворачиваюсь к нему спиной. Мимо проходит электричка, и я вижу в залитых ярким светом окнах пассажиров. Их головы склонились над книгами и телефонами: они возвращаются домой в тепле и безопасности.

Вторник, 10 сентября 2013 года

Утро

Когда электричка останавливается на красный свет семафора, атмосфера в вагоне меняется — это ощущается само собой, совсем как гудение электричества. Теперь я не единственная, кто здесь смотрит в окно. Наверное, другие и раньше смотрели на дома, мимо которых мы проезжаем, но по-разному. Так было раньше. Но теперь все видят одно и то же. Иногда это даже можно услышать.

— Вон тот дом. Нет-нет, тот, что слева — вон там. С розами у забора. Там все и произошло.

Дома номер пятнадцать и номер двадцать три теперь стоят пустые. Они не выглядят заброшенными — жалюзи подняты, двери открыты, но я знаю: это потому, что их показывают потенциальным покупателям. Оба дома выставлены на продажу, хотя, наверное, пройдет немало времени, прежде чем их действительно кто-то захочет купить. Думаю, что сейчас агенты по недвижимости водят по комнатам в основном жадных до зрелищ зевак, желающих во что бы то ни стало лично посмотреть на место, где он упал и его кровь пропитала землю.

Мне больно думать, что они ходят по моему дому, где я некогда была полна надежд. Я стараюсь не думать о том, что случилось потом. Стараюсь, но все равно думаю.

Мы с Анной, обе перепачканные его кровью, сидели рядом на диване. Жены в ожидании приезда «скорой». Анна позвонила им, позвонила в полицию — она сделала все. Вызвала всех. Прибыли медики, слишком поздно для Тома, следом за ними — полицейские, Гаскилл и Райли. Увидев нас вместе, оба буквально онемели. Они начали задавать вопросы, но я не понимала, что они говорили. Отвечала Анна. Спокойно и уверенно.

— Это была самооборона, — сказала она. — Я все видела. Из окна. Он бросился за ней с отверткой. Он бы точно ее убил. У нее не было выбора. Я пыталась... — она запнулась, и это был единственный раз, — я пыталась остановить кровотечение, но не смогла.

Один из полицейских в форме принес Эви, которая чудом проспала все эти события, и нас всех отвезли в полицейский участок. Нас с Анной развели по разным комнатам и задавали еще много всяких вопросов, но я не помню каких. Мне было очень трудно отвечать, я никак не могла собраться. Прежде чем произнести, мне приходилось сначала вспоминать каждое слово. Я сказала, что он набросился на меня, ударил бутылкой. А потом накинулся с отверткой. Сказала, что мне удалось ее вырвать и использовать для самозащиты. Меня осмотрели — рану на голове, руки, ногти.

— Для нападения не так много повреждений, — с сомнением заключила Райли.

Они ушли и оставили меня одну под охраной полицейского в форме — того самого, с прыщом, который приходил в квартиру Кэти в Эшбери еще в другой жизни. Он стоял у двери и избегал моего взгляда. Потом Райли вернулась.

— Миссис Уотсон подтверждает ваш рассказ, Рейчел, — сообщила она. — Вы можете идти. — Она тоже отводила глаза.

Полицейский отвез меня в больницу, где мне наложили швы на рану на голове.

О Томе появилось много материалов в газетах. Я узнала, что он никогда не служил в армии. Дважды пытался завербоваться, но оба раза получал отказ. Его история с отцом тоже оказалась ложью — в действительности все было наоборот. Он вложил сбережения родителей и все потерял. Родители простили его, но он порвал с ними все отношения после того, как отец отказался перезаложить дом, когда Тому снова потребовались деньги. Он лгал все время, лгал обо всем. Даже если во лжи не было никакой нужды, даже когда лгать не имело никакого смысла.

Я отлично помню, как Скотт говорил о Меган, что не знал, какой она была на самом деле, и понимаю, что то же самое могу сказать о себе с Томом. Вся жизнь Тома была построена на лжи — на обмане и полуправде, чтобы выглядеть лучше, сильнее, интереснее, чем на самом деле. И я купилась на все это и полюбила его. Анна тоже. Мы любили его. Не знаю, полюбили бы мы его, окажись он не таким идеальным. Мне кажется, я бы полюбила. Я бы простила ему его ошибки и неудачи. Я и своих наделала немало.

Вечер

Я остановилась в гостинице маленького городка на побережье Норфолка. Завтра отправлюсь дальше на север. Может, в Эдинбург, а может, еще дальше. Пока не решила. Я хочу чувствовать, что прошлое осталось далеко. Кое-какие деньги у меня есть. Мама, узнав, через что мне пришлось пройти, проявила щедрость, так что об этом мне можно не беспокоиться. Во всяком случае, пока.

Я взяла напрокат машину и после обеда съездила в Холкхэм. Возле деревушки, где похоронены Меган и Либби, стоит церковь. Я прочитала об этом в газетах. По поводу ее захоронения возникли споры, поскольку Меган подозревалась в причастности к смерти ребенка. Но, в конце концов, разрешение похоронить их рядом было получено, и мне кажется, что это правильно. В чем бы ни заключалась ее вина, она дорого за нее заплатила.

Когда я добралась до места, начался дождь и кругом не было ни души, но я все равно припарковалась и обошла все кладбище. Я нашла ее могилу, почти незаметную в тени елей, в самом дальнем углу. Ее невозможно найти, если не знать, где искать. На надгробии высечены только ее имя и даты жизни — нет ни «любимая жена», ни «дочь», ни «мать». На надгробии ее ребенка высечено просто: «Либби». По крайней мере, могила у малышки теперь нормальная, она не лежит в одиночестве возле старых железнодорожных путей.

Дождь усилился, и когда я проходила через церковный двор, заметила мужчину в дверях часовни — на мгновение мне почудилось, что это Скотт. У меня екнуло сердце, я протерла глаза от капель дождя и увидела, что это всего лишь священник. Заметив меня, он приветственно поднял руку.

До машины я добралась почти бегом, хотя и понимала, что бояться нечего. Но я не могла забыть о последней встрече со Скоттом и о том, каким он был — буйным, неадекватным, на грани безумия. Теперь он никогда не обретет внутреннего покоя. Да и как его можно обрести? Я думаю об этом и о том, каким он был — какими они оба были, какими казались мне, — и ощущаю печаль. И боль утраты.

Я написала Скотту на электронную почту письмо, в котором просила прощения за свою ложь. Мне хотелось извиниться за то, кем оказался Том, потому что я должна была раскусить его раньше. Если бы все последние годы я не пила, смогла бы я это сделать? Не исключено, что и мне не суждено обрести душевный покой.

На мое письмо он не ответил. Впрочем, на ответ я и не рассчитывала.

Я возвращаю машину, добираюсь до гостиницы, снимаю номер и думаю, как было бы чудесно устроиться в кожаном кресле в полумраке их уютного бара с бокалом вина в руке, но вместо этого направляюсь в гавань.

Я представляю, какое удовольствие доставил бы мне первый бокал. Чтобы преодолеть искушение, я считаю, сколько дней не брала в рот ни капли спиртного. Двадцать! Двадцать один, если считать сегодняшний. Ровно три недели. Самый длинный период моего воздержания за долгие годы.

Как ни странно, но последний стакан я приняла из рук Кэти. Когда полиция доставила меня домой, смертельно бледную и запачканную кровью, и рассказала ей, что случилось, Кэти принесла из своей комнаты бутылку виски и налила нам обеим по приличной дозе. Она не могла сдержать слез и все время повторяла, как ей жаль, будто в случившемся была отчасти и ее вина. Я выпила виски, и меня тут же вырвало прямо на ковер — с тех пор я не прикасалась к спиртному. Но тяга к нему не прошла.

Добравшись до гавани, я поворачиваю налево и иду вдоль берега — при желании, так можно дойти до Холкхэма. Уже почти стемнело, и у воды холодно, но я продолжаю шагать. Я буду идти, пока не устану, пока совсем не выбьюсь из сил, и тогда, возможно, мне удастся уснуть.

На берегу никого нет, и я так замерзла, что приходится сжимать челюсти, чтобы зубы перестали стучать. Я быстро шагаю по гальке мимо пляжных хижин, таких живописных днем, но теперь зловещих и похожих на тайные убежища. При порывах ветра они оживают, деревянные доски скрипят, и сквозь шум моря слышатся звуки какого-то движения: кто-то или что-то подходит все ближе и ближе. Я разворачиваюсь и со всех ног бегу назад.

Я знаю, что там ничего нет и бояться мне нечего, но это не спасает от волны страха, поднимающейся откуда-то из живота и накрывающей меня с головой. Я бегу изо всех сил. И останавливаюсь только в гавани под ярким светом уличных фонарей.

Добравшись до своего номера, я сажусь на кровать, подсунув под себя руки, и жду, пока они не перестанут дрожать. Потом открываю мини-бар и достаю бутылку воды и орешки. Я не трогаю вино и маленькие бутылочки с джином, хотя они наверняка помогли бы мне согреться, расслабиться и уснуть, погрузившись в небытие. Помогли бы хоть ненадолго забыть его взгляд, когда я смотрела, как он умирает.

Когда поезд прошел, я услышала за собой шум и, обернувшись, увидела, что из дома выходит Анна. Она быстро подошла к нам, опустилась рядом с ним на колени и приложила руки к его шее.

Его лицо исказилось от шока и боли. Я хотела сказать ей, что это бесполезно, что ему нельзя помочь, но потом поняла, что она вовсе не пытается остановить кровь. Она его добивала. Проворачивала отвертку снова и снова, разрывая ему горло и все время что-то тихо нашептывая. Слов разобрать я не могла.

Последний раз я ее видела в полицейском участке, когда с нас снимали показания. Нас развели по разным комнатам, но перед этим она дотронулась до моей руки и сказала:

— Побереги себя, Рейчел.

Она произнесла это так, будто предостерегала и предупреждала. Мы теперь с ней навеки связаны тем, что рассказали: у меня не было выхода, кроме как ударить его отверткой, а Анна изо всех сил пыталась остановить кровотечение.

Я ложусь на кровать и выключаю свет. Знаю, что не усну, но все равно буду пытаться. Надеюсь, рано или поздно эти кошмары перестанут меня мучить, но сегодня я уверена, что впереди меня ждет долгая ночь. А утром мне надо встать рано, чтобы успеть на посзд.

От автора

В написании этой книги мне помогали многие, но самый большой вклад внесла мой агент — чудесная и мудрая Лиззи Кремер. Огромное спасибо Гарриетт Мур, Эллис Хоу, Эмме Джеймисон, Кьяре Наталуччи и всему коллективу литературного агентства «Дейвид Хайем», а также Тине Нильсен и Стелле Гиатраку.

Я очень благодарна моим блестящим редакторам по обе стороны Атлантики: Саре Адамс, Саре Макграт и Ните Проновост. Я искренне признательна Элисон Барроу, Кэти Лофтус, Биллу Скотт-Керру, Хелен Эдвардс, Кейт Самано и всей потрясающей команде издательства «Трансуорлд паблишерс» — всех перечислить просто невозможно.

Кейт Нил, Джейми Уайлдинг — вам, а также маме и папе отдельная благодарность за поддержку и помощь.

Наконец, спасибо всем пассажирам лондонских электричек, благодаря которым зажглась эта скромная искра вдохновения.

Литературно-художественное издание

Хокинс Пола

ДЕВУШКА В ПОЕЗДЕ

Роман

Ответственный редактор *Л. Кузнецова*
Редактор *Е. Харитонова*
Художественный редактор *Е. Фрёй*
Компьютерная верстка *В. Андриановой*
Корректоры *Н. Железкова, О. Тучина*

Общероссийский классификатор продукции
ОК-005-93, том 2; 953000 – книги, брошюры

ООО «Издательство АСТ»
129085, г. Москва, Звездный бульвар, д. 21, строение 3, комната 5
Наш электронный адрес: **www.ast.ru**
E-mail: **astpub@aha.ru**
ВКонтакте: vk.com/ast_neoclassic

«Баспа Аста» деген ООО
129085, г. Мәскеу, жұлдызды гүлзар, д. 21, 3 құрылым, 5 бөлме
Біздің электрондық мекенжайымыз: www.ast.ru
E - mail: astpub@aha.ru

Қазақстан Республикасында дистрибьютор
және өнім бойынша арыз-талаптарды қабылдаушының
өкілі «РДЦ-Алматы» ЖШС, Алматы қ., Домбровский көш., 3«а», литер Б, офис 1.
Тел.: 8(727) 2 51 59 89,90,91,92, факс: 8 (727) 251 58 12 вн. 107;
E-mail: RDC-Almaty@eksmo.kz
Өнімнің жарамдылық мерзімі шектелмеген.

Өндірген мемлекет: Ресей
Сертификация қарастырылмаған

Подписано в печать 29.07.2015. Формат 84х108 ¹/₃₂.
Печать офсетная. Усл. печ. л. 20,16.
Тираж 20 200 экз. Заказ 5419.

Отпечатано с готовых файлов заказчика
в АО «Первая Образцовая типография»,
филиал «УЛЬЯНОВСКИЙ ДОМ ПЕЧАТИ»
432980, г. Ульяновск, ул. Гончарова, 14

ISBN 978-5-17-088721-7

Всем, кому понравилась
«Девушка в поезде» —
роман Рени Найт «Идеальная ложь»!

Рени Найт — известный британский режиссер-
документалист и сценарист. Ее роман «Идеальная ложь»
был переведен на 25 языков, а права на экранизацию
приобрела студия «20th Century Fox». Только в Великобритании 6 ведущих издательских домов претендовали
на издание романа, а после публикации он сразу же
попал в список 100 лучших книг
по версии Amazon.co.uk!

После переезда в новый дом Кэтрин Равенскрофт находит
в спальне необычную книгу. Как она могла туда попасть? Ни
сама Кэтрин, ни ее муж Роберт книгу не покупали. Начав читать, Кэтрин понимает, что главная героиня — это она сама,
а трагические события, описываемые в романе, — темная
тайна, которую знал только один человек, но он давно мертв.
Прошлое вновь начинает преследовать Кэтрин, превращая
ее жизнь в кошмар. И чтобы избавиться от него, ей придется
заплатить слишком высокую цену…

Именно таким должен быть идеальный детективный роман!
Ли Чайлд